蓝鸟

俞胜 著

北方联合出版传媒（集团）股份有限公司
春风文艺出版社
·沈阳·

图书在版编目（CIP）数据

蓝鸟 / 俞胜著 . — 沈阳 : 春风文艺出版社，
2021.8（2024.8 重印）
ISBN 978-7-5313-5996-8

Ⅰ . ①蓝… Ⅱ . ①俞… Ⅲ . ①长篇小说—中国—当代
Ⅳ . ① I247.5

中国版本图书馆 CIP 数据核字（2021）第 106301 号

北方联合出版传媒（集团）股份有限公司
春风文艺出版社出版发行
沈阳市和平区十一纬路 25 号　邮编：110003
永清县晔盛亚胶印有限公司印刷

责任编辑：姚宏越　　　　　助理编辑：孟芳芳
责任校对：陈　杰　　　　　封面设计：刘萍萍
幅面尺寸：142mm × 210mm
字　　数：250 千字　　　　印　　张：9.75
版　　次：2021 年 8 月第 1 版　印　　次：2024 年 8 月第 2 次
书　　号：ISBN 978-7-5313-5996-8
定　　价：68.00 元

小说，是记忆的嫁接与生长。

第一章

"早知道你是这种人，还不如当初一生下来，就把你掐死了。"我娘对我说。我娘对我说这番话时，不是在开玩笑，不只是一本正经，而且表现得痛心疾首。

我娘是个乡下的文盲，文盲也差不多是法盲，她不知道她把我生下来后，我就不仅成了生物学上的"人"，而且成了社会学上的"人"，她就不能以自己的意愿想把我怎么样就怎么样了。我不是法盲，我懂得一些法律知识，知道有些法律条文就像从我们村穿过的电线，谁也不能碰它，谁碰它谁倒霉。我们村长的弟弟不信邪，有天早晨，他摸了一根断了的在风中摇摆的电线，头天晚上的大风刮断了一根木头电线杆子。电流瞬间让他的胸膛冒出白烟和火花，他的死亡在我们村展现出前所未有的悲壮。

我告诉我娘："你要是真把我掐死了的话，恐怕你现在还在大牢里面蹲着呢。"

我说这番话的时候，是十七岁，这就意味着，我娘要真是一生下我就把我掐死了，到现在就在大牢里蹲十七年了。我说这番话的时候，脸上挂着笑。

我娘觉得我这笑属于冥顽不灵，立刻气得七窍生烟，她倒抓起一把笤帚，就朝我扫来。但我反应非常敏捷，我看过电影《大侠霍元甲》，我学着霍元甲胸有成竹的样子，先站着不动，在我娘面前表现得镇定自若，眼见着笤帚柄就要扫着我的头皮了，我一个侧闪躲开来。我娘也乱了套路，她气急败坏地抡起笤帚乱舞，我已经抽身跑了。好汉不吃眼前亏，这么浅显的道理，我还是明白的。

　　我还没有跑多远，就听见身后我娘呼天抢地地喊："我这是哪辈子作了孽啊，生了你这么个东西，要早知道这样，当初送你去读书干什么？你读书有什么用？你读书都读到腿肚子里去了啊。"我娘声泪俱下，捶胸顿足，吓得我家的鸡四散奔逃，有两只蹿上了我家院墙的墙头，惊魂甫定的鸡，仿佛惊讶于我娘的举动，面对着我娘咯咯地叫个不停。

　　邻居们听见我娘的哭喊，就知道我又整出了什么惊天动地的大事，他们奔走相告、呼妇唤雏、蜂拥而至，一下子把我家的大门围得水泄不通。这让我在村子里很没有面子。

　　"你们说啊，他放着好好的书不读，不去考大学，偏要在家里养什么兔子，要当养兔专业户。我和他爹说专业户哪是那么好当的啊，可他偏偏不听，他真是中了邪啊，养了半年兔子，兔子全死光光了，不但一分钱没挣着，还拉下一屁股饥荒。现在他又要去养什么黄鼠狼，黄鼠狼那是大仙啊，那能随便养吗？我说他，他也不听啊，我说得急了，他还说要把我送到大牢里面去。你们说，我这是哪辈子作了孽啊。"我娘向众人哭诉，一把鼻涕一把泪的。

　　天做证，我并没有说要把我娘送到大牢里去！如果真说了那样的话，我还不真成逆子了？我还能是人吗？我只是说假如我生下来时，我娘要是真把我掐死的话，她是要负法律责任的，负法律责任还不得去蹲大牢吗？这只是假设。可我娘向众人哭诉时却舍弃了我的假设，说出那样的话，一定是气糊涂了。

我得向邻居们解释清楚，我毕壮志好歹是知识分子呢，我怎么会说那样大逆不道的话？可还没等我转身解释呢，我的两个叔叔已经气势汹汹地向我逼近了。我一共有三个叔叔，我爹哥儿四个，我爹是老大。可是现在这个季节，我爹和我老叔上夹皮沟金矿淘金子去了，他们一年有多半的时间不在家里。朝我逼近来的是我的二叔和三叔。我这两个叔叔身材结实得和我爹一模一样，都是膀大腰圆、身大力不亏的那种。尤其是我二叔，一袋一百八十斤的大米他放上肩头就能扛走，一口气走两里路不带气喘。他不上夹皮沟金矿淘金子，是因为他觉得夹皮沟金矿早就没有金子了，金子早被日本人淘走了，现在有的只是石头。我三叔本来也想去淘金子，但我三婶不让他去。现在，我这两个叔叔眼睛瞪得像牛卵，一左一右，向我包抄而来。

我不能等两个叔叔靠近我，我十七岁的时候，警惕性也是非常高的。好汉不吃眼前亏，我扒开围观的人群拔腿就跑。

我三叔喊："毕大毛，你不要走！我和你二叔不会对你怎么样。你长这么大，我和你二叔动过你一根手指头吗？再说了，你是我们村的文化人呢，文化人的事，好好聊聊不就解决了吗？你跑什么跑？你跑能解决问题啊？"

我三叔这个人说话，你要是信了，连盐都会卖馊的。我这三个叔叔都不是善类，我很小的时候，他们就揎掇我爹，动不动就拧我的耳朵，一拧就要把我的耳朵拧成麻花，而且他们四个人就像搞车轮战术似的，你方战罢我登场。后来，我结婚了，我媳妇常常盯着我的耳朵，不解地问："毕大毛，你耳朵真大，要说是遗传的，可毕二毛和毕三毛的耳朵都不这样啊，你这耳朵是怎么长出来的？"我媳妇问完，忘不了感叹一声，"啧啧，耳朵大有福。"我媳妇不知道，我长了这么一对有福的大耳朵，实在是因为小时候托了我爹和我三个叔叔的福，当然我有媳妇的事是后话了。我至今也搞不清，我爹和我三个叔叔为啥对我儿童时代的耳朵那么感兴趣。

　　不过，那天，我还是将信将疑地信了我三叔的话，因为我觉得我三叔说的后半句话还算比较中肯的，我的确是我们村的文化人。我十七岁时就读高二了，在离我们家二十公里的木泥河中学读书，是我们村唯一的高中生。我们的老村长文化高，衣兜上常常插着三支笔，两支灌满蓝黑色的墨水，一支灌满红墨水。他常背着手仰着头在村街上走来走去，像帝王一般地巡视。他的弟弟就是那位不信邪，被电流击中死得无比悲壮的那位。我爹见了老村长，常常满面春风、点头哈腰地打招呼，可他背地里却对我娘说，牛逼哄哄啥呢，只读了四年书，顶多算个小学毕业，他那两把刷子怎么能和我们家大毛比呢！他兜里插再多的笔，也没有大毛肚子里的墨水多。我永远忘不了我读高一时的一天，那个播种结束了的日子，我爹后天就要去夹皮沟了，而我要在这个傍晚赶回木泥河中学，因为明天是星期一。我爹坐在炕桌旁默默地抽烟，烟雾在他面前缭绕，他面容严肃，像尊正在享受烟火的活菩萨。见我收拾好了，我爹抬头吐出一串烟雾，然后发话了："大毛要好好读书，到时候考上大学，做俺村的第一个状元。"我咧着嘴，朝我爹笑了一下。我是笑我爹老思想，都是新式教育了，还什么状元不状元的。那天，我娘在跟我爹赌气，这是我们家的惯例，每当我爹要去夹皮沟了，我娘就没了好声气。我娘嘲讽地问我爹："大毛要是考不上呢？"我爹摁灭了烟头，从炕桌旁直起身来，大手一挥，不假思索地说："那就回来当村长！"

那天，我爹把我未来的道路设计得一清二楚。然而，我爹和我娘做梦都没有想到，我读到高二就不肯往下读了，既没有去考大学，也没有去当村长。

你也可能会感到奇怪，我毕大毛怎么放着好端端的书就不读了呢？这是因为我对自己能考上大学产生了绝望，哀莫大于心死啊。我十七岁时，木泥河中学的升学率和现在是没法比，现在是个人只要读了高中，差不多都可以上大学了。但我读书的时候，木泥河中学一年才能考上一个大学生，我们一个年级有两个班，一个班四十五个人。我的成绩在我们班排第五，在全年级排第七名。你说我能考上大学吗？

我们班排在第一名的是个女生，叫宋燕秋。宋燕秋不但是我们班的第一名，也是全年级的第一名。我爹曾粗声粗气地问我："你怎么就考不了第一呢？"我比我爹还粗声粗气地说："宋燕秋的爹是我们的班主任。"龙生龙，凤生凤，老鼠儿子会打洞。我爹明白这个道理，就不吭声了，种下了大豆就和我的老叔去夹皮沟金矿淘金子去了。

宋燕秋不但成绩好，人也长得漂亮。我十六岁进入高中的那年，宋燕秋也是十六岁，已经出落成一个大姑娘了：双腿修长，胸脯微耸，肤如凝脂，黑发如云，秀美的嘴唇就如含苞待放的花朵。巧笑倩兮，美目盼兮。宋燕秋是我们班许多男生的梦中情人。我们班的米云凯肯定地说，宋燕秋的睫毛是假的，要是真的话怎么可能长那么长。但米云凯这种说法很快就被我推翻了，因为根据我的细心观察，宋燕秋的睫毛是真的。因为假睫毛一般是粘在真的睫毛上面。县剧团女演员的睫毛是假的，长长的睫毛下面，一双大眼睛忽闪忽闪的，秋水一般。但只适合远远地看，近看不得。近看就觉得好端端的睫毛上面粘了蓬乱草，或者像早晨起来没洗脸，睫毛上面还粘着眼屎。而宋燕秋的睫毛不一样，她的睫毛只有纯净。

有几个晚上，我躺在床上睡不着，翻来覆去地想宋燕秋的睫毛。后来，我终于想明白了，之所以宋燕秋能长出那样的睫毛，是因为宋燕秋的爹妈都不是我们土生土长的木泥河镇人，我们土生土长的木泥河人绝对不会长出宋燕秋这样的睫毛。

米云凯还常常做出抓肝挠肺般的痛苦状说，要是在有生之年能吃一口宋燕秋的嘴唇，他就是死也知足了。米云凯之所以表现得这么痛苦，可能是他觉得自己在有生之年完全吃不到宋燕秋的嘴唇了，因为他的学习成绩特别差。我们班四十五个人，米云凯的成绩常常排在第四十四位，排在第四十五位的叫江小诗。我十六岁的时候，江小诗才十五岁，他是我们班年龄最小的一位，江小诗的爹还是我们木泥河中学的教导主任，关于江小诗的家庭背景情况，好在我爹是一点都不知道。这让我说宋燕秋的成绩比我好，是因为她爹是我们的班主任时，我爹哑口无言，找不到一点反驳的例证。令人吃惊的是，江小诗后来居然也考上大学了，当然这是后话，现在不提他。

米云凯想吃宋燕秋的嘴唇，可是全班排名倒数第二的成绩又着实让他太自卑了。在木泥河中学的每一天，对米云凯来说，都是一种煎熬。而且米云凯家境又不好，他娘死得早，他爹一个人拉扯着他和他的妹妹生活。于是在刚进入高中二年级的时候，米云凯就做出了一个惊人的举动：宣布退学，连高中毕业证都不要了。

我十六岁的时候，还想不出来米云凯此举是否是为了吸引宋燕秋的注意。我只为他感到惋惜，因为那时候，高中毕业证还是有点含金量的，某些方面几乎等同于现在的大学毕业证。比如，现在有许多大学生村官，那时候，你要是有了高中毕业证，回到你们的村上，你完全有可能弄个村里的会计、村长什么的干干。我爹当初设想我如果考不上大学，回村当个村长也不是没有根据的。

我还在替米云凯惋惜着呢，没想到三个月后，米云凯居然成了我们木泥河镇的风云人物。那时候，我们的县还没有改成"市"，我们县里还没有电视台，但是有广播。广播挂在村口，挂在道旁，挂在树梢……广播的声音铺天盖地的，你不想听都不行，我们都从广播里知道了我们的同班同学米云凯现在是全县著名的"养兔专业户"了。

后来，我到了十七岁的时候，脑瓜突然一下子开了窍。我敏锐地感到，米云凯这么做极有可能是为了宋燕秋，为了吸引宋燕秋的注意，为了能吃一口宋燕秋的嘴唇。

米云凯成为全县著名"养兔专业户"的时候，在我们学生中间有了一种传言，就是鉴于木泥河中学升学率偏低，县里有意要把我们中学改为农业职高了，这样做的目的据说是为了培养新型农村适用性人才。而且传言还说，我们中学极有可能要把米云凯请回来现身说法，给同学们做一场新农村建设大有可为的报告。这个传言让我感到米云凯的嘴唇正一点一点地向宋燕秋的嘴唇逼近，我的心里不由得产生了一丝慌乱。

一天，我在木泥河镇的街头碰见了米云凯。米云凯穿着花格子衬衫，戴着副墨镜，身子斜倚在一辆"永久"牌加重自行车上。在我十七岁的时候，我们木泥河镇的男人还没有穿花格子衬衫的，我们穿的都是土黄色或蓝色的上衣，我们觉得穿花格子衬衫的男人离我们很遥远，那是大城市或归国华侨男人的装扮，我们只在电视里见到过。米云凯的这身装扮绝对是大城市男人或一个归国华侨的模样。要不是米云凯叫住了我，我都差一点认不出他来了。可等我揣着颗疑惑的心要上前和他搭讪时，米云凯却神色淡淡地表示，他正在等人，不能和我多聊了。

我猛地怀疑，他要等的人可能是宋燕秋。我的心里突然产生了一丝慌乱，还有一丝失落。是的，我十七岁的时候，面对一个站在自己面前的情敌时，我还不会愤怒，我在心里产生的只有一丝慌乱和一丝失落。我，我也很喜欢宋燕秋。

而且，我觉得我还有喜欢宋燕秋的资本，因为我学习成绩也不错，虽然比宋燕秋差了一点，但我体育成绩比她好，我一千五百米长跑能跑全校第一，我也是获得过第一的人。于是我就在课余或节假日找宋燕秋探讨学习的问题。我感觉宋燕秋也喜欢和我探讨学习问题，因为，常常探讨着、探讨着，她会偷偷抿嘴一笑。宋燕秋一笑，更加迷人，我的灵魂常常在那一刻迷失，迷失在她的抿嘴一笑中……我想起了米云凯的话，我真想在宋燕秋的嘴唇上吃一口，那玫瑰花一样火红的嘴唇，一定比玫瑰花还香、比玫瑰花还甜，我的心在胸膛里跳得像进军的鼓，像奔腾的马蹄，可是我不敢。

我不但不敢，和宋燕秋在一起时我还得装成一副正人君子的模样。

四月的一天，我和宋燕秋在自习室探讨一个化学的问题。宋燕秋把绿色的风衣搭在椅背上，那时候我们班的女生中只有宋燕秋有这样的风衣，好像宋燕秋有个姨在牡丹江。牡丹江是个大城市，离我们木泥河镇好远，这样的风衣也只有在那样的大城市才能买到。

宋燕秋把绿色的风衣放在椅背上，里面只穿着一件绒衫，露出白皙的脖颈，肤如凝脂这个词撞进了我的脑海。我本来呼吸已经变粗了，而更要命的地方在于，那绒衫的领口本来不低，但绒衫穿在宋燕秋身上时显得有点宽松，她低头时，我居然无意中瞥见了两坨炫目的白，颤悠悠的，我立刻无师自通地明白了那是什么东西，立刻脸红脖子粗，呼吸都差不多要停止了。

宋燕秋见我脸红了，她的脸也唰的一下红到耳朵根。似乎明白了什么，用手扯扯绒衫的领口。在这一刻，我们两个人之间的时间和空气都已凝固不动了。时间和空气凝固久了会死人，于是宋燕秋很快就用蚊子一样"哼哼"的声音对我说："毕壮志，今天天气这么好，不如，我们一起出去走走吧。"

我的小名叫"毕大毛"，我爹当初给我取名的时候，是打算让我娘为他生十个儿子，所以，我小名叫毕大毛，我弟弟叫毕二毛、毕三毛。我爹当初设想，我第十个弟弟出生的时候，就把他取名叫"毕一块"，可等我弟弟毕三毛出生后，我娘就不能再为我爹生娃了，因为这时候计划生育开始了。我们村的墙壁上，醒目地刷着什么"生男生女一样好，人口素质最重要""宁可血流成河，不准超生一个""一胎上环，二胎结扎，三胎又轧又罚"等标语。所以，毕四毛到毕一块只能成为我爹一个壮志未酬的梦了。

我大名叫"毕壮志"绝对和我爹"壮志未酬"的"壮志"无关，我用"毕大毛"的名字一直用到初中。有一天，读到一位老革命家的诗句"为有牺牲多壮志，敢教日月换新天"时，禁不住心潮澎湃，此起彼伏，不能自已，决心把"毕大毛"改成"毕壮志"。为此，我初中的语文老师还对我赞赏有加，料定我将来必定有出息。我果然没有让他失望，一鼓作气考进木泥河中学。要知道那时候，我们初中三个毕业班共有一百二十六个人，考进木泥河中学的，只有六个人。

是宋燕秋先开口的！宋燕秋居然开口约我出去走走了，我的心一下子就飞了起来。宋燕秋也许是受到了我的感染，也变成了一只燕子——快乐的轻盈的燕子。我们一起飞，飞出了自习室，飞出了走廊，飞出了校园……

我们刚飞出走廊时，我听见宋燕秋的爹宋应昌咳嗽了一声，我心里紧张了一下，我胆怯地瞅了一眼宋应昌严肃的脸，那脸沉得如蓄积了厚厚雨水的云。但宋燕秋似乎没有听见，我巴不得宋燕秋听不见，只要宋燕秋听不见，宋应昌的雨云就飘不进我们的世界里，一脸严肃的宋应昌被我们抛在脑后，我甚至怀疑那也许是我的错觉。我陪着宋燕秋飞，我领着宋燕秋飞，我们飞出了小镇，飞到了田野，我们飞，我们一直飞到了木泥河边。宋燕秋飞累了，微喘着气说："毕壮志，我们歇歇吧。"我发现了河边的那块大石头。

四月里，木泥河已化冻了，河水汤汤。宋燕秋陶醉般地吸了一口气，抒情地说："哇，河边的景色好美啊。"

我突然变傻了，宋燕秋说河边的景色好美，我也跟着说景色好美；宋燕秋说天空好蓝啊，我也跟着说天空好蓝，我感觉自己舌头发硬，笨嘴笨舌，除了学舌，不会说其他的话了。宋燕秋呵呵一笑，我也望着她傻呵呵地笑。

河边的景色真的很美，小草已经葱绿绿的一片，衬着碧蓝的湖水，像童话中的世界。我们坐的石头后面有两棵柳树，已经长出鹅黄嫩绿的叶子，一片片都像宋燕秋的眉，无数条宋燕秋的眉在微风中轻轻拂动，我的身子突然瑟瑟发抖起来，我看到宋燕秋也有点瑟瑟发抖的样子，猛然一股勇气从丹田升起，一下子从她的身后把她搂进怀里。宋燕秋在我的怀里，就像一只受惊的小鹿，身子颤抖个不停，但她一声不吭，也没有怎么反抗，这又使我的勇气大增。虽然我的心还是怦怦乱跳，可我还是想实现吃一口宋燕秋嘴唇的梦，我先把嘴唇在宋燕秋的腮帮子上贴了一下，我舔了舔嘴唇，甜甜的，有点雪花膏的味道。我把嘴唇继续往前送，我马上就要实现我的梦想了，可是宋燕秋却挣扎起来，颤声说："人来了，人来了。"

我吓了一跳，松开宋燕秋往四周寻觅，四野寂寂，哪有人的影子，只有风吹着柳叶沙沙地响。身后一棵柳树上，倒有只蓝色的小鸟在偷窥，它只有麻雀大小，腹部是白色的，腹部以上的羽毛闪着蓝幽幽的光，它瞪着一双黑豆似的眼睛，歪着脑袋、饶有兴味地打量着我和宋燕秋，见我抬头，就惊慌地叽喳了一声，抖了一下翅膀，箭一般地射到远处的树梢了。

我再想把那个温暖娇美的身体搂进怀里，宋燕秋却死活也不肯了。

我不甘心，厚着脸皮说："宋燕秋，我喜欢你。"我的脸在发烧，我的整个身子都在发烧。

宋燕秋站起来，站得离我远远的，两只手绞在身后，像那只蓝鸟似的歪着脑袋看我，她问："毕壮志，如果你、你考不上大学，打算怎么办？"

宋燕秋的话让我很丧气，我的身子瞬间从发烧状态变成发凉状态。因为按照我目前的状况，我压根儿就没有考上大学的可能，而宋燕秋却能考上大学。宋燕秋考上大学，变成了金凤凰，怎么可能还看得上我呢！

我沮丧，其实是没好气地对宋燕秋说："'生当作人杰，死亦为鬼雄'，人生在世，条条道路通罗马，考不上大学，我就去当养殖专业户，我去养兔子、养黄鼠狼、养……"

宋燕秋忽闪着美丽的大眼睛，略带几分欣喜地问："真的吗？当像米云凯那样的专业户？"

我自信地说："比米云凯那样的专业户还专业户。"

宋燕秋的身子向我挪动，她羞涩地说："毕壮志，生在我们这个时代，年轻人只要有志向，就会成功的。毕壮志，我相信你……"说完，就低着头，用脚尖踢踏着青草。

我的身子又发烧了，我的勇气又从丹田升起了，我扑上前去，我用滚烫的脸贴着宋燕秋的脸，我发现宋燕秋的脸也是火辣辣的。我浑身振奋，我低着头探索，我的嘴唇比我还振奋，它一下子就吃到了宋燕秋的嘴唇——也许米云凯这辈子永远都吃不到的嘴唇。宋燕秋浑身颤抖，她从我的怀里挣扎出来，她有些生气，我不知道她是在生我的气，还是在生自己的气。这些都无所谓了，有所谓的是我们毕竟在十七岁的时候，都献出了自己的初吻。

甜蜜的工作，甜蜜的工作，无限好啰喂，甜蜜的歌儿甜蜜的歌儿，飞满天啰喂……

可接下来的日子并不是那么甜蜜了。从木泥河边回来，宋燕秋就不见了，而且，一连两天都不见人影。那两天，见不到宋燕秋的影子，如隔三秋，不，一小时不见都如隔三秋，何况两天见不到她的影子。我又不能找宋燕秋的爹宋应昌打听宋燕秋的情况。我找宋应昌打听宋燕秋，宋应昌不把我撕了才怪。找个同学打听？都在青春萌动期，关于男女私情的触角尤其灵敏地伸着，男女同学之间多说几句话都会引起其他同学的联想，我找同学打听宋燕秋，岂不是此地无银三百两？不能向同学打听！可我见不到宋燕秋，得不到宋燕秋的任何消息，又实在煎熬得难受。那两天，我在课堂上听课，一个字都没有听进去，从前熟悉的数学题，在我眼前也变得面目皆非，陌生如路人，我觉得我的学习成绩一落千丈，我觉得我活不下去了，我必须要知道宋燕秋的情况。我看同学杨云霞和宋燕秋关系比较好，就拿出革命英雄舍身炸碉堡的勇气，向杨云霞打听宋燕秋的情况，我期期艾艾的，杨云霞忽闪着会说话的眼睛，终于明白了我的意图，明白我意图的杨云霞却支支吾吾地说不出个所以然，她也觉得奇怪，怎么两天没见宋燕秋了呢，她也没有宋燕秋的消息。说完，她还朝我诡秘地一笑，那双会说话的眼睛又忽闪起来，像窥破了我内心的秘密似的。这又让我为自己举动的鲁莽而懊恼不已。

我既懊恼又失魂落魄的，像霜打了的茄子，像摘下来又被烈日烤瘪了的辣椒。这两天，我天天都是失魂落魄的，我时时刻刻都像丢了心肝儿，我茶不思饭不想，我为伊消得人憔悴。宋燕秋不就是我的心肝儿吗，一个丢了心肝儿的人，那还能叫人吗？那只能叫行尸走肉。

我丢失了的心肝儿，你现在哪里？我想起在木泥河边，宋燕秋从我怀里挣脱后的样子，她一定不是在生自己的气，她一定是在生我的气。这么一想，我又愁肠百结，悲伤无名。我要去宋燕秋的家里去找，找到她我要向她道歉，千方百计地求得她的谅解。宋燕秋的家就在我们木泥河中学的校园里，可她爹是我们的老师，我又不敢去她家里找。我好几次跑到教师宿舍区那里张望，我期待着出现一个惊魂一瞥，可徘徊了好多次，我连宋燕秋的影子都没看见。

第三天，宋燕秋终于回来了。上午第一节课的上课铃还没响，同学们有的已经落座，有的正从教室外面进来，乱纷纷的。宋燕秋还是穿着那件绿色的风衣进来的，落座之前她先脱了风衣，把它搭在椅子背上，然后用葱白样的右手指捋了一下鬓角的头发，她的座位在我前三排，那葱白样的手指一捋发丝就像捋到了我的心弦上，让我的心弦颤抖不已。我顾不得同学们都差不多回归座位了，我几乎是扑上前去，拉住她的右胳膊，我还没有失去理智，我不想让同学们听到，我压低着声音问她："怎么了，燕秋！"这五个字，是想问她这两天究竟发生了什么事，怎么没来上课呢。但宋燕秋板着脸，冷冷地用那葱白样的右手推开我拉住她胳膊的手。

闹哄哄的教室一下子安静了，许多双眼睛像许多盏探照灯似的射向我们。宋燕秋的脸瞬间红得像熟透了的苹果，我看见她咬了咬嘴唇，然后声音虽然很小，但吐出来的字却像一根针一根针似的扎在我的心上，"毕—壮—志—同—学—请—你—自—重—自—爱——一—点—好—不—好！"

我顿时感到受了莫大的侮辱。上课铃响了。一上午，第一堂课是化学，第二堂课是语文，第三堂课是数学，第四堂课是历史，一上午的课一点都没有听进去。宋燕秋怎么突然对我如此冷漠呢！难道我们之间在木泥河边压根儿就没有发生过什么事，难道我们两个人就压根儿没有去过木泥河边。

如果我们两个人真是没有去过木泥河边，那我们还可以像从前一样在一起探讨学习问题啊。所以第一堂课结束，我迫不及待地拿着课本找宋燕秋，可宋燕秋一见我，扭头就走，就像压根儿不认识我似的。课间休息，宋燕秋和其他的同学说说笑笑，一见我过来，笑容就立刻消失。宋燕秋，我究竟哪里做错了？真是女孩儿的心思你别猜，猜来猜去你猜不明白。可我十七岁的时候，这首《女孩儿的心思你别猜》的歌还没流行呢。别人的心思我可以不猜，宋燕秋的心思我怎么能不猜呢！

所以，课间休息的时候我跟着宋燕秋，中午吃饭的时候我跟着宋燕秋，到了晚上上晚自习，我还跟着宋燕秋。我顾不得同学们如何看我。我们木泥河中学的学生一般都是住校，晚上我不回家。我已经从她和同学们的说笑中，知道她这两天没来上课，是因为感冒了。一定是在木泥河边冻着了？木泥河水解冻不久，水里还在吐着寒气，我身体皮实，所以没事！她那娇美的身躯，一定就是在木泥河边冻感冒了。我跟着她并不是要问她究竟是因为什么感冒的，我是想了解，怎么她感冒一场，就对我的感情彻底变了呢！天翻地覆，这是什么感冒病毒，就像一杯忘情水一样。我向苍天保证，我跟着宋燕秋，实在是没有别的非分之想，更不是想要什么流氓。

可是第二天，我们的班主任——宋燕秋她爹，如果我和宋燕秋的关系要成了的话，就是我未来老岳父的宋应昌把我叫进了他的办公室。

一进他的办公室，宋应昌就凶巴巴地问我："你，成天到晚不学习，紧盯在女生后面，你想干什么？你究竟想干什么？！"宋应昌说一句就挥一下手，身子往前一倾一倾的，像扑上来要揍我似的。

"我、我……"我无非是想了解宋燕秋对我的态度怎么前后判若两人了啊，可是这些话我又不能对宋应昌说。宋应昌平常见了学生，脸就是阴森森的，很少有欢笑的时候，一副要吃人的模样，我还真有点怕他。

"你、你什么你？"宋应昌声色俱厉地问我，手指差不多要点到我的鼻尖了。

"我、我就是想和宋燕秋探讨一点、一点学习问题呗。"我用蚊子一样的声音哼哼着说，我不敢看宋应昌的眼睛，他的脸铁青，努着的那双牛眼射出愤怒的光芒。我低头看自己的脚，我脚上穿的是我爹给我买的一双解放牌胶鞋，胶鞋有年头了，左脚的鞋尖胶皮开了一道两厘米左右的口子，我左脚动一下，这道口子就咧一下，像不怀好意的人在龇牙咧嘴，又像在泄我的底气，这让我很沮丧，我打算这个周末回家，让我娘帮我缝补一下。

听了我的回答，宋应昌不干了，宋应昌说："啊呸！你就是想和宋燕秋探讨点学习问题？你以为你那点小伎俩能瞒得住我！我是干什么的？我过的桥比你走过的路都多，你那点小心思能瞒得住我？你趁早死了心吧。再说了，宋燕秋用得着和你探讨学习问题吗？你学习成绩比宋燕秋好，还是怎么的？宋燕秋明年就考上大学走了，怎么的，你还想去宋燕秋的大学找她探讨学习问题吗？"

听了宋应昌的话，我的脸青一阵红一阵。宋应昌这只老狐狸，不但一下子揭穿我心里的秘密，而且还嘲笑我永远也考不上大学，不然他那最后一句话"你还想去宋燕秋的大学找她探讨学习问题吗"是什么意思呢？考不上大学，我还不想考了呢！

也许宋应昌觉得自己的话说得过头了，他不单是宋燕秋的爹，还是我们的班主任呢！他又转过来用一种舒缓的语气教育我，"当然啦，你在学习上能有这种钻研的精神也是好的，也是值得肯定的。你学习嘛，也还不错。人的一生虽然漫长，但关键时刻往往只有几步。这几步可不能走错哟，一失足成千古恨，关键时刻，还是要把心思用在学习上，用在其他方面，都是扯淡！好好努力吧，兴许你将来考上一个大专也还是有可能的。"

我十七岁的时候，我们木泥河中学一年考上大学的只有一个人，但也还有两三个人能考上大专，譬如说像某某粮校、某某税校啦。如果能考上大专，毕业后工作也由国家分配，即使不能去什么好地方，但回我们的小县城，还是衣食无忧的，而且也是国家干部。能考上大专也是好事，对我们老毕家来说，也算鸡窝里飞出了一只金凤凰。我低着头，听宋应昌为我设计前程，觉得自己的前程并非暗如黑夜，即使是夜黑如墨，也还有几只萤火虫的亮光在前方迷人地闪烁。

但宋应昌又说："你要是考上大专了，你爹脸上也有光彩，你也用不着让你爹常年累月去夹皮沟淘石头了。"

我的脸上顿时感到一阵燥热，我爹怎么是淘石头呢！我爹是在夹皮沟金矿淘金子！虽然我爹和我老叔这些年一直没有淘到金子，他们常年扒拉的也许只是石头。但这话我爹和我老叔自己说说可以，我娘和我老婶说说可以。别人说就不可以，我不允许别人对我爹的执着劲儿有丝毫的侮辱。何况，是我爹自己要去淘金子的，怎么是我让我爹长年累月去夹皮沟淘石头呢？！

我十七岁的时候脾气是很冲的，我抬起一直低着的脸，眼睛直直地盯着宋应昌，我的双眼一定射出了愤怒的子弹，我怒吼："考不上大学爷爷还不想考了呢！大专那么好，你让宋燕秋考进去呗，让你女儿宋燕秋替你脸上添光彩！"

宋应昌愣了片刻，立刻就气疯了，因为我做了他的爷爷，因为至今还没有一个学生敢这么跟他说话。宋应昌一拍桌子，桌子上的一瓶墨水受了惊，慌不择路地弹跳到地上，墨水瓶不但碎了，墨水还溅到宋应昌的裤腿上。宋应昌一把揪住我的衣领，气咻咻地说："走！走！我领你去校长那儿，你这样的学生还有什么培养的必要，开除！开除！一定开除！"

奇怪的是，这一刻我一点也没觉得害怕，相反却出奇地冷静，我用力掰开宋应昌的手，说："你也不用领我去校长那儿，你觉得爷爷我这样的学生没有培养的必要，爷爷我还不想读了呢！"说完这句话，我觉得就像吐出了心头的一块石头，我感到前所未有的酣畅淋漓，真的是前所未有的酣畅淋漓。我拿脚指头思考也知道宋燕秋对我态度的转变，一定是和她爹宋应昌有关。

我决定在宋应昌跟前把"酷"进行到底，我像位大英雄一样，威风凛凛地拉开他办公室的门，昂首挺胸，气宇轩昂地摔门而出。

我不读书了，我也没有去找宋燕秋，我想宋燕秋更不会见我了，因为我还做了她爹的"爷爷"。

第二章

　　四月里，我爹和我老叔还没有进夹皮沟金矿淘金子。我爹坐在炕上抽着烟袋锅，我爹抽烟袋锅像口渴极了的人喝水，一连拼命地吸了好几口，一阵腾云驾雾之后问我："大毛，你从中学堂回来了，不读书了，你自个儿打算咋整啊？"我爹喜欢把"中学"叫成"中学堂"。

　　我毫不犹豫地说："我养兔子。"

　　在我读书这件事情上，我娘是个没主见的人，她觉得读书有读书的道理，不读书有不读书的道理；读书有读书的好处，不读书有不读书的好处。所以，我不读书了，她没觉得有什么意外的，她意外的是我要养兔子，满腹狐疑地问："那兔子咋养啊，我和你爹都没有养过兔子。"

　　我胸有成竹的样子，说："我当养兔专业户，像米云凯那样。"

　　米云凯的名字现在真是如雷贯耳，我爹一听说他的名字就不吭声了。我娘还在念叨："那兔子咋养啊，你娘只养过鸡、养过猪，没养过兔子啊，那兔子要是养不活咋整？"

　　我爹把大手朝我娘一挥，说："大毛的事，你就别瞎掺和了，大毛是个知识分子呢，干啥事他自个儿心里有谱。"

　　我娘一直对我爹进夹皮沟金矿淘金子不满，因为我爹年年都淘不出金子。她生气地说："我瞎掺和了？我瞎掺和什么了？你们爷俩是一根筋的，伺候着你们，我算是倒了八辈子的霉了，我的苦日子啥时候才是个头啊，呜呜呜……"我娘哭开了，我娘就是一个无理取闹型的人。

　　我爹是我的主心骨，可我爹种完大豆就要进夹皮沟淘金子去，一直到秋收时才能回来。我不想在家里养兔子，成天到晚听我娘絮絮叨叨的，磨得我两耳起茧子。于是，我就利用了我们村子里一座废弃的老屋。老屋当年是盖给杭州下放来的知青住的，在我很小的时候，我还见过住在这老屋里的知青，是两个姑娘，身材高挑，皮肤白皙。在我到了要上小学的年纪，她们就回遥远的南方了，回去就没了音信，老屋也废弃了，废弃了许多年，连门锁都锈死了。窗户是木头做的，玻璃早就没有了，连一块残片都没有了。我推开腐烂的窗扇跳进去，吓坏了三只灰色的老鼠，它们惊慌失措，吱吱叫着，少顷，嗖嗖地从我的脚边飞过，瞬间不见踪影。我抹了一把被蛛网蒙住的脸，在老屋巡视一番，除了残破的蛛网、满地的灰尘，还有一个倒塌了四分之三的土炕和一个完全倒塌了的土堆——是从前的灶台，其他什么也没有了。老屋的墙壁是用砖垒的，我拿脚踹了两下墙壁，扑簌簌地落下来一阵尘土，墙壁纹丝不动。我又用手推了推，墙壁还是纹丝不动，看来一时半会儿倒塌不了。只是屋顶有几处破洞，修补一番，暂且当作我的养殖场应该没有问题。

　　除了地点外，当养兔专业户还得有些钱，这是启动资金。我爹的金子还没有淘回来，一年的大豆还没种下去，即使种下去也得等到收割后才能卖出钱来，我家现在没有钱。那些年，我家常常没有钱。通过我爹，我大舅借给我二百元，我大姑借给我一百五十元，我二舅妈借给我一百元。我还差一些钱，我娘帮着出主意，"找你老叔借两个？"

我爹狠狠地瞪了她一眼，吧嗒两口烟，抬头问我："还差多少。"

我约莫算了一下，还差一百元。我爹又吧嗒两口烟，说："爹帮你想办法！"后来，我邻居毕世成借给我五十元。还有五十元凑不齐，也只好这样了。

有了启动资金，又有了场地，我信心十足，撸胳膊挽袖子，准备大展宏图。

我爹给我建言献策："有启动资金了，你还得去找米专业户，人家有经验。要知道啊，大毛，这同学归同学、交情归交情，你现在要养兔子，向米专业户学习，就该虚心求教，学习经验。对了，咱也不白问，咱先在他那儿买几只种兔。"

我娘一辈子没借过这么多钱，几天都没睡好觉，这会儿忧心忡忡地问我："大毛，你能行吗？那兔子说养就养了？"

我爹朝我娘不耐烦地一挥手，"大毛说行就肯定能行，你就别掺和了。"

我娘不满地瞪了我爹一眼，她的眼睛里布满了血丝。

我揣着钱，兴冲冲地跑去找米云凯。说实在的，在学校时，我和米云凯关系一般，我们并没有多少交往。岂止如此，我还有点瞧不起他。我学习成绩比他好，体育成绩也比他好。关系虽然一般，但我们之间指定没有冤仇；虽然有点瞧不起他，但在学校时我毕竟没有流露出来，不会存在得罪他的地方。何况，我俩现在有了许多共同的地方，我们都中途退了学，我们都有一个大力发展农村养殖业的目标，所谓"惺惺相惜""志同道合"，我盘算了一番，米云凯没有理由不好好帮助我。

果然，米云凯一听我也要养兔子，眼神熠熠生辉。他热情似火地拉住我的手说："你要向我看齐当养兔专业户，也不能只养几只种兔啊，几只种兔啥年才能当上专业户？这样吧，你出五百元钱，我给你二十五只种兔，其中成年兔子五只，幼兔二十只，兔子这玩意儿繁殖快，一年能生好几窝，一窝能生好几只。你回去好好饲养着，不出一年，你小子就向万元户看齐了。"说完，米云凯松开手，在我肩膀上拍了一巴掌。仿佛我现在就成了万元户。

我十七岁的时候，万元户是一个家庭率先富裕起来的标志。谁家成了万元户，全村人看他家的目光都是羡慕、嫉妒、恨。不像现在，一个月挣一万元也不稀奇。米云凯就是万元户，我们木泥河的人都在传言。不过，我到他家的时候，我发现米云凯家的房子和我家的没有什么两样，依然是低矮的平房。只不过他家住在村子的最东头，我家住在村街的中间，我家屋后也没有他家那一片茂密的白桦林。

米云凯的爹坐在院门楼下抽烟，他和我爹一样，抽的也是烟袋锅，烟雾缭绕，后面是一张愁苦的脸，我向他打招呼，他却对我不理不睬。米云凯拉了我一把，说："甭理他，我爹这个人，谁来参观我的兔子养殖场，他都不高兴。"

"为啥？"

"为啥？他只想自家闷声发财呗！"说完，米云凯哈哈大笑起来。米云凯他爹不为儿子的笑声所动，依旧苦大仇深地抽着烟袋锅，我不由得跟着米云凯也哈哈大笑起来。

我们没进米云凯的家，我跟着他绕到屋后。米云凯在白桦林边围了一圈兔舍，大约十米长，五六米宽，兔舍的墙是木条的外面糊上了泥，舍顶上苫的是头年的稻草，这么寒酸的一圈就是传说中的米云凯养殖场。我想进去参观，米云凯却制止了我，说他家的养殖场刚做了消毒处理，外人不宜入内，让我在兔场外等候。见我有些失望，米云凯告诉我："等你养殖场成规模了，你也得经常消毒。到时我去指导你，你小子好好干吧，万元户在向你招手啦。"

听了米云凯的话，我浑身振奋。一会儿的工夫，米云凯从他的养殖场搬出二十五只种兔，一只只活泼可爱的，我恨不得把它们都搂进怀里。二十五只兔子也不少，自行车一次运不回去。米云凯牵来一头高大的骡子，套上一辆胶轮大车帮着我把这二十五只兔子送到我的"毕壮志兔子养殖场"——就是我们村当年知青住过的老屋。我刚开始养兔子，我的兔子养殖场既没有领取营业执照，也还没来得及挂上白底黑字的木牌。"毕壮志兔子养殖场"八个字是我用粉笔写到门楣上的，粉笔太细，为了让招牌显眼，八个字的每一个笔画我都描了好多遍。

即使是这样寒酸，我的二十五只兔子入场的那天，还是在我们村引起了轰动。我爹来了，我大舅来了，我大姑来了，我娘来了，左邻右舍的人都来了。我娘那天并没有说过反对我养兔子的话，半个字也没有。相反，她觉得我买回来的这二十五只兔子，个个白茸茸的毛，红红的眼睛，长长的耳朵，而且它们见许多人围观，有些惊慌，却又无处可藏，只好把脑袋埋在两只前腿间，或者扎进另一只兔子的怀里，身子不住颤抖着，顾头不顾腚的，这二十五只小兔就是二十五个鲜活的精灵，每一只都是可爱极了。

我们的老村长也来了，胸前依然插着三支笔。自从他的弟弟被电死后，老村长干什么都是小心翼翼的，加倍着小心。这会儿，他背着手，低着头，围绕着我的兔子左转转、右转转、右转转、左转转。

末了，他抬起头，疑惑地问米云凯："养兔子，真能当万元户？"

"当然能啊。"米云凯擦着额头上的汗说，"我不就是靠养兔子发家的吗？"

"你就是米云凯？"老村长不敢相信自己眼睛似的问。

"我就是米云凯，如假包换！"米云凯拍着自己的胸脯说。那年，米云凯的名字在我们木泥河镇真是如雷贯耳。

我爹自豪地补充："大毛和他是一个班的，他俩是同班同学。"

米云凯帮我安顿兔子，一直忙个不停，同学的情谊就是不一般。

老村长没有反对我把这座老房子当成我的临时兔子养殖场，这就是天大的人情了。我满怀感激之情向他介绍："养兔可以致富，兔子全身都是宝，兔肉可以食用，增强人民体质……"

米云凯抢我的话说："兔毛可以织毛衣、织地毯、做毛笔……就是兔粪也可以作为有机肥，肥沃土壤呢！"

我爹听了不住地点头，我大舅、我大姑、我娘那天听了也都是喜滋滋的。

我们的老村长冥顽不灵，听完我们的话，又围绕着我的兔子左转转、右转转、右转转、左转转。然后，不置可否，衣兜里插着三支笔，背着手一声不吭地走了。而那天，我爹听完我和米云凯的话显得比我们还激动。我爹一激动起来，就一烟袋锅接一烟袋锅地抽烟，也让我大舅一烟袋锅接一烟袋锅地抽烟，他们贪婪地吸着，就像吸完就没有机会再吸似的。那天他们弄得烟雾缭绕的，把我的兔子养殖场都变成了仙境。

我爹就带着这样的好心情种完了大豆，带着这样的好心情和我老叔去夹皮沟金矿淘金子去了。

我当养兔专业户的消息立刻传遍了全村，我相信不久之后也会传遍我们木泥河镇的。

　　我想念着宋燕秋。有好几次，我想把思念的话儿写下来，我真写下来了一回，我写：燕秋，我对你的思念就像那木泥河的水，滔滔不绝……可我想了一想，木泥河的水一年有半年时间都是被冰雪覆盖，并非滔滔不绝的，我就把这张纸撕了。有好几次，我跑到木泥河边。那棵柳树的枝叶已经非常茂密了，阳光露不出一丝，柳叶密密层层的，柳烟堆翠，不，是无数双宋燕秋的眉，在微风中轻轻扬起。木泥河边除了葳蕤的青草，还挺拔起一张张青翠的荷叶，一张张地往河心铺展。可惜，这里不是江南，没有采莲人，没有那曼妙的身姿。柳树上，也不见了那只鬼精灵的蓝鸟。我来木泥河边发了一会儿呆，看白云倒映在湖水上，有一阵我疑心木泥河的水就是那碧蓝的天空，后来我由白云想到了我的兔子，就长长地叹了一口气，垂头丧气地回到我的养殖场。

　　七月了，我们木泥河中学再过十来天就要放假了。这天，我的同学江小诗骑着自行车跑到我们村来找我。江小诗是个男生，却长得小巧玲珑，性格也乖巧，乖巧得让谁见了谁都觉得他是自己的弟弟。江小诗也爱笑，一笑起来，小巧的脸上露出两个小巧的酒窝，谁见了都喜欢。这天，江小诗参观了我的养殖场后，有些失望地说："毕场长，这才几只兔子啊！不像外面传说的那样啊。"

　　我信心十足地说："兔子繁殖快，你下次再来看，不出几个月，就会变成上百只了。"

　　江小诗这才告诉我："同学们都关心你的事业发展，大家商量好了，暑假都要到你的养殖场来看看呢。"江小诗学习不行，跑腿递话这样的事儿绝对在行。

我特别希望宋燕秋能原谅我做了她爹的"爷爷"，那真的是一时气话，冲动这个魔鬼真的能害死人，只要她能来，我一定会向她解释清楚，我期许地问江小诗："所有的同学都来吗？"

　　江小诗肯定地说："所有的同学都来啊！"

　　我心里着急，心里骂江小诗这个笨啊，因为没有得到确切的答案，因为江小诗的笨，我只好挑明了问："宋燕秋也来吗？"

　　江小诗忽闪着天真无邪的大眼睛说："来啊，同学们都来，她当然来了，她怎么能不来呢？"

　　"你问过她吗？"

　　"我问过啊，她还说你怎么就退学了呢！"江小诗说。

　　我的心弦，猛地被人拨响，奏出一阵激昂的乐章。江小诗走后，我眼前晃动的都是宋燕秋的影子，鼻子里吸进的都是宋燕秋身上那淡淡的体香。吃饭、走路、睡觉时都想着宋燕秋。甚至我觉得我养殖的小白兔，只只身上都有宋燕秋的影子。

　　我无法克制自己，又一次跑到木泥河边，找到那天我和宋燕秋坐过的那块石头。石头后面，一片片的柳叶像一条条小鱼儿似的在枝条上游动，在我的心里游动，游得我心麻酥酥的喜不自禁。野生的莲叶又蹿高了一截，"荷叶何田田"，河边的莲叶顺着木泥河蜿蜒，往左看不到头，往右也看不到头，"接天莲叶无穷碧"。有一只雁鸭嗖的一声扎入水中，眨眼间就衔起一条小鱼从河面上掠起，给河面带出了一圈涟漪。不远处还有另一只雁鸭，它们会合到一处，相伴着飞，比翼飞入莲叶深处，木泥河的风景真是美极了。现在坐在石头上，一点都没有四月里那丝寒冷的感觉。我浑身燥热，我好想再吃一回宋燕秋的嘴唇……

　　但宋燕秋不会主动到河边来了。我想等一个黑夜，潜进木泥河中学。我在自习室门前的一排老松树后面等她，我做了她爹的"爷爷"，我请求她原谅我，年轻人好冲动、好说错话，吃一堑长一智，我以后再也不会说出这样混账的话了。她要是不肯原谅我，求她扇我的嘴巴也行，不行我自己扇自己的嘴巴。我来见她，如果她肯原谅我，求她再让我吃一口她的嘴唇，毕竟我们的关系已走过这个阶段了，即使不向前发展，难道保持原地踏步还不成吗？难道说往事真的如烟，在彼此的心里一点痕迹都没有留下？不，往事并不如烟。往事在我的心里，都像岩壁上的画，是用铁錾子一点点錾到心上的。对了，听江小诗说，她还关心我为什么退学了，也许她爹没告诉她实情。那么，我该不该主动求她原谅我做了她爹的"爷爷"？那么，我就告诉她我为什么退学好了，人生在世，条条大路通罗马，我为什么一定要走升学考试这条路？如果，如果她真的认为她将来考上大学了，她和我就成了两个层次的人。那我就绝不会去大学里纠缠她，只要她过得比我好，我就衷心祝福她。但我要告诉她，我要让她明白我此时此刻的心意。

在木泥河边，我一个人痴痴地想着，还情不自禁地洒下几行泪来。但后来我并没有潜入木泥河中学的校园，我觉得那样有点猥琐，不是我毕壮志光明磊落的行为方式。暑假到了，也没有一个同学到我的兔子养殖场来看我，我养的兔子出问题了。

兔子养了有一两个月了，不但没有一只怀孕，一天早上我居然发现有三只兔子已经奄奄一息了。其他的兔子也都蔫头耷脑的。我拿出它们最爱吃的胡萝卜，平日里，它们见到胡萝卜就用两只前腿抱着啃，啃得津津有味的，头都不抬。可今日见了胡萝卜，也只是懒洋洋地瞅几眼，趴在窝边不肯动弹了。我一下子慌了，我不知道这是出了什么问题，我也不敢找我娘，急忙骑上自行车去找米云凯。

我们的老村长衣兜里插着三支笔，背着手在村街上走。他家的那只小黑狗跟在他身后，离他七八步远，学着他的模样，也不紧不慢地踱着步。我顾不得跟老村长打招呼，嗖的一声，从他身边穿过。老村长没吭声，他家的小黑狗却不满地冲我吠了几声。

米云凯戴着副墨镜，吹着口哨正要出门，我堵住了他。

米云凯满嘴胡言："我靠！毕壮志，你养的兔子不怀孕关我何事！你来找我，难道说你要我让你的兔子怀孕吗？哈哈……"他像个大流氓一般嬉笑起来。

我急得嗓子冒烟，"不是的，不是的，现在有三只兔子已经奄奄一息了！怀不怀孕是另一说。"

米云凯收住了笑嘻嘻的脸，急急地说："那你把它们分离开，分离开啊，现在是夏天，你得赶紧回去把那三只兔子和其他的兔子分离开，快啊，快啊！"

我是我们村的知识分子，我好歹明白一点关于传染病的常识。我听了小流氓米云凯的话，骑着车掉头就往回跑，米云凯的村子离我们村有五公里，等我气喘吁吁赶回养殖场的时候，我的三只兔子已经躺在那里一动不动了。我幻想它们是在和我开玩笑，故意躺着不动逗我玩，我揪住它们长长的耳朵，把它们拎起来，它们声息全无，任我摆动。这天晚上，我并没有把死了三只兔子的事告诉我娘，我忧心如焚，身子躺到炕上，翻腾得如烙煎饼，一直烙到天明。

早上，我的兔子又有四只奄奄一息了，跟头天那三只的症状一模一样，我的脑袋嗡嗡直响，我把它们隔离开来，又骑着车往米云凯的村子跑。

米云凯正蹲在门前的石头上吃早饭，一碗粥喝得"吸溜溜"地响。见我赶来，他吃了一惊。我急匆匆地说："昨天那三只已经死了，今天又有四只快不行啦！"米云凯把碗筷往石头上一搁，站起身来说："糟了，那这是瘟病了，你回去往你的养殖场里撒生石灰，撒生石灰消毒啊！"

我怎么这么倒霉！现在撒生石灰还来得及吗！我懊恼地说："米云凯，我养兔子都是按照你指点的一丝不苟地执行了，怎么你养的兔子没有事儿，偏偏就是我的兔子出事了呢，你让我看看，你的兔子是怎么养的？"

米云凯不肯领我去看，摇晃着脖子说："我可不能让你去看，你身上带有兔瘟。"我偏要去看。米云凯又说，"这有什么好看的，都是一样的兔子。"鬼使神差似的，我下定了决心要看，我绕到屋后，来到白桦林边，我下定决心，这回米云凯不让我看我就不走。

米云凯急忙跟过来，拦住我吞吞吐吐地说："毕壮志，我，我和你说实话啊，我养的兔子都卖、卖给你了，我家里现在一只兔子都没有了。"

"一只兔子都没有了？"我惊讶得跳了起来，我冲进了米云凯的兔子养殖场，一拨拉木柴门，那一圈兔舍里果然空空如也！

"一只兔子都没有了，真的是一只兔子都没有了。"我气得七窍生烟。

米云凯倒埋怨起我来了，说："你看，我跟你说实话，你还不相信我，我怎么能骗你呢，我要是骗你我都不得好死。"

我这个气呀，一把揪起米云凯的圆领衬衫。米云凯不出门的时候，上身只穿一件圆领的衬衫，大概是因为年代久远了，上面留有好几个大窟窿。我揪着他的脖领说："这不对啊，米云凯，你不是养兔专业户吗？县上广播说你二十五只兔子起家，一年时间繁殖成六百只兔子，仅凭兔毛，你一年时间就成了万元户。"

我比米云凯长得高大，我揪着他的脖领都能把他提起来。我揪着他，米云凯就不敢跟我嬉皮笑脸的了。米云凯哭丧着脸说："哪啊，哪啊，那都是县广播台的记者编的，我一共就养了二十五只兔子。"

我都要气疯了，米云凯这不是玩我吗？兔子还不吃窝边草呢，这家伙却连同学都欺骗，实在太可恨了，我气得用脚踢他。米云凯嗷嗷地哭着求饶："毕壮志，别打了，别打了，我退你二百元钱，别打了，毕壮志，我退你二百元钱。"

我狠狠地松开他，说："退我三百元。"

米云凯用死了爹妈一样的倒霉神情冲着我说："我没有三百元钱啊。"米云凯不但没有三百元钱，连说要退我的二百元钱都没有，说先得打个欠条欠着。

我又要气疯了，我突然想起了米云凯的那副墨镜。我也想要一副墨镜，那时候，在我们木泥河乡下，戴上一副正儿八经的墨镜是非常酷的。我冲着米云凯吼："那就把你的墨镜先押我这儿吧。"

米云凯听了我的话，像得了圣旨一般，蹿回家把墨镜找出来放到我的手上。

我的兔子全完了。我有心想瞒住我娘，可这哪里瞒得住啊。我还没到家，我娘就一下子全知道了。我娘知道后一下子就病倒了，在床上躺了三天三夜，这三天三夜里，我娘不能见我，我娘一见我病情就要加剧。我大舅跑过来，对我说："大毛，你去我家住几天。"我大舅借我的钱，被我打了水漂，但我大舅对我的语气还比较客气。

我二叔一个子儿都没借给我，说出来的话却如一支支利箭，支支扎透我的心，他装成大瓣蒜的样子说："大毛，老古话说得好，起家犹如针挑土，败家好比浪淘沙啊。你看，你这一下，好几百块钱没有了吧。"他还说，"你看，当初我不借你钱，是对的吧，不是我没有钱，要是借给你，不也打水漂了吗？"他又摇头，"我哥啊，娇惯孩子也不是这种娇惯法。"

我涨红了脸，不服气地辩解，"谁干事业能有一帆风顺的时候？失败是成功之母。"

我二叔还没接茬，我三叔先就冷笑了一声。我三叔跟我二叔一个鼻孔出气的，他冷嘲热讽起来，"大毛啊，要说在我们家，你是书读得最多的。但我看你是把书读到腿肚子里去了，你娘都被你气倒了，你还失败是成功之母，你失败，你找到了成功当你娘，可你亲娘都要被你气死了。"

我这两个叔叔的话，说得我脸上青一阵红一阵的。我不能待在这个家里，我也不能去我大舅家，好男儿得有骨气啊！晚上，我一个人住进我的兔子养殖场。一只兔子都没有了，再也听不到它们啃食萝卜和菜叶时的沙沙声了，再也听不到它们发泄不满时的咕咕声了。这些古怪的生灵，在我人生的关键时刻，咋像撺掇好的一起死了，咋一点也不帮衬我一把啊。我抱着脑袋，一个人坐在胡乱拼凑起来的炕席上，木然了许久。

晚上，我弟弟毕二毛给我送来饭。我吃饭时，毕二毛在我身旁一声不吭。我赌着气，不想吃饭，可是我的肚子却不争气，我就端起饭吃了起来。后来，我吃完了，收拾碗筷时，毕二毛悄声问我："哥，二叔说你是败家子，你真是败家子吗？"

我跳起来，要去找我二叔拼命，我要拿把刀去剁了他。随后又冷静下来，我凄凉地问毕二毛："二毛，你觉得哥是吗？"

毕二毛认真地想了想,说:"我觉得不是!"这一年,毕二毛的身子往上差不多蹿了十厘米,他的脑袋快顶到我的下巴颏了。我无言地在他的肩头拍了一掌。这个晚上,我发誓,我要干出一番成绩,干给那些小瞧我的人看看。毕二毛的脚步渐渐远去,透过破窗,我看见一弯明月挂在蓝黑色的天穹,像镰刀一样闪着阴森森的寒光。我又发誓,我要干出一番成绩,这回不是要干给我二叔他们看,而是要干给宋燕秋看看。

　　破旧的老屋里,蚊子发现了活物,兴奋地成群结队而来,它们精心设计战术,一批批而来,轮番作战,骚扰得我睡不着。这个晚上我索性不睡了,我发现夜晚不只是蚊子的世界,还是许多虫子的世界,也是老鼠的世界,它们兴奋地伴着我无眠,一直折腾到白昼来临。我认真地总结我养兔失败的原因,我想我这次失败,第一是上了米云凯的当。我之所以上了米云凯的当,首先还是上了县广播电台的当,县广播电台为了树典型,不惜造假,真是坑人不浅。其次,上当还只是次要的原因,主要的原因还是在于养兔知识匮乏,养兔经验不足。虽然我读到了高二,但我所学的知识没有一点和养兔有直接的关系,我甚至都没有认真看一看《养兔指南》这本书。虽然这次失败的教训是深刻的,但哪有人能随随便便成功,而且成功的人是孤寂的,可能他还要经历一段被人误解、被人嘲笑的历程,那些嘲笑他的人,往往都是一些极其平庸的人,他们鼠目寸光,"不知腐鼠成滋味,猜意鹓雏竟未休",或者以嘲讽别人为人生的乐事。

　　我娘在床上躺了三天三夜,我一个人在破屋子里待了三天三夜。周文王被拘羑里七年推演出一部伟大的《周易》,我在破屋里待了三天三夜,想好了接下来的人生要从哪里开始。我觉得这回可要好好增加知识储备,要去县上书店,多找几本有关养黄鼠狼的书,买回来好好学习，不打无准备之战。

怎么是黄鼠狼，不是兔子了？因为我在破屋子里苦思冥想的三天三夜中，突然记忆的火花一闪，我记得在办"毕壮志兔子养殖场"前，曾无意中从一张报纸上看过，黄鼠狼不像兔子那么娇气，皮毛也更加珍贵。可是，当时有米云凯这个"成功"的"好"同学，我就没往养黄鼠狼上面想。现在筹谋东山再起，我就觉得养殖黄鼠狼前景应该更加广阔，再一个，兔子都犯了瘟病，再在这里养兔子也不合适，兔子虽然犯瘟病死了，没准让它们犯瘟病的病菌还活跃着呢，再养兔子，再犯瘟病死光光了怎么办？可从来没听说黄鼠狼也犯瘟病的。想到这里，我一骨碌从破炕席上爬起来。我几步蹿到门前，拉开门，门口有个东西嗖的一声射出好远，惊魂甫定的我定睛一看，原来是老村长家的那只小黑狗，不知道这个家伙为什么黑夜里跑到门口偷窥我，难道是受了老村长的指使。老村长为什么要派他的黑狗偷窥我？难道是怕我自杀？我娘还没怕我自杀呢，老村长怕我自杀干什么？

我爹的金子仍然没有淘回来，养黄鼠狼我仍然得借钱，不然我连去县里买书的钱都没有。我还想再向我大舅借点，我这许多亲戚当中，就数我大舅对我亲。也许是因为我长得像我大舅，我娘就常说，我长得像大舅。上次，我养兔的时候，我大舅一下子就借给我二百元，我大舅和我大舅妈都是农民，家里经济并不宽裕。米云凯欠我的二百元钱没有还给我，不然我先把我大舅借给我养兔的钱还了，然后再向他借养黄鼠狼的钱，人在经济交往中，一笔归一笔，不能失去信用。

我娘不同意！我娘不但不同意我再向我大舅借钱，也不同意我养黄鼠狼。我娘在床上躺了三天三夜，第四天，见了我就像见了仇人，我一个人住在破屋子里，被蚊子叮得体无完肤，但我娘一点也不心疼我，我都怀疑我是不是她亲生的。我爹不在家，她在家就说一不二了。我回到家，跟她提我想东山再起。我娘不理我，自顾忙乎她手上的一点针线活。可我得厚着脸皮，我不厚着脸皮，我没有东山再起的启动资金啊。我也知道这话不好开口，可是不好开口也得开口，我吞吞吐吐地说："还得借点钱，这回养黄鼠狼，没听说黄鼠狼有犯瘟病的，这回一定能成功。"我说这些的时候声音很低，但我相信我娘听清了，因为我看见她的眼皮还跳动了两下，我的声音就大了，我说，"黄鼠狼的肉可以治疗类风湿病、红斑狼疮。黄鼠狼的毛皮，是制裘、制笔的高级原料，经济价值比兔子高很多。"我向她保证，"借我五百元钱，一年后还你两千元。"我娘啪的一声扔下手里的针线活，气恨恨地说："你就不要做梦了。一个子儿都没有！"说着说着，我娘就发飙了，"你和你爹一个样的，我前世欠了你们什么啊，今生你们都找我索债来了。要是早知道你是这种人，当初一生下你时，还不如就把你掐死了。"我善意地提醒她："你要是真把我掐死的话，恐怕你现在还是在大牢里面蹲着呢。"于是我娘就气急败坏地抢起笤帚乱舞，我好汉不吃眼前亏，撒腿就跑。村街上瞧热闹的人一下子拥来，在我家门前围了里三层外三层，于是就出现了本文开头的那一幕。我那两位幸灾乐祸的叔叔，当着我娘的面主动承担起了抓捕我的重任。

我三叔见追不上我，就在我背后喊："大毛，大毛啊，你是文化人。文化人的事，好好聊聊不就解决了吗？你跑什么跑啊？"我听了我三叔的话，将信将疑地站住了。但紧接着我就后悔得肠子发青。因为，我二叔赶上来一把揪住了我的领口。我二叔是乡下出蛮力的人，力气大得像一头牛。我感觉他只要稍一用力，就能把我提起来，比我那天揪住米云凯领口的力度还大。更可气的地方在于，我二叔揪住我的领口，还把我往我家的门口拖，而现在我家的门前围了许多村民，他们一个个兴奋异常，仿佛来我家门前看唱大戏、看到最精彩一段的一般。斯文扫地，真是斯文扫地啊。我还担心万一这时候，恰好江小诗把我的许多同学都领过来了怎么办？我又急又臊，在我二叔的魔爪下拼命挣扎，我十七岁的时候，个头几乎跟我二叔差不多高了，但我力气没有他大，我使劲掰他的手，把他的手掰得红道一条条，可是仍然掰不开。

　　我二叔却不管这一切，他跟我爹一样也是一条道跑到黑的人物。他曾经因为一条野狗咬了他家的鸡，追那条野狗，绕着木泥河跑了十八圈，直到把野狗累得趴下为止，那只野狗被他宰杀后烀了一大锅，我们村子里的不少人都品尝过，但那时候还没有我。我二叔追野狗的事在我们家乡传为奇谈，现在他就像拖那只跑得累趴下的野狗似的把我拖过来，冲着邻居们喊："各位父老乡亲，老少爷们儿，我老毕家家门不幸，出了个败家子——毕大毛。读了许多书都读到腿肚子里去了。他爹不在家，他娘让我替她做主，我替他爹他娘向各位父老乡亲声明：今后他怎么折腾，我管不着。可是，今后无论他怎么折腾，你们谁也不许借钱给他。各位听见了没有？各位父老乡亲，各位老少爷们儿，你们谁要借钱给他，他到时还不上，你们可别找我们老毕家的人要，他欠的债，我们老毕家的人一概不认！"

　　你说我二叔这话说得够损不？你说被他损了，我这脸还往哪儿搁啊？真是秀才遇见兵，有理说不清。碰见浑蛋的人，更说不清了。我也不管不顾了，我气急败坏地骂他："毕长贵，我操你爷爷，我爹不在家，你有什么资格在我家装大瓣蒜！我就是再缺钱我也不会向你这样的小气鬼借钱，再说你家有钱吗，你瞧你家那穷馊馊的样……"当初我养兔的时候，我邻居毕世成还借给我五十元钱呢！

我的话还没有说完，啪的一声，我的左脸就结结实实地挨了毕长贵的一巴掌，因为毕长贵的爷爷是我的太爷爷，我骂错祖宗了。

我三叔没有打我，但他的嘴巴比我二叔更损，他凑近我低声说："毕大毛，你是我侄子。你要是我儿子，我今儿都能把你打死，你信不？"

我没有法子在村里待下去了。从今往后，我家邻居教育小孩都把我当成反面教材了。我白天都没脸出门了，只有晚上出门散心，我活得像一只耗子一样。

有一天晚上，我路过邻居毕世成家的后窗，我听见他在骂他的儿子大宝："读书有个鸟用，你没看那个毕大毛，书都读到腿肚子里去了，还骂他太爷爷。你要是有读书那个劲头儿，还不如跟你爹把大豆种好，把庄稼种好才是正理！"

我一听，热血蹿到头顶，头发根根岽起。我没想到毕世成居然也这样教育孩子，我真想冲进去把毕世成结结实实地捶一顿。但我终于没有这么做，我养兔的时候，毕世成还借给我五十元钱，我还没有还呢。我冲进去了，毕世成找我要这五十元钱怎么办？我在路边捡了一块石头想扔进毕世成家，可是我最终也没有这么做，把捡起来的石头又扔了。

我发誓我要离开这个村子。我要在外面闯荡出一番天地，总有一天衣锦还乡，让我娘看看，我读书究竟是不是读到腿肚子里去了！让毕世成看看，读书究竟是不是有个鸟用！让毕长贵他哥儿俩看看，我毕壮志究竟是不是我们老毕家的败家子儿！

"壮志从今出乡关，不发大财誓不还。欠款五百何足道，一桌酒饭就抵他。"我豪情万丈，几个字一挥而就，绝不拖泥带水。我把这几个字放在我家的饭桌上，我没有向我娘打招呼。我除了一身衣服，什么都没带，我没等天亮就悄悄地拉开了我家的门。我娘醒了，我听见她嘟哝一句，无非是骂我这么早开门，打扰了她的好觉。我没和我娘顶嘴。

我悄悄地到了村街上，天上疏星点点，各家都静悄悄的，没有一盏灯亮起。老村长家的小黑狗却起得早，把我当作歹人，站在老村长家的院门口，远远地冲我狂吠。我弯腰拾起一块土疙瘩，满腔怒火地朝它砸去。没砸着它，砸到老村长家的院门上。老村长家的院门是铁做的，发出哐的一响。老村长家的灯亮了，我听到他家的婆娘骂"作死的"，不知是骂砸她院门的人，还是骂老村长当官得罪了人，或是骂他家的狗。我加快了步伐，匆匆地离开了村街。

第三章

　　我走到木泥河镇的时候，天色已经大亮了。远远地，我看见了几排低矮的房屋掩映在松树林中，三排房子成品字形，这是教学区。其中一排房子前面竖着一根旗杆，这根旗杆远离松树林，比房顶高出许多，比松树林也高出许多。现在还不到早上七点，没到升旗的时间，所以旗杆上光秃秃的。我知道旗杆前面还有一块铺了煤渣的操场，操场两端摆放着木制的篮球架，雨不大时也能打篮球。这就是我曾经学习过、生活过、爱过和恨过的木泥河中学啊！

　　像有一只无形的手，在拉着我靠近它，它的容颜在我的面前渐渐清晰起来：面对旗杆，品字形教学区左边还有两排平房，那就是我们的学生宿舍，一排平房住男生，一排平房住女生。品字形教学区右边也是两排平房，那就是教师宿舍区。宋燕秋家住在靠围墙边的那排平房。混得落魄如此的我实在无颜走进我的母校，我只是站在一个离它很近的高坡上，注视着校园里匆匆忙忙行走的学生，我的目光在教学区和教师宿舍区搜寻着那个我最熟悉的身影。哪怕我再也不能接近她，可我还想看看她，哪怕只是远远地看她一眼，我的心里也就温暖了。可是我这一点小小的心愿也没有实现。早自习的钟声敲响了，那些匆匆行走的脚步都奔向了各自的教室。

太阳升高了，我不能在此徘徊下去，木泥河镇不是我的终点。我向木泥河中学投下深情的一瞥，我想把她永远地刻在我的心里，我的眼角有了泪滴，我把它们擦干，匆匆地上路了，木泥河镇已经在我的身后……

有一台手扶拖拉机从我身后蹦蹦跳跳地开过来，司机三十岁左右，一身油污，但长得很精神，梳着偏分头，脸上总是笑嘻嘻的。我知道他，是我们邻村的，他有一个姑姑嫁在我们村，她姑姑姓韩，他一定也是姓韩。但我这会儿不想和他扯这些关系，我朝他招手，他停下了突突乱叫的拖拉机，先跑到道边撒了一泡尿，然后抖抖身子，提好裤子，笑嘻嘻地问我："想搭车，去哪里？"我反问他去哪里，他说："我去县城给镇里供销社拉化肥。"我说："韩师傅，那你正好把我捎到县城，我是木泥河中学的，要去县城买书。"他说："我见过你，我姑姑在你们村。"就爽快地朝我一招手，拿摇把摇动了拖拉机。我坐在手扶拖拉机车斗里，通往县城的石子路坑坑洼洼的，我一路随着拖拉机的车斗蹦蹦跳跳，差一点把五脏六腑蹦跳出来的感觉。

到了县城，韩师傅把车停在化肥厂门口，化肥厂很大，有好几根金属烟囱冒着白烟，门前各地来拉化肥的手扶拖拉机排了一长溜。韩师傅说："看样子，这队还得排一会儿，你买完书，就到化肥厂门口来，碰上我还在，我就捎你回去。"我说我今天不回了，我县城里有同学，晚上在同学家住一宿。谢别了韩师傅，已经中午了。我身上没有一分钱，饥肠辘辘，但我却一点也不慌张。因为我们村的毕文章在县城内燃机配件厂工作，一会儿找到毕文章，我的温饱问题就解决了。毕文章是我大爷毕长恒的儿子，我大爷毕长恒的爷爷和我爹的爷爷是亲兄弟。毕文章是我的堂哥，还没出五服呢。

毕文章在县城的工作很忙。我大爷毕长恒说毕文章在厂子里很受器重，不是普通的工人了，毕文章是组长了，手下有七个工人呢。七个工人都得听他的话，他发出一个指令，七个人中没有一个敢说出半个"不"字。这话，我大爷毕长恒一高兴起来就要说一遍，我们村几乎人人都很荣幸地亲耳恭听了。

我在家的时候，逗过我大爷毕长恒。我说："假如我文章哥说，某某，你这活是怎么干的？干脆我这个组长不当了，你来当吧。某某会怎么说呢？"

毕长恒琢磨了一下，就明白了。他笑着骂我："去你大爷的。"我大爷毕长恒骂我也占不了便宜。

毕文章平时都待在县城里，只有春节才回到我们村。毕文章每次回村都要给村子里的人讲他在县城的见闻，讲得唾沫星子乱飞。在毕文章的描述中，县城是一座很大的城市，仿佛比牡丹江还大。雨下得再大，地上也不会溅起一点泥浆；晴天跑车，根本不会尘土飞扬，因为都是水泥路面。县城里的楼房有好几层高，你戴着帽子站在楼底往楼上看，帽子一定会掉到脚后跟，……毕文章的话让村子里的人听完后都对县城的生活充满了无限的向往。可我们村离县城很远，坐手扶拖拉机过去都要三个半小时。很少有人去过县城。

毕文章每次见了我，都亲热得不行，他说县城里面有个县一中，每年都出十几位大学生。这我也知道，县一中是我们省的重点中学，我们木泥河中学跟它不是一个档次。毕文章嘱咐我去县城一定要找他，吃住一概都不用我操心。他还要领我去吃一个南方人开的"灌汤包"，哎哟喂，那包子做得比水饺还小，还精致，一咬开，里面汤汁的滋味，哎哟喂。说到这里，毕文章不往下说了，仿佛闻着了灌汤包的滋味，一副垂涎欲滴的样子，让我的腮帮子里面也一下子唾液翻滚。

现在，我果然到县城了，我也只能去找我哥毕文章了。

县城的路面并非全是水泥路面，也有沥青铺的，还有一段红砖铺的路面。道边也有黄土，上面稀稀拉拉的颗粒是一些煤渣。我从县城东边的化肥厂，找到南边内燃机配件厂的时候，已经是下午三点左右了。我又饿又乏，见着内燃机配件厂几个字，不啻见到了救星，抬腿就往门里迈。大门旁边的一间小屋子里，蹿出一位戴红袖标的大爷，连声威武地吆喝："干什么？干什么？"

我明白了，这是门卫老大爷。

我说我找毕文章。

大爷板着脸，"找谁也不能随便进，你懂吗？堂堂内燃机配件厂，正科级单位，你想进就进？"

我理屈，蠕动着嘴唇吐不出一个字。大爷的心肠软了，嘱咐我站在门口别动，他自己进厂区把毕文章叫出来。

我站在内燃机配件厂门口往里打量，数了数正对面的楼房有五层楼高，粗大的管道围绕着楼面纵横交错，有的接口处还喷出白色的烟雾。工厂内敲击钢铁的声音和机器的轰鸣声共奏。正科级的内燃机配件厂的确气象非凡。

一会儿，大爷领着毕文章出来了。毕文章见了我，吓了一跳，紧跑几步到我跟前问："兄弟，你不是在木泥河中学读书吗？你毕业了吗？你怎么就突然来了？"

我沮丧地说："文章哥，你在县城可能还没听说，我早就不读书了，读完高中也考不上大学。既然早知道考不上大学，还去读书干什么！我，我今天是特意投奔你来了，文章哥，我也想在县城找一份工作。"

毕文章一脸惊愕地听我说完，把我从头到脚打量个遍，眼珠还滴溜儿转个不停，说："原来是这样啊，原来是这样啊，你这也太突然了，你说你来也不打个招呼。"我的脸色往下沉，毕文章又换了语气安慰我，"这样吧，兄弟，我还没有到下班时间，国有国法，厂有厂规。既然来了，就得先委屈你，你先等等我，等我下班了我再领你去我家。"

毕文章总算说了一句人话，我大度地说："文章哥，你先回去上班，我就在你们厂子附近转转。"

离毕文章下班的时间还早，我又不敢走远了，怕毕文章下班后找不着我，我真就围着内燃机配件厂的厂房转。转着、转着，我的肚子不争气地乱叫起来，一早上起来，到现在我还没有一粒米进肚，直感觉脑袋发沉，有一阵眼前金花四溅，我知道这都是因为饿的、乏的。不过天无绝人之路，现在既然找到了毕文章，吃饭问题就应该很快解决了。

内燃机配件厂也不像毕文章从前吹嘘的那么大，大概比化肥厂还要小一些，我感觉面积和我们的木泥河中学差不多，甚至还有可能要小一圈。厂房也很破旧，比我们木泥河中学的房子还破旧，围墙的好多处，许多年前粉刷的白灰脱落了，露出青灰色的墙砖和墙砖之间的三合土，墙头狗尾巴草处处招摇。内燃机配件厂的正门前是一条水泥铺的路，转到围墙的后面，则是一片苞谷地，一棵棵粗壮的苞谷秆上，苞谷长得那叫欢实，一棒棒吐着棕色的须。我两眼冒光，四顾无人，窜进苞谷地，掰下两棒苞谷。急匆匆地转到围墙的另一边，扯掉苞谷的外皮，露出金黄的颗粒，咔嚓咔嚓几口，又香又甜，简直是人间美味。两棒下肚，意犹未尽，我又往苞谷地那边转。却见一位五六十岁的妇女，穿着一身蓝布衣服，手挎一只篮子，从苞谷地的那头现出身来。警惕的我只得打消了念头，往正门口那边转。内燃机配件厂换班时间到了，一拨人骑着自行车蜂拥而至，到了厂门口都规规矩矩地下了车，推着车往厂里走。一拨人推着自行车往出走，走出厂门，跨上自行车扬长而去。毕文章没有扬长而去，他推着自行车从厂房出来，一直走到我跟前。有些不自然地对我说："兄弟，先，先去我家吧。"

我听不出他话里的味道，问："怎么还要骑自行车啊。"毕文章说他的家离厂房有一公里远，一公里其实也不算远，但大家都骑车上下班，他也就骑车上下班了。我为了讨好毕文章，扶着他的车把手，说要骑车驮他走。毕文章说不用了，他就推着车和我一起走，他也不能驮我走，他这是城里的自行车，不是乡下那种载重的自行车，驮不了人。

县城里的东西和我们村子里的东西就是不一样，人也不一样，连毕文章来到县城都不像在村子里时，那样谈笑风生了。

毕文章一边走一边心事重重地问我："兄弟，你到县城找工作，你的工作有点眉目了吗？"

我大大咧咧地说："还没呢，文章哥，你们厂子现在要不要人？"

毕文章呵呵笑了两声，挺了挺胸，自豪地说："我们这是国营的企业呢！用人都要通过县里的劳动局。"继而又批评我，"你以为我们厂是你家的菜园子，说进来就进来？兄弟，不是哥哥说你，你读书读得好好的，你怎么就不读了呢，你怎么就跑到县城来呢，你怎么就这么冒失呢！"

我一时语塞，觉得自己是有点冒失，挠挠头皮，隐隐觉出了前景的黯淡，但已经来到县城了，一时没有其他办法可想，只好跟着毕文章默默地走。

到了毕文章的家，我才发现毕文章的家其实就是一间宿舍，这几栋房子都属于内燃机配件厂的宿舍。而且更要命的是，我还发现宿舍里有一个女人，身材很高挑，似乎比毕文章还要高一点，但颧骨也高，嘴唇薄薄的，面皮倒是很白净，头发乌黑，显得也有几分姿色。毕文章让我管她叫嫂子。

我就喊了她一声嫂子。我嫂子答应了一声，有点勉强，也许是初次见我，有点羞涩吧，我想。我嫂子朝我文章哥挤眉弄眼，我文章哥就跟着她走到房门外。

我像发现一个天大的秘密一般兴奋起来，我嫂子和我文章哥住在一起？我嫂子还没有结婚就和我文章哥住在一起？我想，这要是在我们乡下，未婚同居，女人肯定要被村子里的人戳脊梁骨的。被戳脊梁骨的女人就要低人一等，没脸见人的。

一会儿，文章哥进屋了，我嫂子没进来，我悄悄地问文章哥，你已经和我嫂子同居啦？毕文章满不在乎地说，县城里的女人都是这样的，大毛，你从乡下刚出来，现在是什么时代了？毕文章见我一脸惊愕，后面的语气变得有些不屑。

我坐在毕文章的宿舍里，我嫂子一会儿把毕文章叫到门口嘀咕一阵，一会儿又把毕文章叫到门口嘀咕一阵。我的肚子又不争气地叫唤了一声，怎么还不去买菜呢？怎么还不去做饭呢？可我文章哥和我嫂子就是没有出去买菜的意思，也没有做饭的意思。我猛然警觉我嫂子和我文章哥这么嘀嘀咕咕的，莫非和我的不请自来有关？

毕文章从门外嘀咕回来了，招呼我喝水。他问我爹是不是又去夹皮沟金矿淘金子了。还没等我张口呢，我嫂子又招呼毕文章出去。两个人又站到筒子楼的过道里嘀嘀咕咕起来。我起了疑心，就轻轻地走到门口，把耳朵贴到毕文章宿舍的门上。就听见我嫂子压低了声音，声音虽然低，但怒气十足，"拉上帘子？这主意亏你想得出！要不，你就把他留下来住，我回家！"嗬，敢情这是考虑我住宿的事呢！

毕文章低声哄着说："你回家住一晚也行啊，人家来县城了，咱一宿都不让人家住，回去说起来也不好听啊。我们毕竟是一个村上的，再说还都是老毕家的，他还管我叫哥呢，管你叫嫂子。咱就让他住一宿，明天就把他打发了，宝贝儿，好不好，好不好？"毕文章叫我嫂子叫得这么肉麻，让我浑身顿时起了一层鸡皮疙瘩。

"就让他住一宿？你说得轻巧，请神容易送神难，他都住下了，你怎么撵他走？"我嫂子问。

我文章哥说："明天，我指定把他打发了。宝贝儿，你放心，你就回家住一宿好不好？"

我嫂子丝毫不肯让步，气哼哼地说："回家？回家我就不来了，永远都不来了！你请也请不来，你就和他在一起好好过日子吧。"

你看看我毕壮志都成什么人了？我没想到我这么招人嫌！我怎么落到这步田地了，我还是个人吗？我虽然一整天没吃饭，但我身上男儿的热血还在流淌，我听了我嫂子和文章哥的对话，不由得血脉喷张，我一把拉开毕文章的房门。毕文章和我嫂子都吓了一跳，两张嘴张开半天合不拢。

我大义凛然地对毕文章说："文章哥、嫂子，你们都不要为我的事为难，我只是来看看你们，我现在就走。"

说走我就走，我走得飞快，像逃一样地走出毕文章的宿舍。毕文章跑出来拉我，说："兄弟，你嫂子就是那样的人，城里人都是那样的，你怎么这样多心！你都听见什么了？"

我挤出笑脸对毕文章说:"我什么都没听见。"

毕文章显然不相信我的话,再次强调说:"兄弟,你嫂子就是那样的人,城里人都是那样的,考虑问题的角度和我们不一样。你不要和她计较,你不能和她计较啊!兄弟,县城你一个熟人都没有,天都快黑了,你现在走,你往哪儿走啊?"这会儿,我感觉毕文章是真心留我。

我往哪儿走啊?现在满世界我都能走,就是不能回毕文章的宿舍。我瞪着眼睛对毕文章撒谎:"我有个同学家就在县城,我现在去找他。"

毕文章祈求我似的说:"你哪有同学在县城啊,你那些同学还不都是咱木泥河镇的?你今晚就暂且在我家凑合一宿,我用帘子把房间隔开。你嫂子也同意了,到明天我再帮你想办法。"

我坚决地说:"不用了,文章哥,你快回去哄嫂子吧。"

我铁了心要走,我想我哪怕就是睡到大街上,我也不会再去毕文章的家。这才是九月的天气,大街上不会很凉,即使晚上有点冷,也绝不至于冻死人。

毕文章叹了口气,说:"你和你爹一样的,一条道跑到黑,十头驴也拉不回来。这样吧,我这儿有五十元钱,你先去车站附近找个招待所住一宿。"

毕文章说完,不由分说地从兜里掏出五张十元的钞票就往我手里塞。对于我来说,现在毕文章的钱就像烧红了的铁块一般,我嫌它们烫手,死活都不肯接。

毕文章是真要给我,见我真不肯要,急得都要哭了,说:"你要是不拿着,你就跟我去我家。"

我听毕文章这么说,才勉强把钱攥在手里,说:"文章哥,这五十元钱算我借你的。等我在县城找着了工作，我挣了钱，立马就还给你。"

内燃机配件厂的宿舍区也有道围墙，围墙三面都是农田，正面一条煤渣铺的小路。顺着这条小路穿一条沥青铺的大道，继续往前行，就能到毕文章工作的内燃机厂。这会儿，我不可能再去内燃机配件厂。我上了沥青铺的大道，往左走，前方楼群密集，是县城的中心地带。如果往沥青大道的右前方走，则又是一片片苞谷地和大豆地。风吹来，大豆地一片黛色涌动，仿佛里面埋藏了千军万马，而苞谷的叶片则像一把把刀似的唰唰地挥舞着向夜色示威，也向我示威。

沥青大道上的车辆很少，有一台手扶拖拉机突突地从对面驶过来，我疑心司机是捎我到县城的那位姓韩的师傅。驶得近了一看，并不是韩师傅，但车斗里拉的也是化肥。秋虫开始鸣叫起来，在大道的两侧；黛色的空中也亮起了几颗星星，它们都为独行的我做伴，所以，我并没有感到孤单。我迈着步子，一步步地疲惫却坚实。大约走了两公里左右，到了县城的中心地带——车站附近，天已经黑透了。但县城的中心地带晚上有路灯，虽然只是一只只小灯泡，挂在木杆子上，发出一串昏黄的光，但毕竟有了光亮，与天上的星星同辉。路灯之间隔出很远的一段距离，被黑暗分隔开来，一只路灯与另一只路灯之间，就多了隔膜，就显得寂寞和孤单。

车站附近有四五家招待所。我找个招待所一打听，原来住一宿只要五元钱。我交了一晚上的宿费，又跑到招待所门前卖包子的地方。有热气腾腾的小笼包子，我一口气吃了两屉。这包子简直就是人间美味，比我娘包的包子要好吃一百倍、一千倍，不，一万倍。我娘这会儿发现我离开家了吧？她一定没有不舍，反正她都想一生下来时就把我掐死。想起我娘，我有点心寒。

晚上躺在招待所的床上，这一天的情景像放电影似的在我的脑海里一个场景一个场景地切换。我想起了木泥河中学，我想起了宋燕秋。怎么没有见到宋燕秋呢？莫不是她是有意识地躲着我？不能，她并不知道这个早上我会来木泥河中学。宋燕秋又感冒了？不能，除了那次从木泥河畔回来，同学两年，我真还没有发现她有第二次感冒呢！唉，剃头挑子一头热，还想她干什么！我想内燃机配件厂，我想内燃机配件厂的宿舍，我想人情如纸张张薄，其实这会儿我心里一点都不恨毕文章，相反我倒对他有许多的感激，如果不是他硬塞给我五十元钱，没准我现在真的露宿街头呢。这个季节，即使冻不死，也能把人冻个够呛，弄不好感冒、发烧，甚至像条丧家犬般毙命街头，都不是没有可能的。忽然想起这个，我只觉得脖子发凉。

我又觉得毕文章活得太窝囊了，不像个爷们儿。我要是娶了媳妇儿，我绝对不会当毕文章那样的"气管炎"。干什么呢？这是。天下四条腿的女人不好找，两条腿的女人还不到处都是吗？我嫂子又不漂亮，面皮虽然白净，但鼻翼旁有几粒雀斑啊；颧骨高高的，克夫啊；嘴唇薄薄的，搬弄是非啊。毕文章究竟看好了她什么呢？还说县城里的女人和乡下女人不一样，难道美丑在县城里都颠覆了？我百思不得其解。

躺在床上，我还想，我将来的女人是谁呢？是宋燕秋吗？不可能了。我一想起她来心里都发酸，可我又不能不想她……我就这么折腾着，迷迷糊糊地睡着了。我梦见了两列向相反方向行驶的火车，因为在我的心里，我已经断定我和她就是两列背道而驰的火车了。所以，我梦见了火车。我坐在这列火车上，宋燕秋坐在那列火车上。我们相遇在一个车站，我向她挥了挥手。她看见我了，朝我抿嘴一笑。

那一刻，我的心里满是甜蜜和亢奋的感觉。可是，这种感觉只存在瞬间。或者说，苍天只给我六十秒的甜蜜，随即我们各自乘坐的火车启动了，我们背道而驰，我们越离越远，越离越远。然而，我的心却是一颗抽了丝的茧，丝的一头搭在宋燕秋的火车上了，茧越抽越小，越抽越小……噌的一声，抽到了尽头，疼得我一下子坐了起来……

第四章

　　来到县城的第二天，我决定去找工作了。我还在木泥河镇中学读书的时候，就在广播里知道了县城有个劳动服务公司。劳动服务公司归劳动局管理，信誉好，常常帮各个单位招聘合同制工人。劳动局是管理工人的，如果我们考上了大学，甚至大专，毕业后就成了国家干部，归人事局管理。但我毕竟没有考上大学，也没有考上大专，我现在只能去找劳动局。不，劳动局也找不起。劳动局管理有编制的工人，没有编制的合同制工人得找劳动服务公司。

　　我去了劳动局的劳动服务公司。有人问了我的情况，指点我去劳资股。我找到挂着"劳资股"牌子的办公室，有个穿着灰色中山装的中年男人接待了我。说是接待这个词用得不太准确，因为他既没有让我坐下来，也没有给我端一杯水，哦，准确地说应该叫"打发"。他先从头到脚打量我一番，然后不动声色地掏出一沓材料，翻了翻，抽了一口烟，徐徐地把烟喷到我面前，不慌不忙地打发着我，"现在的内燃机配件厂没有招聘合同工的计划，橡胶厂也没有用人计划，米厂也没有……"

　　他一边说着一边摇着头，让我的心一点一点往下坠落，到最后猛然一下跌落尘埃，不，还不是尘埃，而是无尽的虚空，让我失望、沮丧得没有边际。我想我毕壮志怎么这么命运多舛，空有一腔豪情，来到县城却连一个落脚的地方都没有。我读了高中的人，现在连人家毕文章一半都赶不上。人家毕文章初中都没毕业，顶替我大爷毕长恒的班，现在还不照样在内燃机配件厂当上组长了？

"那好吧，谢谢您，给您添麻烦了。"我虽然肚子里有气，但仍然不失礼貌地说。

"咦，你等等。"他不摇头了，又抽了一口烟，喷到我的面前，然后用焦黄的手指指着一页纸说，"县二建公司现在倒是招人，要不你去县二建公司看看？你年满十八岁了吗？"

我立刻来了精神，说："我年满十八岁了！"

他弹了弹烟灰，问："你身份证呢，把你的身份证拿出来我看看。"

我有些发窘地说："我还没有来得及办身份证。"其实，我十六岁就办身份证了，可我身份证上的年龄才十七岁呢，不到用人单位的用工标准。

这个家伙立刻站起身，把手上的一页纸往那一沓材料上面一丢，不屑地用手指点着我说："你们这些乡下人哪，就是法制观念淡薄！没有身份证都敢往出跑，没有身份证都敢往劳动服务公司跑，跑出来找工作没有身份证怎么可以呢？啊，我忙着呢，你赶紧走吧，回去办好身份证再说。"他又坐下来，挥挥手，像赶眼前的苍蝇似的，就这么不耐烦地把我打发出去了。

我不能回去，好马不吃回头草。可我要想在县城立下脚，我最好今天就要找到生存之地。现在我知道了县二建公司要招工，我想我不如绕开劳动服务公司。二建公司在哪里，我觉得难不倒我。一个县城才有多大，我离开劳动服务公司，在街上问了几个人，比较顺利地在城乡接合部找到了县二建公司。

县二建公司的办公楼前，有一块小黑板，上面用粉笔写着"本公司因发展需要，现招成本会计一名，建筑工人若干"的字样。这不是自己在招聘吗，干吗要通过劳动服务公司呢，我没有搞明白。

县二建公司的办公楼更像一栋民宅，一栋下面四间上面五间的二层小楼，下面四间，是因为楼梯在一楼中间，占去了一间房屋。楼梯的左边挂着县二建公司的铜牌，旁边的门上有办公室的字样。我敲办公室的门进去的时候，一个四十岁左右长得高大壮硕的男人正和一个十八九岁的中等身材、脸蛋长得肉嘟嘟的小姑娘在聊天。我迫切需要一份工作，我没有精挑细选的资本，我很谦卑地冲着那个高大壮硕的男人说我是前来应聘的。小姑娘跟那男人说："姐夫我有点事，先出去一下啊。"就走出去了。男人回应了我一声"哦"，饶有兴味地打量着我，目光从我的头移到我的脚，又从我的脚移到我的头，谢天谢地，他没提要看我的身份证。

男人一张紫红的脸膛，国字脸，几粒大痘痘醒目地分布在鼻子周围，这些痘痘仿佛都在冒着烟，让男人的脸上显得热气腾腾，"日照香炉生紫烟"的感觉。他俯身从一张桌上拿起一张表递给我，手指上一只硕大的金镏子金光灿灿。我接过表格，是二建公司招聘登记表，无非是姓名、年龄、籍贯、专业特长之类，我在年龄一栏里填上十八岁。

我把填好的表递给他，他又看了我一眼，然后饶有兴趣地瞅着表格问："你要应聘成本会计？你干过会计啊？"

我啥时候干过会计啊，但我认为，以我的条件做个成本会计一定没有问题。因为我十七岁的时候，在我们木泥河镇，能读上高中的人就是知识分子了，我相信即使在县城也不例外。何况我数学成绩在木泥河中学一直呱呱叫呢。我十七岁的时候，压根儿就没想过成本会计需要多大学问。

男人笑呵呵地对我说："你高中毕业？那是小秀才啊。不过，你说你是高中毕业，你把你的高中毕业证拿出来看看啊。"

"我，我没带。不信的话，你让我做一份财务统计表嘛。"我哪里拿得出来高中毕业证。我怎么就不能再忍一年，读完高中再说呢。小不忍则乱大谋，古时候韩信连胯下之辱都能忍受，我怎么就忍受不了宋应昌的大专之辱呢？唉，现在说什么，都晚了，都没有什么用了。因为撒谎，又怕失去工作的机会。我的脸涨得通红。

男人不给我做一份财务统计表的机会，他像是嘲讽又像是惋惜地说："你说你是高中毕业，可是你又拿不出来高中毕业证。你说没带，让你回去取，你又不愿意回去取。光凭嘴说，谁信？我说我也是高中毕业，你信吗？"我窘得差一点要夺门而出。男人又说了，"这样吧，看你长得人高马大的，我们二建公司呢，也需要各类人才，木工、瓦工、架子工……我们二建公司什么工人都缺，你看看你能干哪一行？"

男人说的工种我都不会干。说句心里话，我来到县城找工作，可没想要去建筑工地当个工人。如果真要当工人，我怎么也得干点带科技含量的工种啊。我不甘心地说："我会干电工，我读高中的时候，物理课也读得很棒。"

男人冷笑了一声，说："又来了，你这个小年轻人。我们二建公司别的工种都缺就是不缺电工。这样吧，你也长得膀大腰圆的，就在我这儿干力工吧，管吃管住，一个月还发三百元工资。"

我听了男人的话，差一点就跳了起来，要是搁在以往，不但拂袖而去，还会把他的桌子掀翻。可现在，我初来县城，连一个落脚的地方都没有。毕文章借我那五十元，没两天就会花光，花光了怎么办？县城是人家的一亩三分地，在人屋檐下，哪里还有锐气。何况一个月三百元工资还管吃管住，我干上两个月就能把欠我大舅他们的钱还了，我何不且干着再说呢。

男人见我迟疑，有些不耐烦地说："这样吧，小伙子，给你两天时间，你回去考虑考虑，考虑好了再来这儿找我。"

后来我才知道，这个男人原来就是县二建公司的总经理钱彤。

从二建公司出来，我一个人像野鬼一般在县城里面转。县城中心地带不大，只有两条十字街，半天时间我就能转个遍。我在县城转的时候，还特别留意有没有其他的更适合我的岗位，如果有，我打算彻底和他娘的二建公司"拜拜"。可我转来转去，除了发现几家饭馆招收身高一米六〇以上，"面容姣好"的女服务员外，再也没有别的岗位了，更何谈有招收我这样读了高中的"知识分子"的岗位。老天就是这么喜欢作弄人，我沮丧地往车站招待所走，把自己想成逼上梁山的林冲，一步一步的仿佛不是踏在街上，而是敲打在自己的心窝里。

二建公司的业务主要是在县城盖大楼，盖的大楼一般都有五层左右，县城马上就要长高了。

我的工作主要是和混凝土打交道。建筑工地上有个搅拌机，搅拌机主要部分是一个铁铸的大容器，仿佛一只大铁缸似的朝天上张着口，容器里面有搅拌器。搅拌器有点像我们木泥河人耕田用的犁铧，不过是三只犁铧组合在一起，带动犁铧的也不是我们村里的那些大犍牛，而是电动机。几根铁立柱像威武雄壮的腿支撑着大容器，容器底部还开着一个能开能闭的活动窗。搅拌的时候，活动窗要关上；放料的时候，活动窗就打开。有工友把小石子、沙子和水泥倒进容器中，放入适量的水，合上电闸，搅拌机就开始哐当哐当地搅拌。一会儿工夫，石子、沙子和水泥就混合在一起变成了混凝土。

我把一个两轮小车推到容器底部，负责制造混凝土的工友拉开容器底部的活动窗的拉杆，搅拌机的犁铧不断地把混凝土带到活动窗这儿，混凝土就哗哗地落到我推来的小车上。我再把堆得高高的小车推到建筑工地上去。

这个活儿没有一把力气真还不行，支撑大容器的铁立柱不能太高，太高还得给立柱加固，不然承受不住大容器的重量。所以，搅拌机的总体高度就不够，拉混凝土的小车推不到大容器底部活动窗的地方。为了方便接装混凝土，先从地面上挖一个缓坡，一直下延到容器底部，使活动窗恰好处在小车车厢的中间，这样，一打开活动窗的拉杆，混凝土就自动掉落到小车上。这样一来，装载是省人力了，却苦了拉车的人。光把装满混凝土的小车从坡道上拉上来，就得使出吃奶的力气。那位说，把大容器的立柱加固，高度加高点不就用不着那个坑了？您不知道，大容器的高度加高了，往出拉混凝土时是省力了，可往容器里倒石子、沙子和水泥时高度也要随之加高，那运送这些材料时就费力了。水泥这东西是由硅酸盐类矿物质烧制而成的，碱性，伤害皮肤，不到两天，我的手就被烧出好几个大裂口，手指跟着肿大起来，裂口上还流着血，不小心碰到，痛彻心扉。

我毕壮志长这么大，何曾吃过这样的苦。我木泥河中学的同学哪能想到我毕壮志混到这个地步呢！一想起木泥河中学，我的眼里噙满泪水。可是，人生没有回头路走，我不能打退堂鼓，我毕壮志将来是一个要干大事的人，不能这点苦也不能吃。"天将降大任于是人也，必先苦其心志，劳其筋骨……"我常拿这样的话来自勉。

钱彤所说的管吃管住倒也兑现了。吃的蔬菜一般就是大白菜里面夹杂着几片肥肉，一天三餐都是如此，主食是馒头。钱彤一副大善人的口气说："你们干的都是出力的活，吃一定要吃饱，所以我每顿饭菜都让你们吃上肉。馒头呢，你们能吃多少就拿多少，可是绝对不能给我浪费了！"转而又换了一个大恶人的口气说，"谁要是浪费了半个馒头，我就扣他一顿饭钱。"工友们听了也不生气，哄地一笑，谁会浪费半个馒头啊！吃饱了撑的！没有人浪费半个馒头，所以说，钱彤还是一个大善人。

如果说吃的还算过得去的话，住的地方真是不敢恭维了。钱彤当然不会让我们住到他家里去，就在工地上搭起一个大工棚。工棚里面一溜木板搭成的通铺，木板上面铺草垫子，草垫子上面铺的被褥都是黑灰灰的一片，看不出原来是什么颜色了。

初到二建公司干活的几天，我一躺到铺上就倒头大睡，电闪雷鸣都不能惊醒。一周之后，渐渐适应建筑工地的生活了，我才发现，原来建筑工地上的这些家伙都是精力过剩，白天哪怕累得吐血，晚上躺到铺上还要天南地北地胡吹，精力还是出奇地充沛。

胡吹得最多的，居然都是和钱彤有关的几个女人。说起钱彤的女人，这些家伙都无法压抑自己的兴奋。谁都不会想到，大工棚虽然肮脏，住在里面的我们都是生活在社会最底层的人，但这里面并没有愁和苦，反倒充满着欢声和笑语，这真是一个十分奇妙的事。

我从他们嘴巴里知道了钱彤的许多故事，原来县里最早只有一家建筑公司，钱彤就是从那公司出来的，出来也不是因为和那家公司闹掰了，那家公司是县建筑公司，现在叫一建公司。钱彤在县建筑公司干得也不错，不过不是总经理，是副总经理。按理说，副总经理再干几年，总经理退休了，不就轮上钱彤了吗。谁承想，县建筑公司的现任总经理比钱彤还年轻两岁，搁以往，年轻两岁也不成问题。因为县建筑公司的总经理还有上升空间，什么时候调到县里当个什么局局长也是可能的。但这两年，县建筑公司效益不好，在县里不受待见。钱彤一合计，干脆我出来自己单干得了。于是就创办了一个县二建公司。县二建公司的办公楼就是钱彤的家，二建公司就是人家钱彤开的。二建公司也只有钱彤敢开，不仅是因为他在建筑行业多年，而且他一位本家叔叔还是分管城建的副县长。我们的县城是太落后了，据刚从南方回来的人说，连那边的一个小镇都比不上。钱彤的二建公司大有可为！

现在钱彤的小姨子做了二建公司的成本会计了。钱彤的小姨子就是我第一天在二建公司见到的那个肉乎乎的小姑娘。

一天晚上，工棚里的人聊着聊着又聊到钱彤几个女人身上了。方木匠信誓旦旦地说钱彤老婆的奶子那么大也就罢了，钱彤小姨子的奶子也那么大，一定是被钱彤摸过了，不然，一个小姑娘，怎么可能有那么大奶子？有人认为不可能，钱彤那么有钱，他小姨子又不漂亮，他干吗要吃窝边草啊，他老婆能放过他？多数人都觉得不可能，方木匠是在瞎说。

方木匠信誓旦旦，赌咒发誓。有人问，你亲眼见了？方木匠就没话可说了。搅拌工老王流着哈喇子说，钱彤小姨子的奶子不是被钱彤摸大的，是被他摸大的。老王是个鳏夫，五十岁左右，又瘦又小，体重不到一百斤。当搅拌工，一包一百斤的水泥扛起就走，一天要扛一百来包，不喊一声累，原来有过老婆，早早死了，老王做了快十年的鳏夫了，却没想着要续弦。工棚里的人都笑着骂老王癞蛤蟆想吃天鹅肉，想着想着竟想成真的了。鳏夫老王一本正经地说是真的。又有人笑着问，既然是真的，那你就和钱彤成连襟了，怎么着这会儿也该是二建公司的工长了，咋还和我们一起住工棚。鳏夫老王又一本正经地说，钱彤小姨子的奶子，他是昨天晚上在梦里摸的，昨晚在梦里他的确和钱彤成连襟了。工棚里笑声如潮，一下子爆发到顶点。方木匠一边笑得哎哟哎哟地叫唤，一边问鳏夫老王那家伙许久不用是不是生锈了，作势爬过来摸。鳏夫老王当然不肯了，两个人又打又闹的，被子枕头携裹着工棚里的尘土飞来飞去，真个似狼烟四起，工棚里好不热闹。

躺在我身边的大老李四十多岁，是个瓦工，身材高大瘦削。白天，在工地干活，喜说喜笑，但不耽误干活，瓦刀叮叮当当地一阵响，面前就能砌起一堵墙，手艺还好，横平竖直，左看右看都是一条线。大老李白天在工地上搞怪，在工棚里也不消停。我来到二建公司的第九天早上，工友们还在酣睡，大老李突然坐起来宣布，他昨天晚上抱着钱彤的老婆睡觉了，那叫一个爽呀，要不是被钱彤发现了，放出一条恶狗来追咬，他就死在梦里好了。被他吵醒的工友却不骂他，有好几个家伙也跟着说，他们昨天晚上也抱着钱彤的老婆睡觉了。这其中也包括鳏夫老王。这家伙一会儿钱彤小姨子的，一会儿钱彤老婆的。也不知道梦里，钱彤的老婆到底变成几个人。

白天，钱彤来建筑工地视察，有时候他老婆也跟在身后。他老婆长得比他小姨子漂亮，白净、大眼睛、红嘴唇，丰满却不是那种肉乎乎的感觉，头发烫成波浪卷，又漂亮又新潮，怪不得许多家伙对她流口水。我看到钱彤在工地背着手，吆五喝六、威风八面的样子，想到他的老婆和他的小姨子都被他手下的这些家伙意淫过了，突然替他感到悲哀起来。

大老李相信我是读了高中的人。大老李也是我们木泥河镇的人，不过他们村离我们村很远。因为大老李村子里有个人在我们木泥河中学当数学老师，叫李如慧。我不但说出了李如慧的长相、岁数，还说出了李如慧的爱人也在我们木泥河中学，是教英语的孙庞超，虽然李如慧并没有当过我的老师，但她的丈夫孙庞超老师教过我英语。

大老李就相信我是读了高中的人了。

大老李说，论起辈分来，李如慧还是他本家的妹妹呢！我认识他本家的妹妹，这个晚上大老李就一下子跟我亲近了许多，大老李的话语滔滔不绝。看似大老粗一个的人，说出的话可不简单，简直博古通今，他说："哎呀，你读高中了，要是搁在清朝，那就是做了小秀才了。你做了小秀才的人还和我们一起干苦力，哎呀，是命里合该有这一劫的。我们这些在建筑工地干活的人啊，说起来，都是前世造的孽。前世骂多了爹娘，今生做个砖木两行，冬天享不到烤火，夏天享不到乘凉……"

方木匠一直认为手艺虽然有许多行，什么木匠、瓦匠、金匠、银匠、铜匠、铁匠、锡匠、雕匠、画匠、弹匠、篾匠、鼓匠、椅匠、伞匠、漆匠、皮匠、磨剪铲刀匠、窑匠，三百六十行，木匠可是排老大的。方木匠瞧不起我，纠正大老李的说法："他只是个力工呢，连砖木两行的门都没有摸到。"又不怀好意地问我，"毕壮志，你都是秀才了，怎么还跟我们混在一起？我就是没读书，我爹我妈要是让我读书了，别说读到高中，就是读到初中，我老方在建筑工地上，最起码也是个工程师。你小子，太熊了啊！"

方木匠的话说得我心里酸酸的，心受不了这种极酸的味道，它就要挣扎，它揎掇着我的嘴，我的嘴嗫嗫嚅嚅地说："我，我本来是想做成本会计的。"

方木匠和大老李立刻对我的回答嗤之以鼻。方木匠哈哈笑着说："你小子，你也是做梦睡了钱彤的老婆吧。"大老李毫不客气地说："钱彤怎么会用你做成本会计呢？就是你真捧着高中毕业证书，人家钱彤也不会用你。钱彤用你做成本会计了，那他小姨子去干什么？你读了高中的人，就根本不该在二建公司干！在二建公司干活的都是什么人？都是像我，"他又指指方木匠说，"像他，像我们这些文盲。"

　　大老李的话又让我感到羞愧，我的心实在受不了这种极其羞愧的味道，它又要挣扎，于是我的嘴很虚荣地说："他不用我做成本会计，我还不想干呢。反正我在这只是做个临时工，钱彤让我干什么我都无所谓。明年春天我就去哈尔滨，一过完年我就去哈尔滨。"

　　一过完年我就去哈尔滨，是我一念之间冒出来的话。说完之后，我自己都大吃一惊，我怎么说出这样的话来了呢？后来我想，我一念之间冒出明年春天就要去哈尔滨的话可能有这么三个原因：一是我不想大老李还有方木匠等别的工友常常用嘲弄或同情的目光来看我；二是源于我潜意识中的"知识分子"的优越感，我觉得自己毕竟是在木泥河中学读过书的人，我的将来绝对不会和他们一样，我和他们混在一起，只是暂时的；三是许多年来，哈尔滨一直是我心目中神往的地方，据说哈尔滨比牡丹江大多了，我连牡丹江还没去过呢，那比牡丹江大许多的哈尔滨一定能寻找到适合我的机会，也许就是我的天堂。

　　大老李听完我的话，不住地点头称许："对，毕壮志，你读了书的人就应该去大地方闯一闯，在小县城待着有什么出息，你和我们不一样，我们这辈子就是这样了，黄土都快要埋到脖子了。"以为工棚里的气氛就此感伤起来，谁知鳏夫老王又念叨起钱彤的老婆和小姨子来，感伤的气氛刚一露出苗头就被钱彤的老婆和小姨子的韵味儿一扫而空，工棚里的气氛变得热烈、亢奋、迷醉起来。

说来也怪，仿佛我明天就要去哈尔滨一般，大老李从此在建筑工地上处处关照我，仿佛我去了哈尔滨也能给他带来好运一般。水泥烧手，他就给我找来手套，哪怕很破，也嘱咐我一定要戴到手上，有总比没有强。他看我接装混凝土时从坑道往上拉车吃力，建议我，在坑道垫上草垫子，再把小车往出拉，我按照他的建议，果然觉得轻松了许多。

在二建公司干了一个月，我去钱彤的家里领工资。二建公司工人一共不到一百人，领工资大家都去钱彤家。好在这一百个人领工资不是同一天，因为来公司的时间顺序不同，有先来的有后来的，谁满了一个月谁就去领工资。

给我发工资的就是钱彤的小姨子，原来她的名字叫姜小美。因为住在工棚里的许多工友都说摸过她的奶子，所以我就特别留意了她一下。姜小美长得并不美，除了皮肤比她姐姐嫩点外，模样儿连她姐姐一半都赶不上。两只大眼珠圆鼓鼓的，脸盘圆鼓鼓的，腮帮子也是圆鼓鼓的，乍一看，以为是跟谁生气，也许是真的生气，大家来都是找她要钱。眼睛上的一双眉毛像大扫帚一般的又疏又宽，而她姐姐的眉毛细细的弯弯的，真如柳叶一般。真是龙生九种，同一娘胎里生出来的，差异也这么大。

我只不过是多看了她一眼，她就瞪了我一下，那眼球更往外突出了许多。不知怎么的，我有些发慌，慌里慌张地签了字，领了三百元钱就走。我转身的时候听见她在我的身后咯咯地笑起来，她说："我是老虎？会吃了你！"声音倒挺甜美。我一听，心里更慌了，装着没听到，逃也似的出了钱彤家。出了门我想，什么鬼，为什么见了姜小美我会紧张，我紧张什么呢，怕她圆鼓鼓的眼球？圆鼓鼓的眼球有什么好怕的？我自己也搞不懂。

领到了三百元钱，我很兴奋，第一时间，我想到要把毕文章的五十元钱还给他。

抽了一个空闲的间隙，我又跑到内燃机配件厂的门口，我们的工地其实离内燃机配件厂不远，站在内燃机配件厂的门口，朝东边看，能看见我们工地的大楼，已经有四层高了。我等待的时间不长，就见一拨人骑着自行车往厂区拥，过了一会儿，另一拨人推着自行车从厂区出来，人群中，毕文章也推着自行车和旁边的人有说有笑地往出走，我喊了一声："文章哥！"毕文章大吃一惊，一下子愣在那里，脸变得煞白，像见到了瘟神。我不想让毕文章误会我是来找他麻烦的，就说，"文章哥，我还你钱来了。"从兜里掏出五十元钱来。

毕文章愣住的时候，刚才和他有说有笑的工友也驻足不前，好奇地打量着我。听我这么说，毕文章的脸色恢复了人气，就和工友打了声招呼，工友出了厂区的门，跨上自行车走了。毕文章推着车快步跑到我的跟前说："兄弟，你还在县城啊，我以为你早回家了呢。这么多天，你住在县城哪里？你一直在县城吗？你一直在县城怎么也不告诉我一声？你嫂子还经常念叨你呢，走、走……去我家，让你嫂子炒点菜，咱哥俩晚上一起喝点酒。"

啊呸！毕文章的老婆会念叨我？让我嫂子炒点菜，晚上一起喝点酒？那天，我饥肠辘辘一整天，也没有吃到他家一口菜。毕文章的一张嘴真会跑火车。毕文章的家我是死活不会去的。毕文章问我：

"兄弟，我这钱不急，你就拿着花呗，你在县城哪个单位工作？"我可不能在他面前掉价，上次，毕文章还觉得我连内燃机配件厂都进不了呢！在我面前充满了身份的优越感，啊呸！

我以一种自豪的口吻告诉毕文章我现在县二建公司工作，就是钱副县长侄子开的那家公司。其实，钱副县长的名字我只是听说过，我一次都没见过他的尊容。但现在，我却鬼使神差地特意把钱副县长的名字抬出来，我看见毕文章的眉梢抖动了一下，我心里暗暗那个得意啊，我要的就是这种效果，我告诉毕文章，我没有时间去他家了，"现在二建公司业务忙得很，晚上总经理钱彤，就是钱副县长的侄子还要找我商量建筑图纸的事呢。"

"兄弟，你真可以啊，有出息！"毕文章一只手把着自行车把，腾出一只手来竖起大拇指在我眼前晃了晃，"兄弟有出息，哥也跟着高兴，哥是发自内心地高兴呢！"

我谦虚地说："一般吧，书哪有白念的！我是学过几何的人，画这种建筑图纸还不是小菜一碟？"

毕文章狐疑地打量着我说："兄弟，你在二建公司干活累不累？一个月不见，你显得又黑又瘦了。"

我对毕文章胡吹海侃："我主要是做技术员，画画图纸什么的，累倒是一点都不累，至如黑瘦嘛，经常上工地，风吹日晒，免不了的。"

毕文章又抓起我的一只手，问："兄弟，你这手怎么生了茧子，还有伤口？"

我心里一阵慌乱，忙说："还是因为经常上工地嘛，摸摸这儿摸摸那儿，不小心弄的。"亏得我来内燃机配件厂前，精心洗了手，又抹了护手油，不然真被毕文章揭穿老底了。

从毕文章那儿回来，我暗暗下了决心，二建公司这个地方是不能长待了。不怕一万，就怕万一。要是毕文章有一天跑到二建公司，跑到工地来找我，看见我蓬头垢面，浑身脏兮兮的撅着屁股推着装满混凝土的小推车，毕文章的一张嘴，跑回木泥河，跑回我们村一广播，我这书不真是白读了吗？不真是读到腿肚子里去了吗？我这脸还往哪儿搁？

我后悔那天干吗跟毕文章提钱副县长啊，钱副县长跟我一毛钱的关系都没有，如果不提钱副县长，毕文章来二建公司找我的可能性较小；现在跟他提了钱副县长，还说钱副县长的侄子晚上要和我一起商量图纸，毕文章在内燃机配件厂一门心思想往上爬的，没准就妄图通过我跟钱副县长搭上关系，我干吗要这么虚荣啊，我真怕毕文章明天就跑到二建公司来找我。明日复明日，明日何其多。我一天天的担惊受怕，人就渐渐消瘦下来。万幸的是，过去了一个月，毕文章都没有来二建公司，也没有来工地找我。我那一颗高度戒备的心才略略松懈了一些。

天冷了，晚上住在工棚里，感觉风不怀好意地从四面八方往我的脖领里钻，风想以自己的冷，夺走我生命中的热。十月了，头场雪来临时，二建公司的工地停工了，开工的时间要等到来年的四月中下旬，要等到木泥河河水汤汤，河边的小草葱绿绿一片时。

住在我边上的大老李已经卷起铺盖回家了。大老李临走的晚上，还拉着我到路边的小饭馆喝了一斤小烧。他朝我竖起大拇指，喷着酒气对我说："咱哥儿俩算不算患难之交？"

我和他碰了一杯，谢谢他这些天来的关照。

大老李不忘谦逊，打了一个酒嗝儿说："关照谈不上，工地上的活，还不都是你自己干的。你是读书人，是小秀才。我就喜欢读书人，就喜欢小秀才。我请你喝酒，并不是要图你什么，没有的事，兄弟。你将来发达了，能想起哥，哥的心就暖暖的了。"

　　大老李是一早上起身回家的，我头天晚上喝得有点多，早上躺在被窝里不肯起来。大老李拍拍盖在我身上的被子，问我："天冷了，你也回家吧，出来这么长时间，别让你娘惦记了。"我的确是想我娘了，可我不想就这样回去，我毕壮志得混出个人样子再回去。我从被窝里探出脑袋嘱咐大老李："回家，千万别跟李如慧老师说我在建筑工地上的事。"大老李问："为啥呀？"我悲痛地说："我怕掉木泥河中学的价。"我的话说得伤感，大老李不吭声了，过了片刻拍拍盖在我身上的被子嘱咐我："咱哥儿俩一场，啥也别说了，到哈尔滨了，有发财的道儿别忘了捎个信来。"临出工棚时，又朝我喊了一句，"好好干啊，哥看好你！"

　　工友们都回家了，鳏夫老王还不是最后一个走的，按照道理来说，老王一个人，住哪里不一样？但鳏夫老王还是匆匆回家了。方木匠说，在他们村上老王有个相好的，相好不是白相好，有钱就相好，没钱就不和鳏夫老王相好。冬季工程结束了，老王手上有钱了，自然是屁颠屁颠地回家了。方木匠是最后一个回家的，方木匠最后一个回家，不是惦记着工地的工棚，也不是城里有相好的，而是县城里有户人家，方木匠好久以前就认识的，儿子要结婚，想让方木匠做几件家具。方木匠帮那户人家买好木料，就从工棚搬走了。方木匠说，过完春节，如果县城里做家具这样的细木工活多，他就不打算再来二建公司工地做粗木工活了。

　　我不甘心就这么回家去，我宁可一个人住在四壁透风的工棚里，我娘和我们村那几个鼠目寸光的人伤我的心，伤得太深了。风也想伤害我，我没有对付他人伤害我的办法，可我有对付风的办法。我把一些没被人拿走的铺盖卷打开，可能是这些铺盖卷太破旧了，工友们也觉得不值得带回家吧。我把它们挂到我床铺周围的墙壁上，这些铺盖卷都脏得看不出本来的颜色了，灰黑黑的一片，与工棚的四壁和谐地融合在一起。

外面虽然很寒冷，但我的工棚里温暖如春，因为我又找来了一个小铁桶，在里面烧上了木柴。松木易点燃，椴木耐燃烧。工地上，松木和椴木都有好多。火焰灭后，炭火的余温也能够伴我到天明。

一个人住在工棚里，听着外面的风尽情地肆掠。我想象，这风其实有两股，这两股风像是一男一女，男风本来悠闲地散着步，这时女风出来了，步态婀娜，男风不经意间看见女风曼妙的身姿，一下子被她吸引住了，就发了狂般的扑过去。女风却轻盈地一闪，打个呼哨，瞬间消失得无影无踪，只剩下男风在我的棚外绝望、伤心、愤怒，又似有不甘地呼天抢地。

我不可遏止地思念起宋燕秋来。我的思念不像风那样抓狂，我的思念像潮水，轻轻地，每天晚上都会准时向我的滩头涌来。我想把宋燕秋抱进怀里，我又想吃宋燕秋的嘴唇了，那甜丝丝的滋味儿，一定是罂粟的花浓缩的，你千万别沾，你沾了一次，这辈子就别想舍弃。不可遏止时，我抱起一团棉絮，我把它当成了宋燕秋温软的身子……

当我的思念如潮水一般退去以后，我又忆起来县城第一个晚上的梦，我悲哀地想，我现在已经和宋燕秋走在不同的人生旅途上了，高中阶段就是我们相逢的那个火车站，本来我们可以在火车站相聚足够长的时间，但这时间又被我自己断送了。现在人生的各自火车启动了，启动了，我们只会越离越远，越离越远……宋燕秋的人生前途一片鲜花铺就，而我却跌落进尘埃的最底层。也许再相逢，宋燕秋都未必能认识我。难道我就这么窒息在尘埃的最底层？我不甘心！我当然不甘心！

我不屈地想，我仍然有和她人生轨迹重合的机会。即使我不能考上大学，我还可以在商海中拼搏啊，我可以成为商界的奇才，我建功立业……我成为许多姑娘心目中的偶像……这时候马胜利、牟其中的事迹已传到我们的县城，我以他们为榜样，我拼搏，我成功了。我受到无数姑娘的青睐，即使这样，万花丛中，我仍然只在乎宋燕秋这一朵，我要在众目睽睽之下，在人生舞台的聚光灯下，款款地牵起宋燕秋的手。

有时候，我被我自己的想法感动得热泪盈眶。风也被我的想法感动得热泪盈眶，它在外面长一声短一声地拍打着工棚的门，它无尽的感慨弄得我夜不能寐。

有一天晚上，总经理钱彤跑到工棚来"慰问"我。也不知他在哪里喝了烧酒过来，把工棚的门推得咔咔作响。他嘴里骂骂咧咧的，我听出是他的声音，忙下铺开门，风随着钱彤忽地钻进来，激荡得小铁桶中的火星四溅。钱彤指着我的鼻尖破口大骂："毕壮志，你妈的，你是嫌自己活得太长了是吧！你这一把火，把你个兔崽子烧死事小，把爷爷我的工棚都烧了咋办？那一间储藏着六桶柴油的工棚就和这间挨着呢。你不回家你守在爷爷我的工棚里，你到底想干啥？"

我吓傻了，我没意识到事态会这么严重，我低声为我留在这里解释："我看工棚。工地上一个人都没有。"

钱彤的声音更高了，"你看工棚？爷爷我的工棚不用你看，天一亮你就赶紧滚。现在把你的身份证掏出来给我看看！"

我没带身份证。

钱彤更加有理了，眼睛瞪得像铜铃，"没有身份证？你小子是不是在哪干了坏事流窜到我这来了？我告诉你，天一亮你赶紧走人！不走人，我让公安来抓你！"说完，看工棚的一角有盆水，他抄起那盆水，哗地倒进小铁桶中。然后拉开工棚的门，一阵风似的飘走了。

钱彤赶我走了！我是瘟神？我毕壮志怎么如此讨人嫌，我毕壮志怎么活到这份儿上！我决定天一亮就去火车站，买去哈尔滨的火车票。此地不留爷，自有留爷处。我在钱彤的工地上干了两个月，拿到工钱六百元，还毕文章五十元。其间我一分钱都没花，我身边还有五百五十元。而从县城买一张到哈尔滨的车票，十五元钱就够了，我问过的。

我甚至都想到了，明天去火车站买车票之前，我再去找毕文章一次，托他帮我捎回去四百元钱，嘱咐他先把我欠我大舅的二百元，我大姑的一百五十元，我邻居毕世成的五十元还了。欠我二舅妈的一百元，我认为不必着急，因为我二舅除了种地，还是木匠，家里有活钱。等我从哈尔滨挣着钱了，我立刻就还她，我这个人不会欠钱不还的。这一点，毕文章可以做证！

这是一个极其寒冷的夜晚，风在工棚外，仿佛知道我生的火被钱彤熄灭了，它比往常更撒欢起来，它幸灾乐祸地一遍一遍扑到工棚四壁，发出嗷嗷的嘲笑。我的心在悲凉的气息里往下沉往下沉，但我不曾绝望，我对即将要前去的、未知的哈尔滨，也没有丝毫的胆怯。我相信凭着自己的智慧和努力，我一定能在哈尔滨拥有一片蔚蓝的天。我这么想着，心里就温暖了些。风也闹得声嘶力竭了些。

第二天一大早，我还没有醒，钱彤又来踢打工棚的门了，拳脚交加，门摇摇欲坠。惊醒后的我很恼火："钱彤你也太过分了，谁留恋你这个破工棚，我穿上衣服就走，你用不着这样急吼吼的吧。"我第一次当着他的面喊他的名字，我还想问这么急三火四的是不是你妈要死，这话到底还是被我咽下去了，我还没有失去理智。钱彤却不恼，笑着说："毕壮志，穿衣服！穿衣服！你不是读过高中吗？"

我理直气壮地应了一声："啊！"

钱彤又催我，"你到底读过没有？真读过了，就赶紧穿衣服跟我去公司，那个什么，帮姜会计核算、核算成本。"姜会计就是钱彤的小姨子姜小美。

我不想去，昨天晚上钱彤对我那么一吆喝，太伤人自尊了，我已经把他当成陌生人了，而且我决定今天就买火车票去哈尔滨了。

可钱彤这家伙又说："毕壮志，你磨磨蹭蹭的干什么？你到底读过了高中没有？关键时刻，你是不是露怯，是不是掉链子了？"

谁他妈的露怯了？谁他妈掉链子了？我今儿就让你看看爷爷我到底读过高中没有，我心里这个气啊。我快速地把衣服套上身，然后一个鹞子翻身，从铺上飞落下来。连脸都没有洗，就雄赳赳、气昂昂地去了钱彤的家。

第五章

　　姜小美也实在是笨。但这也不能怪她，要怪只能怪钱彤，因为姜小美说她不过是初中毕业，哪里做得来这个表那个表的啊。照我来看，姜小美的初中文凭也是含有水分的。姜小美做成本会计以来的主要工作就是记下了一大堆的支出数字，什么砖头2角×49570块，钉子2.6元×433斤……乱七八糟的票据乱七八糟地堆在一起。

　　我很快地就理清了头绪，掌握了二建公司成本会计的工作要领，当即开展工作。姜小美坐在我的对面，不出两三天就成了我的助手。我命令她："姜小美，先把甲工地所有的砖头票据理出来。""姜小美，把乙工地所有沙子的票据理出来。"

　　我说一句，姜小美就"哦"一声，态度很好，立刻埋头在抽屉里找。她的办公桌和现在暂时属于我的办公桌一个式样，一共有七个抽屉，中间一个抽屉，两边柜式，各三个抽屉。姜小美的东西放得乱，我一说把所有的某某票据理出来，她恨不得把七个抽屉都打开，从上翻到下，从左翻到右，找得满头大汗，有时候身子还离开座位，把屁股撅得老高。姜小美虽然脸蛋儿长得不美，但一头乌黑的秀发，闪着蓝幽幽的光泽，低头找东西时，秀发便纷披下来，露出一截粉嫩粉嫩的脖子，像煮熟剥了壳的鸡蛋，肤如凝脂。我起来倒水时不小心瞥见姜小美粉嫩的脖子，心就一动，想起住在工棚时工友们说钱彤小姨子的那些话，一颗心竟莫名地兴奋起来。目光恨不得把那片粉嫩罩住，再无限扩大它的边缘。但我毕竟还算清醒，觉得万恶淫为首，这么放肆实在不好，如果因此得罪了钱彤，好不容易得来的这么好的工作机会就丢失了，于是赶紧收心，心无旁骛地写写算起来。

钱彤来到我们办公室，看见我工作这么在状态，显得很高兴。他一点不为昨天晚上对我发火羞愧，而是大大咧咧地说："毕壮志，吃饭你就和姜会计一起吃。晚上呢，你也甭回工棚了，你就住在办公室吧，你把靠墙的那张沙发打开来，就是一张床。我这里暖气烧得足足的，你也不用烤火了。你这家伙，你那儿一烤火，好家伙，万一把我的工棚烧了咋办？我能找你赔钱吗？你哪里有钱！你说我能不急眼吗？你说对不对？"他倒有理了。

钱彤大大咧咧跟我说话时，姜小美并不插言，目光时而移向钱彤，时而移向我，浅笑吟吟。

钱彤把我在工地烤火取暖的丑事抖搂出来，他说的是实话，我也不便反驳。钱彤大老板样地说完，大老板样地走了。因为总归在姜小美面前被揭了短，我就不好意思地冲姜小美一笑。姜小美朝我吐了一下舌头，竟也有几分活泼可爱的感觉。

钱彤一家人在一起吃饭，也邀请我一起过去吃，我总觉得那样别扭，也压抑，坚持不去。每餐饭，都是姜小美用食盒带到办公室的，饭是饭，菜是菜。每顿菜的品种至少四个以上，什么熘肉段、酸菜白肉、大酱炒鸡蛋、土豆茄子烧牛肉、猪肉炖粉条、酱焖茄子……除了猪肉炖粉条外，每顿菜都不重样。为什么每顿都有猪肉炖粉条呢？听姜小美说，她姐夫钱彤喜欢吃猪肉炖粉条，顿顿吃不够。这饭菜，啧啧，跟工地上比起来，真是天上地下。怪不得钱彤一家人长得这么胖。这日常的饭菜，啧啧，简直跟我家过年时差不多。

钱彤的二建公司毕竟是刚起家，我只用了十天左右的时间就把他各个工地的成本核算清楚了。并通过账目分析，告诉钱彤丙工地用的砖头偏多，因为同是盖住宅楼，如果丙工地和甲乙工地用的都是同一厂家同一批次的砖头的话，那么丙工地就存在砖头浪费现象。乙工地沙子用得偏多，水泥用得偏少，这样水泥砂浆硬度不够，会影响建筑的使用寿命。其实，我哪里懂得什么成本会计的核心要义，我只是用一点数学的知识，误打硬闯地完成了钱彤布置的工作。

钱彤是个性情中人，听完我的分析之后，张开肥厚的大手在我肩上左拍一下右拍一下；右拍一下左拍一下，一连拍了七八下，喜不自禁地说："哎呀！毕壮志，你小子果然是人才啊，哈哈……你小子果然是高中毕业，哈哈……"又转过头对姜小美说，"你看看，你看看，哎呀，你毕大哥果然是人才啊，你要和毕壮志，你毕大哥好好学学。"

一眨眼，我就成姜小美的大哥了。姜小美朝我抿嘴一乐，虽然抿得没有宋燕秋那么好看，但也让我的心舒畅得很。和姜小美在一起工作了十天，我的心里对她起了一些微妙的变化。冷静下来看，姜小美的确长得不美，可她毕竟是位年轻的姑娘啊，她身上散发着淡淡的女人体香，这样的体香让我难以保持冷静，常常浑身亢奋起来。一亢奋起来，我就觉得姜小美好美。就不觉得她的眉毛像大扫帚一般难看了，相反，我觉得她笑的时候，大扫帚舒展开来，还有几分妩媚。我越来越喜欢看姜小美笑了，姜小美也似乎笑得越来越多。我越来越喜欢姜小美待在我身边了，有时候她出去了，如果时间久了一点，我心里还有一种空落落的感觉，我心里还会惦记，姜小美干什么去了，这么长时间不回来？

钱彤家的暖气烧得足，晚上，我睡在沙发上，穿一套秋衣，盖一床薄棉被还觉得有些燥热，就脱了秋衣，只穿了一条裤衩裹被而眠。我回味起白天的姜小美，可是透过姜小美，脑子里还是晃着宋燕秋的影子，有一阵，我不可遏止地想爬起来给她写封信，告诉她自从分别后，我通过自己的努力，已经做了县二建公司的成本会计了，此刻室内正温暖如春，比上次木泥河边还温暖呢，我有好多话要对她说，不知她此刻在干什么，有没有想过我……最终，我一个字没有写，因为我又记起了她后来的冷淡，她让我在全班同学面前的难堪。后来，这个晚上，宋燕秋从我梦里走来，我们一起走在木泥河边，这时，不是冬天，是荷花开得灿烂的夏末，开得灿烂的荷花一朵一朵地向天上飘去，化成了一朵一朵彩云。一瞬间，我身边宋燕秋也化成了彩色的云，向天上飘去，我一急，也化作一朵白云。白云追赶着彩云，彩云飘闪，白云随之飘闪。彩云躲闪不及，白云吸住了彩云，白云舒开双臂，把彩云紧紧地搂在怀里，越搂越紧，越搂越紧，就渐渐进入彩云的体内，彩云又变回宋燕秋的脸，不知后来，怎么又幻化成姜小美肉鼓鼓的脸……我梦遗了。像小时候尿了床，裤衩湿漉漉的，薄被上也沾了一点。赶紧起来，去卫生间洗了短裤，晾到暖气片上。又打了一盆水，把薄被上的秽物擦净了。

第二天早上，姜小美一进来就吸了吸鼻子问："什么味儿？腥浩浩的？"我的脸腾的一下红了，赶紧把晾在暖气片上的裤衩收了起来。姜小美似乎也明白了一点什么，她的脸也腾地红了。我们埋头工作，不再讨论腥味的源头。

帮姜小美核算完成本，我在钱彤家的使命就完成了。说真的，这个时候我都不想去哈尔滨谋发展了。天冷了，哈尔滨的街头一定大雪纷飞，哈尔滨的人偶尔从屋子里出来一下，都穿着厚厚的棉衣，把脖子缩得紧紧的，谁去街上招人工作啊。工作的机会在冬天的哈尔滨也一定一样蜷缩在衣服领子里。这个时候我去哈尔滨了，找不着工作，流落到街头怎么办？

但我又不能不离开钱彤家，我无所事事地待在他家，算怎么回事？我也不想回家，谁让我娘那么心狠，让我在全村人面前出丑。我想还是住回工棚吧，我向钱彤保证，晚上我不烤火了，多盖几床被子就是。我这么盘算着。

没想到这天下午，钱彤又兴冲冲地来到我们办公室，他粗门大嗓地说："毕壮志，高中生，会不会看图纸？"钱彤满怀期待地看着我，姜小美端坐在我的对面，我觉得姜小美看我的眼光也是满怀期待。我哪里看过建筑图纸啊，但那天鬼使神差似的，我告诉钱彤，我不但会看图纸，我还会画呢！我在木泥河中学读书的时候，几何学得也是呱呱叫的。

钱彤听得脸上的痘痘冒烟，他眉开眼笑地说："哎呀！毕壮志，你小子果然是个人才！那正好，城关二小教学楼改扩建工程被我拿下来了。这个图纸就由你来设计，缺什么东西你就向姜小美要。"又转过身一本正经地嘱咐姜小美，"姜小美，哎呀呀，你真得好好向你毕大哥学习！"钱彤大老板似的说完话，就大老板似的腆着肚子走了。

我读高中时虽然学过几何，但正儿八经的建筑图纸毕竟没有画过。但只要我能留在这个温暖的地方，只要我想干好，这些东西就绝对难不倒我。我十七岁的时候，身上有得是蓬蓬勃勃的朝气。

我希望买几本《民用建筑图例》这样的书，为的是博采众家之长，好把城关二小的教学楼设计得尽量完美。姜小美陪我去县城的新华书店。

前天刚下了一场雪，我们这个地方，一到10月末就开始大雪纷飞。旧雪尚存，新雪又覆盖在上面。但主要街道上的雪总是被人铲尽，露出黑灰色的路面，黑白分明得像国画。县城其他地方，包括房顶、棚顶、人行步道都是白皑皑的一片。道路上的积雪被人铲除后，就堆在道路的两旁，有一米多高。路旁松树的枝叶上也挑着一层层的白雪，整个是一个银装素裹的世界。而姜小美长长的棉服是红色的，衬着白雪，我和她往新华书店走，直感觉有一团喜庆的火在我身边跳动。然而，这是严寒的冬天，不是浪漫的季节，我身边的人也不是宋燕秋，这影响了我内心的浪漫情愫。我们急匆匆地赶到新华书店，急匆匆地买了书回来。这一个来回，没有什么更多值得回味的东西。

这个晚上，我捧着新买的带着油墨香的新书，兴奋得一宿没睡，边学边画，活学活用。一晚上，基本的图例我就搞清楚了。第二天，我请钱彤带我去了城关二小教学楼的现场。钱彤有一辆212吉普车，强劲有力，只是车窗密封性能不太好，冬天的寒风拼命地灌进来，我们坐在车上也要裹得严严实实。好在一会儿就到了城关二小，我们实地测量了城关二小教学楼的长和宽，回来就开始绘制图纸。

白天，我绘图的时候，姜小美就成了我的助手。而坐钱彤的吉普车去城关二小教学楼量长和宽时，她却没有去，大概知道这个季节坐她姐夫的车很冷，不是一种享受。现在，我绘图，姜小美帮我拿丁字尺、刻度尺、橡皮等，有时候见我累了，还给我递一杯水。钱彤家里白天的暖气也烧得足，我们的办公室温暖、温馨。姜小美大概也觉得这间屋子温暖又温馨，白天，她总在我身边转悠。也许是因为冬天，工地停工，她也无所事事了。姜小美的家就在城郊，离这儿不远。有时候，我故意逗她："你回家吧，别在这里碍手碍脚啦！"姜小美瞪我一眼，大扫帚眉倒竖，气哼哼地说："俺姐夫不是让俺向你学吗！"姜小美并不是真生气，说完，她就咪咪地笑。肉鼓鼓的脸蛋就在我的眼前生动起来。

为了表示自己的确在学习，姜小美时不时地扑到我的绘图板前。一会儿扑过来说："我明白了，哪，这个缺口的地方，一竖前面带个圆弧的就是门，我说得没错吧，嘻——"一会儿又扑过来说，"哪，这个墙体中间有两条平行线的代表的是窗户，我说得没错吧，嘻——"我愉快地告诉她："姜小美，你可以出师了。"姜小美又把眼瞪起来，说："哼，这都是我自己悟的，你这个师傅还没教，啥都没教呢，就想赶我下山，真小气。我告诉你，没门儿，连窗户都没有！"姜小美伸出一只圆鼓鼓的手指头指着我，那指甲涂抹得红红的，像姜小美红彤彤的嘴唇。

姜小美一扑过来，我就闻到了那属于少女的淡淡的体香，这体香每回都让我浑身振奋，每回我的心湖上都荡起一圈一圈的涟漪，每圈涟漪里都蹲守着一只怪兽，一只只蠢蠢欲动的，只是它们一抬头，就被我的理智打压回去……这个寒冷的季节，在这么一个温暖的地方工作，简直妙不可言。

寒冷的冬天，虽然工地停工了，可钱彤和他的老婆也很少待在家里。姜小美说她姐夫和姐姐要出去陪客户打麻将，不然二建公司哪来那么多工程啊。我在这间办公室里待这么多天了，姜小美的姐姐只进来过两次，两次都是来找姜小美。这个长得比姜小美鲜亮美丽的女人，对什么成本和图纸统统不感兴趣，也不关心我在做什么，似乎我工不工作都和她无关，只是每次见我脸上都是带着盈盈的笑，态度和蔼但并不可亲，来的两次几乎没和我说话，也许脸上的笑是给她妹妹姜小美准备的。我问姜小美："钱总的叔叔不是分管建设的副县长吗，接个工程，副县长一句话的事，干吗还要陪客户打麻将啊。"

姜小美像突然开窍似的说："是啊，我也不知道。也许就是陪他叔叔打麻将呢，也许我姐夫和我姐姐自己就喜欢打麻将呢！"姜小美换了语气嗔怪我，"干好自己的，操心那么多干什么！"

这天，钱彤和他的老婆又要外出了，两个人都穿着高贵华美的裘皮大衣，钻进吉普车里。钱彤当司机，吉普车四轮发力，每只轮子都像熊掌在呼呼刨地，刨得冰雪纷飞，然后吉普车闷哼一声，车尾吐出一股黑烟，扬长而去。厨子老黄也骑着三轮车外出采买了。偌大的二建公司办公楼只剩下我和姜小美。屋子里暖和，姜小美上身只穿着一件薄薄的绒衣，绒衣里面两只圆球东颤西颤的，都像要钻出绒衣似的，我想起这两只圆球都被我的工友在梦中无数次摸过了，现实中摸一把的感觉又将是如何，我心湖中的那些怪兽越发兴奋不已，它们争前恐后地跳出水面，我暴喝、瞪眼、抢棒子都无济于事，我对它们彻底失控，我再也不能控制它们了。姜小美没有意识到潜在的危险，又扑到我的绘图板前，说："这一定是楼梯了！"我心湖中的怪兽突然做人言，"抱住她，抱住她……"我就一把搂住了姜小美。

姜小美猝不及防，脸蛋儿被我吃了一口，有点甜丝丝的，也许是抹了什么化妆品。姜小美的脸蛋儿不是我的目的地，脸蛋儿上有更诱惑人的地方，我的嘴唇继续向前探。姜小美开始挣扎了，她仿佛明白我的嘴唇要干什么，把脑袋往一边扭，两只手往出推我的胳膊，嘴上嘟嘟囔囔地说：“毕壮志，你不要这样，你不要这样……”我心湖中的怪兽喊：“你偏要这样，你偏要这样……”我听了它们的话，把她搂得更紧，隔着绒衣，一只手摸到了她胸前圆鼓鼓的东西，柔软却结实饱满。姜小美换成哭腔喊：“毕壮志，你放手啊，真没想到，你是个臭流氓！”

我毕壮志成臭流氓了？这一声“臭流氓”比我抡起的木棒好使，好比一声晴天霹雳，我心湖上的怪兽，一只只吓得缩到湖底，静寂无声。这一愣神的工夫，姜小美从我怀里挣脱出来了，坐到她的椅子上，双手捂着脸呜呜地哭。

我吓坏了，瞬间清醒过来，赶紧跑到她的身边向她道歉：“姜小美，我错了，你别这样好不好，你别这样好不好，我知道我错了，我再也不敢了。我给你跪下。”我真跪下了。

姜小美还是呜呜地哭个不停。我六神无主，只得摇着她的膝盖哀求：“姜小美，你别这样好不好，你别这样好不好，我也不知道自己怎么了，要不，我让你咬我脸蛋一下吧，你也摸我一下。”

姜小美就不哭了，她用手抹了抹眼角。我惊讶地发现，她一点不像哭过的样子。姜小美噘起圆鼓鼓的嘴，用圆鼓鼓的眼珠瞪了我一眼说：“我才不咬你呢，我才不摸你呢，你这个臭流氓。你就安心地等着吧，等我姐和姐夫回来，我就把刚才的事情告诉他们，一字不落地告诉他们，一定全部告诉他们。”

我吓出了一身冷汗，我的好日子到头了，被打发走人还是事小，钱彤还不得把我撕碎了？只好又低三下四地向姜小美哀求：“姜小美，求求你，求求你别把刚才的事告诉钱总经理好不好，我不是流氓，真的，我从来就不是流氓。我错了，我再也不敢了。”我只会说这些话，别的话啥也不会说。

姜小美恼怒地说："你错了你就敢亲人家大姑娘的脸？你错了你就敢摸人家大姑娘的胸？你说你不是流氓你又是什么？"

在姜小美跟前我从来没有这么窘过，我结结巴巴地说："我，我……姜小美，主要是因为你长得太漂亮了，我、我很喜欢你。窈窕淑女，君子好逑，所以、所以就情不自禁了。"

姜小美不恼了，把扫帚眉扬起来，问："你喜欢我了？"

我把头点得如鸡啄米一般，说："是、是……所以、所以就情不自禁了……"

姜小美语气变缓了，说："你喜欢我，我可不喜欢你啊。"

姜小美坐到椅子上，低头摆弄起自己的衣角来。姜小美不生气了，我一颗怦怦乱跳的心终于安顿下来。我赔着小心且厚着脸皮问："那，姜小美，你不喜欢我，那你喜欢谁啊。"

姜小美沉吟了片刻，带着一种向往的神情说："我喜欢那种高大威武、幽默又成熟的男人。"

我恬不知耻地说："我就长得高大威武，也幽默成熟啊。"

姜小美"扑哧"一下乐了，她抬头审视了我一会儿，然后摇着头说："你呀，你不行！"

我继续厚着脸皮问："我怎么就不行了呢？"

姜小美窃笑说："你两只耳朵大大的，长得像猪八戒，嘻……"

我听了姜小美的话，不敢恼，还想继续讨好她，小心翼翼地问："那把我排除在外吧，你究竟喜欢什么样的人呢？"

姜小美又低着头，扯了扯衣角，羞答答地说："像我姐夫钱彤那样的男人。"

我又想起在工地的时候，许多家伙说的话：钱彤小姨子的奶子很大，一定是被钱彤摸过了。

想起了这些，我就觉得很懊恼，又觉得姜小美不美了，又羞愧刚才自己的冲动。

后来我继续画图纸，只当没有发生刚才的事。偷眼看姜小美，也并没有不理我，只是不再像从前那样一会儿扑到我的画板前，一会儿又扑到画板前。姜小美矜持多了，现在的空气中有种尴尬的味道。晚饭时，门前响起吉普车的刹车声。这天钱彤夫妇居然回来得这么早，没在外面吃饭。姜小美出去吃饭时，我的内心又惴惴不安了好一会。

姜小美晚饭后，又像往常一样给我带来饭盒。接了饭盒，我相信姜小美没有把我的丑事告诉钱彤，不然，还想有晚饭吃？早被钱彤撵到冰天雪地里去了。

接下来的时光我们相安无事。我发现姜小美其实是个很大度的女孩，我绘图纸的时候，她又像从前那样在我身边转来转去的，有那么两次还贴到我的身旁，秀发拂得我的耳垂痒丝丝的，只是我心湖里的怪兽被那声晴天霹雳吓破了胆，对姜小美再也没有了那种蠢蠢欲动的欲望。心无旁骛，城关二小教学楼的图纸在我手上绘得就异常地顺利。

满一个月的时候，钱彤给我发了四百元的月薪。

年关渐渐地近了，办年货的乡下人赶着驴车跑到县城里来，驴打着响鼻，叫声亢奋、穿透力极强，一头、两头、三头，一声、两声、三声……让我知道县城里的行人多了，驴也多了起来。我现在不再担心毕文章来二建公司找我，反而还天天盼着他来，让他来看看我坐在窗明几净的屋子里，手里拿着绘图板、标尺的样子，我的样子一定是帅呆了、酷毙了。不但是他来，最好他还带着我嫂子来。呸，那女人，配做我嫂子吗！

毕文章一直没有来。这天，我爹倒出人意料地来了。原来，我爹和我老叔从夹皮沟回来了。我从我爹的打扮和有些歉疚的笑容上，我知道这一年，他们在夹皮沟依然是没有淘到金子。我爹咋知道我在这儿呢？是不是毕文章往木泥河捎过话？我爹知道了我的去向，然后来到县城找到毕文章，通过毕文章才知道我在这地方的？

我爹一路找过来，在二建公司门口先遇到了钱彤，钱彤把他领到我的办公室。这会儿，钱彤就站在他的身边。

我猛然见到我爹，往事涌上心头，委屈、内疚、不安……百感交集，站起身来，一时语塞，眼角的泪差点流出来。我爹咧着嘴，笑着对我说："大毛啊，你小子也是个有志气的，好！"他风尘仆仆，冲我竖起一只大拇指，"不愧是你爹我的儿子。刚才，钱总经理跟我说你干得不错。你就在钱总经理这儿好好干，自个儿认准的道儿就自个儿往前走吧，往前闯吧。别人总说你爹我一条道跑到黑，爹想跑到黑还得继续跑啊，跑到黑了继续跑下去，跑下去不就是白天了吗？跑到黑不跑了，不就死在黑夜里了吗？是不是这个理儿啊？大毛。爹支持你，爹相信你。爹见到你好好的就放心了。"说着说着，我爹也伤感起来，唏嘘了一下。

钱彤握着我爹的手对我爹说："哎呀呀，大叔啊，听你说我才知道毕壮志是这么跑出来的。你儿子口紧啊，这要是革命战争年代一定不会是叛徒，哈哈……按照道理来说呢，我现在就应该让您把他领回家。可是呢，他现在是我们二建公司的设计师了，是我们二建公司的顶梁柱，我们二建公司这两年发展得很快，啊，业务很多，实在忙不过来啊。大叔啊，毕壮志到年根底下再回家可以吗？"姜小美给我爹倒了一杯水递过来。

我爹也不喝，只顾着点头，说："公家的事重要，公家的事重要。"我爹不知道，这二建公司就是钱彤私人开的，就是钱彤组织的几支施工队。

我不去哈尔滨了，我从身边掏出九百元现金来，嘱咐我爹把我的欠款都还了，剩下的钱在县城置办些年货。我的欠款都还了，只有别人欠我的钱了——米云凯还欠我二百元。

我爹在县城买了一串一千响的鞭炮，往年我家除夕夜放的开门鞭都是五百响的。我爹高兴地说："大毛出息了，今年得好好庆贺。大毛啊，你一办完公事，就赶紧回家，爹告诉你，爹今年可套了好几只山鸡呢。"

我爹和我老叔没有淘到金子，但并不代表他们一无所获。我爹和我老叔每年在夹皮沟都能捕捉到许多野兔、麅子还有山鸡，他们吃不完，就把这些东西晒干了，用麻袋扛回家。每年春节，我们家都能吃到这么丰盛的野味。有一年，他们还采到了一只野生的大灵芝，被南方来的商人收购了，我爹和我老叔一人分了八百元钱。我爹和我老叔的生活不是只有淘石头那么单调。

我已经忘记了我娘还有我二叔、三叔引起我不快的事了，我也好想回我家看看。想起数月前，我感觉就像过了漫长的好几个世纪。好几个世纪过去了，木泥河镇会变成什么样子呢？

我爹走后的第十三天，我把教学楼的结构图拿给钱彤看。没想到搞了这么多年建筑的钱彤居然看不懂图纸，也不是一点不懂，懂只懂得大概，水平跟姜小美差不多。钱彤请县设计院一位姓叶的老师来审我的图纸。叶老师长得像个瘦小的南方人，满头银发，看上去年龄有六十好几了，实际才五十开外，说话轻声细语，有点像女人，他戴着眼镜用挑剔的目光，审视我的图纸。

我脸上挂着笑，但一颗心却七上八下的。当叶老师把眉头皱起来时，我的心就提上来了；当叶老师把眉头舒展开来，我的心就咕咚一声放回原来的位置了。上午审平面图、结构图，叶老师审到最后才放下图纸说："毕壮志，你这浑小子，别说你自个儿瞎琢磨，除了一处图例不规范外，整出来的图纸还真算那么回事。"

我彻底把心放在该放的位置了。

钱彤眉开眼笑，说："那当然了，哎呀呀，人家可是木泥河中学的高才生呢。"

叶老师把眼镜拉到鼻尖，眼睛越过镜架的上方盯着我瞅，像盯一件刚出土的文物似的，把我瞅得都有点不好意思了。叶老师又把眼镜推上去，轻声细语地问我："木泥河中学的高才生，那你怎么不考大学呢。"

我自嘲地说："我对考大学不感兴趣，只对画图纸感兴趣。"

钱彤听了很开心，哈哈地笑，笑得脸上的痘痘颗颗冒热气。

中午，钱彤安排饭局，就在钱彤家里。这是我第一次与钱彤和他老婆一起吃饭。钱彤拉叶老师在上首坐了，姜小美挨着她姐坐在下首，我挨着钱彤坐在下首。钱彤家的饭菜一直好，倒没有什么特别的，酒好，是茅台。我第一次见茅台，不由得眼睛发直。姜小美不喝酒，钱彤问我喝不喝酒，我喝酒，即使不喝酒，传说中的茅台酒就在眼前，我也要尝尝。举杯庆贺时，我小心地啜了一口，酒液就像一股火似的顺着喉咙往下一蹿，接着一股香甜从咽喉深处弥漫上来，说不出的舒畅。叶老师却不善饮，三小杯过后就推辞下午还要审施工图，不能多喝了。我还想喝，钱彤却拧上了瓶盖，大咧咧地对我说："想喝？想喝现在也不给你喝。"

他老婆说："你就再给他倒一杯嘛！"我听了就觉得姜小美的姐姐为人还不错。

钱彤却不听老婆的话，收了茅台，笑呵呵地对我说："那啥，想喝也不难，等这个工程完工了，让你小子一次喝个够。"

下午审施工图，钱彤不陪我们了，姜小美也被她姐姐叫走，上街买东西去了，姜小美和她姐姐没坐钱彤的吉普车。

回到办公室，叶老师倒不忙审图纸，找来一根牙签剔牙，然后喝了几口水，四顾无人，压低了声音对我说："小伙子，我告诉你，还是上大学有前途啊，别看你现在能照葫芦画瓢画一张图纸，那都不算啥。"叶老师本来声音就小，他压低了声音，就像一只蚊子在我耳边哼哼，"多少钱？"他把右手的三根手指伸到我的眼前，大拇指在食指和中指上来回揉搓，"我问你，钱彤，给你多少钱？就是你给他画图纸，一个月给你发多少钱？"

我实话实说："四百元。"

叶老师就往地上啐了一口水，说："钱彤这个吝啬鬼，先前有图纸找我画，我找他要点设计费都是斤斤计较的，我不想给他画了。小伙子，你懂吗，是他找我，我不想给他画了。现在让你来了，他这算盘珠子拨的，好嘛，是让你干设计师的活，拿力工的工资。我告诉你，小伙子，你亏大了！我告诉你，你懂吗？"叶老师痛心疾首，拍着大腿说，"像咱们这样能画图纸的，要是搁在哈尔滨，一个月闭着眼都能挣千儿八百的。你想喝茅台酒，机会多了去了。"我毕恭毕敬地听着。叶老师瞅了我一眼，又说，"我战友在哈尔滨开了好几家公司，三番五次地来信让我去，我就是因为家里走不开，嘿！不然，我早去了。"

原来叶老师还当过兵啊！"叶老师，您当兵出身的怎么还会画图纸啊。"

叶老师眉头一挑，两手一摊说："我测绘兵啊，测绘大队的。"

我心湖中的怪兽刚才听了叶老师描述的哈尔滨，一只只按捺不住了，争前恐后地探出头来，我也不知道哈尔滨有什么东西勾住了它们的魂，它们亢奋地发出人言，"去哈尔滨，去哈尔滨！"我的舌头受了它们的蛊惑，略带几分羞涩地说："叶老师，我家里能走开呢！您战友的公司，您要是真不能去，就把我介绍去嘛。"其实，去哈尔滨的打算就埋藏在我心里，这打算就像一粒种子，只等着春风拂开冻土。现在叶老师对哈尔滨的描述，就是化开冻土的春风。

叶老师又把眼镜拉到鼻尖，不动声色地看了我一会说："小伙子，你还是考大学吧。真要想吃这行饭，考上大学，读个建筑设计专业，小伙子，我跟你说你将来前途——"叶老师靠近我一步，跷起一只大拇指，吐出最后两个字，"似锦！"

我低下头，有些沮丧地说："大学哪是说上就上的，您不知道，我们木泥河中学不比县一中，我们木泥河中学能考上大学的，一年只有一个。"

叶老师"哦"了一声，把眼镜推回鼻梁，沉吟了片刻，像下了一番决心似的问："小伙子，你真想去哈尔滨？"

"我真想去。"我满面真诚地望着叶老师，恨不得把心掏出来给叶老师看。

叶老师又沉吟了片刻，像牙疼似的倒吸一口凉气，然后才说："好呀，小伙子，好男儿志在四方，从你个人前途考虑，你应该去大城市闯。你不像我，老了，黄土都埋到脖子了。"

我拍马屁："您年轻着呢。"

叶老师不理我这一套，说："你先记下这个地址。回头我给我战友打个电话，我一推荐，准行，不打一点折扣！"说完，他的手就从口袋里往出掏东西，掏出一只打火机和半盒香烟后，掏出了一张名片，瞅了瞅递给我。我无比激动地接过来，原来叶老师的战友叫李茂朝，名片上除了"李茂朝"三个大字和办公地址、邮编、电话外，剩下的都是头衔：哈尔滨市茂朝房地产开发有限公司董事长兼总经理；哈尔滨市茂朝机械工业有限公司董事长兼总经理；哈尔滨市茂朝货柜集散运有限公司董事长兼总经理。哇！这么多家公司的董事长兼总经理，这李茂朝该是何许人也！

我十七岁的时候，还是第一次见名片这种东西，二建公司总经理钱彤似乎都还没有印名片。我小心翼翼地把这么珍贵的东西捧在手心里，像捧着一件珍贵而精美的瓷器。准确点说，更像是捧了我的前途和命运。我可不能让它出半点的差错。

第六章

经叶老师审查，施工图也没有多少差错，一点小问题当天下午就改正了。我能画出这样水平的图纸来，钱彤分外高兴。我临回家的前一天晚上，我已经睡下了。钱彤从外面应酬回来，敲门进来，甩给我一只红包，打着酒嗝豪气十足地说："毕壮志，一共五百元。四百元是你这个月的工资，另外一百元算我赏你的。我老钱这个人对人不薄的，你说是不是？"

我频频点头。

钱彤很满意，志得意满地说："那啥，你在家也不用等木泥河河水化冻了再来，窝在家里躺炕上干什么呢，是不是？你又没有个老婆，你一过完正月十五，就上我这儿来。你小子，以后跟着我好好干，吃香的喝辣的，我老钱这个人一定不会让你吃亏的！"

我已经不想在钱彤这儿干了。前两天，叶老师告诉我，他已经给董事长兼总经理李茂朝打电话了，董事长兼总经理李茂朝表示欢迎我去，而且说他的公司蒸蒸日上，急需各方面的人才。如果说，刚来县城时，我是一只翅膀受伤的雁，那么，现在经过数个月的将养生息，我翅膀的伤养好了，我扇一扇翅膀感觉已经能驾驭空气、驾驭风了，二建公司的工棚和办公室都是我的疗伤地，从此疗伤地将成为往事，我要展翅翱翔了。

我用略带遗憾其实很自负的语气告诉钱彤："钱总经理，过完年我就不来了，我要去哈尔滨了。"

钱彤大吃一惊，像听错了似的问："什么？你小子要去哈尔滨？你去哈尔滨干什么？"

"我想去哈尔滨谋发展，我家里有个亲戚在哈尔滨，办了好几家大公司，想让我去帮忙。"我对钱彤撒了个谎，我把叶老师的战友——董事长兼总经理李茂朝说成我家的一位远房亲戚。一方面出于虚荣，另一方面也是遵从叶老师的意思，不要让钱彤知道我去哈尔滨和他有任何关联，以免钱彤对他有些意见。

钱彤将信将疑地盯着我看了一会，有些生气也有些失望地说："妈的，这么说你小子还真的要走啊，我前几天还合计，你好好干，将来还想把姜小美介绍给你呢，哈。这样吧，哎呀呀，你小子先回去考虑考虑我的意思，你跟你爹你娘商量一下。我老钱这个人不会亏待任何人的，更何况对你这样的高才生。你要愿意跟着我，一过完正月十五，你还上我这儿来。过完正月十五，不见你的影子，我就另找设计师。何去何从，你自个儿决定。"钱彤说完，毫不犹豫地走了。

我铁了心地要去哈尔滨了，我铁了心要干的事情，我都用不着和我爹和我娘商量。我想，最起码我爹是支持我的，因为他说过，自个儿认准的道儿就自个儿往前走，哪怕是一条道儿走到黑。

回到家，我跟我爹一说，过完春节我就上哈尔滨去了。我爹有些吃惊，把眼一瞪，问："为啥？你在钱总经理那儿不是干得好好的吗？我还跟你娘说，钱总经理多器重你呢。"

我觉得我爹真是没有见过世面，钱彤每个月给我四百元工资，他都觉得好好的了，就告诉他："爹，你不知道，我去哈尔滨市茂朝房地产开发有限公司工作，一个月能挣一千多。"

我爹又吃了一惊，不信地问："一千多？乖乖！"我点头，我爹说："那是得去啊。"我爹立刻就同意了。

我娘不满地嘟囔："我看这大毛的心是越来越野了，还敢往哈尔滨那么大的地方跑。人生地不熟的地方，去了能行吗？"

我爹冲她一瞪眼："咋叫人生地不熟？大毛不是去什么公司吗？"我娘没有什么见识，我在钱彤那里，一个月能挣四百元，她就很知足了。听说我要去哈尔滨，她觉得这已经到手的四百元又要飞了，我娘就心疼起来。见我爹同意了，她也就不好再说什么。

回到家我才知道我离家出走的那天早上，我娘先是没有察觉，后来察觉到我不在家，一点也没有慌张，她以为我没事到处闲溜达了，我娘还很生气，"生了这样一个逆子，他愿意怎么溜达就怎么溜达去吧，不管他了，不败我的家就好了。家里活儿也指望他不上，就当没养这个儿子好了。"我娘气得抹眼泪，不过对我不在家却表现得很超脱，可是到了晚上，还是不见我的影子，我娘就超脱不起来了，她慌了。

她担心我是不是因为被骂得想不开，跳木泥河自尽了。因为我们村子里毕文化的媳妇就是被毕文化骂得气不过，跳木泥河自尽的。我娘一慌就呼天抢地。我弟弟毕二毛和毕三毛跑到木泥河边，各拿一根长长的松木杆，沿着木泥河岸，把两岸的河水搅了个遍，踪迹全无。我爹不在家，听了我娘的哭号，我的二叔和三叔又义无反顾地来了。

我娘不识字，所以她也没有留心我留下的小纸片。我弟弟毕二毛和毕三毛粗心，一听我娘的哭号，只知道往木泥河边跑。我二叔细心，一来到我家就发现了我留在堂屋桌子上的小纸片儿，我二叔识字。他对我娘说："嫂子你别哭了，大毛这是发财去了。你听听，开头这两句'壮志从今出乡关，不发大财誓不还。'这'壮志'不就是大毛吗，'出乡关'就是离开木泥河镇了。"

我娘心放了下来，但还带着哭腔问："离开木泥河就说离开木泥河嘛，干吗说成'出乡关'？"

我三叔是个大明白，朝我娘摆摆手说："嫂子你不懂，这是文辞。"

我二叔朝三叔赞许地笑笑，接着往下说："这意思是他不混个人样他就不回来了，大毛这小子有这份志气，我看也算有出息。只是这后两句'欠款五百何足道，一桌酒饭就抵他。'你欠人家五百元钱，你还人家五百啊，请人家喝顿酒就不还啦，自古以来没有这个道理嘛！看来这大毛还是浑。"

我娘知道我没死，一颗心放了下来，可是没过几天，那颗放下来的心又提了上来，她又琢磨起我究竟去哪里发大财来，甚至想到我去夹皮沟找我爹，跟我爹一起淘金子去了。我娘想到这里，又号啕大哭。后来，毕文章从城里捎话来，大毛在县二建公司当技术员，画图纸什么的。我娘知道我在县城了，一颗心才彻底放了下来。放下来了，我娘却不去县城找我，我娘一辈子没去过我们的县城，她也没有委托我二叔和三叔去县城找我，可能也是觉得没有这个必要。

回到家里，我弟弟毕二毛不跟我提到木泥河边寻找我的事，他只是冲我笑笑，就躲到一个角落里看书了。毕二毛在上初中，学习成绩跟当年的我一样好。

我弟弟毕三毛却直冲我竖大拇指，他无限景仰地说："伟人当年也给家人留下一个小纸片儿：孩儿立志出乡关，学不成名誓不还。

埋骨何须桑梓地，人生无处不青山。哥，你也像伟人一样，真了不起！"春节期间，我弟弟毕三毛就像一只宠物狗似的，围着我团团转，对我崇拜得不行。

我要去哈尔滨市茂朝房地产开发有限公司工作的消息，经过我爹和我二叔、三叔以及毕三毛的义务推广，很快就传遍了整个村子。我们村子里的人不管是羡慕也好，嫉妒也好，见了我脸上都堆满了笑。我发现，我再也用不着在村子里"破帽遮颜过闹市"了。我在村子里的地位又恢复到我当年在木泥河中学读书时的状态，不，比那时还牛，简直就像我已经考上了大学一样，我幸福地沐浴在这份荣光里，我在村子里荣耀极了。老村长家的小黑狗在村街上见了我，也不敢对我乱吠了，把尾巴摇得像见了自己的主人。

我三叔来我家吃饭，居然不提夏天的一幕，大言不惭地用筷子点着我的鼻子说："大毛啊，有出息了，三叔我也替你高兴。做长辈的，哪个不盼晚辈有个出息呢。今天在这吃饭，三叔我有句丑话说在前。你在哈尔滨混出息了，不能光考虑自己，也得时刻刻想着你弟弟。四毛和二毛、三毛不一样，读书是一点都读不进去，他那脑袋是花岗岩做的。过两年就十六岁了，我也不知道他十六岁能不能初中毕业，不管了，反正一到十六岁，你就把他领出去。"

我爹当初梦想我娘为他生十个儿子，后来实行计划生育了，毕四毛到毕一块成了他壮志未酬的梦。但是我有三个叔叔啊，我这三个叔叔生的孩子加在一起可以延续我爹的梦。

我爹生了三个儿子：毕大毛、毕二毛、毕三毛。我二叔生了两个姑娘：大的生在春天叫春花，小的生在秋天叫秋草。我二叔识字，说女孩的名字不好几毛、几毛地叫。我三叔生了一个儿子一个女儿，儿子就叫毕四毛。我老叔生了一个儿子，叫毕五毛。当然，他们上学后，都统统背叛了我爹和他们的爹，改叫一些让人热血沸腾的字眼。

在我家吃饭的时候，我三叔已经忘了夏天他说的，我要是他的儿子，他那天就要把我打死的话。我三叔真是一个厚颜无耻的人。我二叔没来我家吃饭，大概是他只有两个女儿，并没有拜托我把两个妹妹带到哈尔滨的想法。我老叔年年跟我爹去夹皮沟淘金子，他也没来我家吃饭。他不来我家吃饭，是因为我老婶跟我娘关系不好，我老婶总觉得我老叔年年去夹皮沟淘石头，是被我爹蛊惑的，恨我爹，又恨我娘呢！

回到木泥河，这个春节我还有两件事要办。一是，我得去找一趟宋燕秋。我觉得我马上就要去哈尔滨市茂朝房地产开发有限公司工作，这样的好运在木泥河不会有第二个人有，我有资格见宋燕秋了。我不能忘记宋燕秋，"曾经沧海难为水，除却巫山不是云"。让我忘了她，除非给我一杯忘情水。在县城的那好几个月，我好想她。想一阵恨一阵，恨一阵想一阵。我睁开眼时想，闭着眼时也想。我的眼前晃动的都是她的影子，姜小美的影子只是一闪而过，姜小美在我心里成不了永恒的风景。还有我在梦里也想着她，宋燕秋啊宋燕秋，也许我不配爱你，但我对你一往情深，我要把我的心窝子掏出来给你看，我要让你明白我的心。你明白我的心了，我就知足了。这辈子即使做不了夫妻，这辈子难道心心相印也不可以吗？

我去了木泥河中学，昔我往矣，杨柳依依；今我来思，雨雪霏霏。心中真是五味杂陈。放寒假了，整个校园被积雪覆盖着，校园里静悄悄的。

有一条被踩得结实的雪路，从校门口一直通到教师生活区。走在这条雪路上，两边都是高出来的雪原。雪原漫到了操场的位置，两只篮球架露在雪原上面，露出的部分只有一米来高，有几只麻雀在厚厚的积雪上跳来跳去，不知它们在那上面还能寻觅到什么。

最好不要碰见宋应昌，最好只有宋燕秋一个人在家，我不住地祈祷着。走在教师宿舍楼前，我的心跳得像擂鼓。

但偏偏是宋应昌出来了，他戴着厚厚的棉帽，哈着腰把一颗将要燃尽的煤球扔到走廊前面的雪原上，煤球落下去了，雪原上吱的一声出现了一个深深的圆洞。他起身，看见我走近了，愣了一秒，可转眼就当不认识我这个人一样，是不是他真的不认识我，我穿得这么厚，又戴了口罩，我摘下了戴在脸上的口罩，宋应昌依然当眼前没有我这个人一样，转身要往宿舍里走。我尴尬万分，我却不能装作不认识他，不仅不能不认识，还得像见了亲爹一样，我脸上堆上谄媚的笑容。我壮着胆子叫了声："宋老师。"接下来，我想立刻向他赔个不是。人非圣贤，孰能无过？毛主席说过，知错就改，还是好同志。何况我曾经还是他的学生呢！一日为师终身为父，我和宋应昌岂能成为路人。

宋应昌却拉长了脸，紧皱着眉头冷冰冰地问："你，不是退学了吗？怎么又跑到学校来了？数九寒冬的跑到学校来干什么？"

宋应昌揭了我的伤疤，可是我还得赔着小心："宋老师，我是来向您道歉的。上次是我犯浑了，您大人不记小人过。我给您拜年，祝您新春吉祥如意，阖家幸福美满！"

宋应昌的鼻子哼了一声，不想理我。我多么希望宋燕秋听见我们说话的声音，真的像一只小燕子一样从宿舍里飞出来。可是，一直没有看见她的身影，也没有听见她的声音。宋应昌要回宿舍了，手已经撩开厚厚的棉门帘了，再不问就没有机会了。我厚着脸皮不顾一切地问："宋燕秋在家吗？我想见见她，我是来向她道别的。我马上就要去哈尔滨了，过完年就去。我去哈尔滨市茂朝房地产开发有限公司工作，去做设计师。宋燕秋马上就要高考了吧，我想看看她。"我还是说得语无伦次。

宋应昌放下撩门帘的手，皱着眉头说："你要去哈尔滨市茂朝公司工作了，你就去好好工作嘛！宋燕秋不在家！"

"宋燕秋在家。"我急了，嬉皮笑脸地说。

宋应昌恼怒地说："就是在家我也不许你见她！"

"我、我，你、你……"宋应昌怎么是这样的人！这样的人还是老师呢！这样的人还配当老师吗？我恼又恼不得，笑又笑不得。正在我尴尬万分的时候，宋应昌的老婆——徐阿姨撩开厚厚的门帘出来说："你就是毕壮志吧，宋燕秋真的不在家，春节去牡丹江她二姨家补课了。要不，你进屋来坐？"

"哦，真的不在家啊。那不了，谢谢徐阿姨。"我想赶紧逃离。

徐阿姨的话一定是真的，我们班的同学都知道，宋燕秋有个二姨在牡丹江师范学院当老师。我失望地说："徐阿姨，请您转告宋燕秋一声，我去哈尔滨了，在哈尔滨市茂朝房地产开发有限公司工作。"

徐阿姨慈祥地望着我，说："那好啊，我一定转告宋燕秋。你要好好工作啊，放假回来的时候再到我们家玩。"徐阿姨的话说得多暖人心啊，徐阿姨不是当老师的，在我们镇上的卫生所工作。不是当老师的徐阿姨比当老师的宋应昌强一百倍。奇怪的是这两个人怎么走到一块，还成了夫妻？

另外一件事是，米云凯还欠我二百元钱，我想趁着春节把这二百元钱要回来。我骑着车跑到米云凯家，雪厚，自行车简直没法骑，到米云凯家门前这一段小路，我几乎是扛着车走的。米云凯的爹和一个五十岁左右的女人坐在炕上聊天，不见米云凯，这么寒冷的天，米云凯去哪里了？我先给他爹说些拜年的话，然后言归正传。米云凯的爹说，米云凯去辽宁大连了，已经走了好几个月了，这个春节都未必能回来。

我顶着寒风在雪道上踩自行车，踩出了一身汗，又扛着车才来到米云凯家，得到的却是这样的答复，心里一股火早就蹿出来了，我没好气地冲米云凯的爹吼："米云凯还欠我二百元钱你知不知道？难道说这二百元钱还要拖欠到明年吗？"

米云凯的爹回复我的话比刺骨的北风还寒冷："米云凯欠你的钱，他没告诉我，我怎么知道？假如你欠了米云凯二百元钱，他没告诉我，我能找你要吗？米云凯欠你的钱你找米云凯要去！"天！我什么时候欠米云凯二百元钱了？

我这两件事办得都不顺。

年三十的晚上，我爹破天荒地向我举杯说："人这一辈子坑坑洼洼的，三年好运，三年歹运。一辈子哪有一直平顺的时候。大毛今年是有点不顺，有点小坎儿，过完年去哈尔滨就平顺了。"

我也举杯，祝我爹和我老叔好运，过完年在夹皮沟淘到黄澄澄的金子。

我爹两眼放光，说："大毛的话我爱听。夹皮沟有金子。夹皮沟哪能淘不到金子呢？当年的小鬼子哪能把金子都淘完呢，我就不信我这辈子淘不到金子。"年三十的晚上，我爹因为我那句祝福的话，把自己灌个烂醉。

我娘却说败兴的话，她嘟哝："能淘个毛。"

我爹喝醉了，不反驳我娘，反而冲着我娘嘿嘿地傻笑。

我弟弟毕三毛说："毛肯定能淘回来啊，我爹每年带回这些毛皮。"

我娘白了我弟弟毕三毛一眼。

我爹是个知恩图报的人。正月里，我爹嘱咐我："大毛能去哈尔滨，全靠叶老师帮忙。这个恩情不能忘，人哪，有恩不报不如禽兽。大毛你从家走的时候，一定要先去县城看望叶老师。"

去县城的那天，我给叶老师捎了两只肥硕的老母鸡。这两只老母鸡都是我娘一把米一把米地喂养大的。我去县城的那天，我娘知道我就要从县城直接去哈尔滨，这回是出远门了，从此我离她更远了，我娘的眼圈红红的。

公共汽车来了，停在我们村口。我在跨上车门的一瞬间，我想和我娘开个玩笑，你不说当初一生下我时，不如把我掐死了吗？怎么现在还要来送我呢？可是，这个玩笑我不能说出口了，因为我看见我娘已经泪流成河了。我爹没有流泪，他抱着我娘的肩头，一边安慰着我娘，一边盯着我上车。

我突然觉得嗓子眼发紧，想说什么却说不出来，车启动了，我终于喊起来了："爹、娘，到了哈尔滨，我给你们写信，常给你们写信——"我的眼泪不由自主地流出来了，生我养我的村庄在我模糊的泪眼中渐渐消逝了。

第七章

茂朝公司位于南岗区一条不太繁华也不太僻静的街道上。"哈尔滨市茂朝房地产开发有限公司""哈尔滨市茂朝机械工业有限公司""哈尔滨市货柜集散运有限公司"这三块公司的铜牌分别挂在一家招待所二层的三个房门上。招待所一共只有四层楼高，楼体有些陈旧，门窗上的油漆有的脱落了，有的漆皮起了卷子，露出白色的油漆腻子或者暗褐的木纹，斑驳陆离地显出历史的沧桑。这与我在木泥河时想象的茂朝公司有很大的距离，我在木泥河镇想象的茂朝公司至少有一栋办公大楼，那栋楼至少有七八层那么高吧，三家有限公司呢！现代化的办公大楼，业务人员进进出出，玻璃旋转门旋转个不停，办公室内电话铃声此起彼伏，办公楼顶应该有"茂朝集团"四个大字，夜晚的霓虹灯让这四个大字发出梦幻般的光芒……

眼前的一切与我想象中的有天壤之别，但我仍然背着行李包怀着憧憬和几分忐忑的心情找到了茂朝公司写着董事长字样的办公室的门，平息了一下忐忑的心后不轻不重地敲了敲门。

董事长兼总经理李茂朝正襟危坐在老板桌后面、一排书架的前面，那排书架上整整齐齐地摆放着精装书籍。董事长兼总经理身穿一件浅灰色的毛呢西服，白衬衣、蓝领带。屋子里没有其他的人，我确信刚才"进来"的声音就是他发出来的。可是，我进来了，他却不理我，眼睛盯着桌上的一张纸，眉心拧成一个大大的问号。第一次见面，董事长兼总经理李茂朝就留给我这么一个苦大仇深的印象。后来，我对那张纸充满了好奇，不知那上面究竟写了什么，把一个身高一米八、风度翩翩的中年男人愁成这样。再后来，我就不好奇了。因为再后来，我要常常面对愁眉苦脸的他。见多了，就以为董事长兼总经理李茂朝先生恰好长了那样的一张脸。

那天，我并没有在董事长办公室待多久。董事长兼总经理李茂朝很忙，他后来只跟我简单聊了几句，就让我先到隔壁写着茂朝房地产开发有限公司字样的办公室熟悉情况。

我仍拎着我的那只行李包，不失礼貌地敲门，一个甜美的女声回应："请进！"我推开虚掩的门，就看见了一位长着瓜子脸儿，五官虽然普通，但皮肤白皙，身材也很苗条的女子坐在办公室里。她刚才可能在嗑瓜子，面前一张报纸上堆满了她嗑下来的瓜子壳。见我拎着行李包进来，她有些愕然，似乎马上意识到面前堆着一堆瓜子壳有些不妥，就把报纸卷起来，扔进桌边的废纸篓里。

她知道我是新来的员工。

她恍然大悟似的站起身微笑着说："欢迎啊，我叫申楠楠。"她穿着一件过膝的墨绿色长款毛衣，深棕色的椰壳吊坠系在一条深棕色的线绳上，从脖子上垂下来，恰巧垂挂在小巧的双峰间。她微微弯腰向我伸出一只纤纤玉手，那只深棕色的吊坠也略微离了双峰，向我荡来，我把行李包放在一张空桌上，连忙把手迎上去，虽然那只小手只给了我一个瞬间，但这一瞬间的感觉是既柔软又温暖，像当年我在木泥河边拉过的宋燕秋的手。

申楠楠收回了自己的手，那只深棕色的吊坠又紧贴着双峰，她笑着说："这下好了，你来了，我在办公室里，可算有个说话的人了。"申楠楠说话的声音很好听，像广播里的播音员似的。

　　我大吃一惊："怎么茂朝房地产开发公司只有你一个人吗？"

　　她见怪不怪地说："这不刚启动嘛。"又极具诱惑力地对我说，"房地产开发公司连个副总经理都没有，你来了，就看你能不能顶得起来了。"我一听，一颗心顿时雀跃起来，我一来到哈尔滨，就成为茂朝房地产开发有限公司的副总经理，如果我们木泥河镇的人得知了这个事，还不惊得掉了下巴？我立刻就把初见茂朝公司办公环境时的失落丢到了爪哇国。

　　我们的办公室只有董事长办公室的三分之一大，十八平方米左右。房间里却摆着三张办公桌，一张办公桌单独摆在靠门的位置，就是我刚才把行李包放在上面的那张桌子。另两张办公桌紧并在一起，一把座椅与靠门位置的座椅背靠背，另一把座椅靠着窗户。申楠楠像主人似的吩咐我坐靠窗位置的那张办公桌，说起身就可以看窗外的风景。

　　我特别听申楠楠的话，果然就起身看窗外，灰黑色的街道上大车小车一辆一辆的，那密集度与我们的县城不可同日而语。道路两侧的林带上依然白雪皑皑，路人行色匆匆戴着厚厚的口罩裹着大衣，来来往往，我只能从大衣颜色上大致地分别他们是男还是女。斜对面一幢两层的俄式建筑吸引了我，高高的石基和宽阔的石梯差不多有半层楼那么高。我知道这座城市里，曾生活过许多俄罗斯人，不知道那楼里，现在是不是还住着俄罗斯人。我这么想着，就这么问了出来。

　　申楠楠"嘿"了一声，抬起右手往肩后一扬说："早走啦！我们哈尔滨俄罗斯建筑特别多，那最有情调的呢，还是中央大街。如果以后有时间，我可以带你去中央大街走走。"

申楠楠温婉可人，不但长得比姜小美漂亮，举手投足间还带着一种大城市女孩那种优雅、那种见多识广的气质。她是我的新同事。

不知道茂朝公司，终将给我一个怎样的锦绣前程？

茂朝公司所在的招待所共有两栋建筑，分前楼和后楼，前后楼之间的场地很宽广，比我们木泥河中学的操场还大，是停车场。前楼临街，原来都是客房，现在租给了大大小小的公司，成了写字楼；小公司只租一间写字间，大一点的公司租两三间写字间，更大一点的公司能租半个乃至一个楼层。现在后楼仍然发挥着招待所的功能。

茂朝公司是大一点的公司，不但在前楼有三间写字间，而且在后楼还长期包租了两间客房，作为员工的宿舍。董事长兼总经理李茂朝独自一间，另外一间摆着四张单人床，除了我长期占有一个床铺，茂朝集散运有限公司车队队长张师傅占有一个床铺外，其他两个床铺人员不固定。茂朝公司的员工几乎是哈尔滨本地的，只有我是从遥远的乡下过来。张师傅五十来岁，虽然贵为茂朝公司的车队队长，但在我面前却不摆一点架子，和蔼可亲。他中等身材、略胖，喜欢戴鸭舌帽，知道我是董事长兼总经理李茂朝的老战友介绍来的，就冲我挑起了大拇指，说："好，老战友介绍来的好，老战友介绍来的忠诚！老战友介绍来的是好同志！"

茂朝三家公司除了货柜集散运有限公司运作起来以外，其余两个刚扯上大旗——挂了两块牌子，正在招兵买马。但如果你听我这么说，把茂朝公司当成一家皮包公司，那就错了，因为茂朝货柜集散运有限公司已经有了三台集装箱车。

早上我嘘着白汽从后楼往前楼走，亲眼看见了茂朝公司的三台集装箱车整齐地停在前后楼之间的停车场上。这个早上，三台集装箱车，一律德国奔驰的车头，无声无息地停在那里，好像在等着谁来检阅。停车场上，还停放着其他的车辆，但与这三台集装箱车比起来，都成了一只只鸡，三台又高又大又长的集装箱车是真正的鹤立鸡群。

我房间里的另外两个床铺，就是集装箱车司机临时休息的地方。张师傅虽然贵为车队队长，但也兼任一台集装箱车的司机。如果再来一位司机，两位司机挤到一张床铺上临时休息休息也是可以的。

我刚来哈尔滨的时候，仍是天寒地冻的季节，但茂朝公司一派蒸蒸日上、热气腾腾的气象。就拿我所在的房地产开发有限公司来说吧，我报到后的一个星期，常务副总经理曹建利就到位了。现在，我是茂朝房地产开发有限公司的设计师，申楠楠是公司的财务人员，草台班子已经搭就，马上就要开锣唱戏了。据说，董事长兼总经理李茂朝已经把手伸向哈尔滨市好几块优质地段的地皮了。

我的上司——常务副总经理曹建利跟我和申楠楠挤在同一间办公室里。但创业之初的曹总并不觉得委屈，他说："刘备当年还卖草鞋呢！"我感到他的身上充满了革命乐观主义精神，这是一个干大事的人必备的精神。曹总勉励我："这几块地皮，只要能拿下一块，我们茂朝房地产开发有限公司就能进入哈尔滨市地产前十强。毕壮志，你来了，就准备大显身手吧，英雄何愁无用武之地，有得是你用武的地方。到时就看你到底是英雄还是狗熊了！"曹建利感慨，"我们的李总不简单啊，那是一个神通广大的人。"曹建利刚报到时，我还有些失落。失望地想，我的副总经理当不成了，我们木泥河镇的人一时不会惊得掉了下巴了。但来到哈尔滨的这些天，我对有限公司的架构有了一些了解，知道一般常务副总经理下面还会设有副总经理。于是又想，说不准让我们木泥河镇的人惊得掉了下巴的某一天仍会不期而至。这天，曹建利给我打气的话，让我听得浑身热血沸腾，为了表示对他的尊重，半天，我起身给他倒了五杯水。申楠楠认为我抢了她的工作，嘲讽我："嗬，毕壮志，没看出来啊，你原来还是当董事长秘书的料。"我只是冲她嘿嘿两声傻笑。

除了董事长办公室和我们房地产开发有限公司的办公室外，茂朝公司租下的另外一间写字间作为茂朝货柜集散运有限公司的办公室。里面坐着茂朝公司办公室主任，还有三位业务员的工位。业务员有五位，但他们联系集散运的事情，用不着天天坐在办公室里，所以三个工位也够五个人用了。办公室主任不仅属于货柜集散运有限公司的，也充当董事长兼总经理的办公室主任。她是一位五十五岁就从其他单位退休、现在还不到六十岁的妇人。茂朝公司的人都管她叫叶姐，叶姐把办公室主任的角色做得兢兢业业，游刃有余。而茂朝机械工业有限公司才只有一个铜牌，挂在我们房地产开发有限公司的铜牌旁边，尚无一间办公室。这只是创业之初，几年前，南方那个叫作深圳的小渔村，几年之间就变成了一座现代化的大都市。我们都相信，一切寒酸和捉襟见肘都将是暂时的，美好的明天正款款地向我们走来。

来到哈尔滨后的第十天，我们的董事长兼总经理李茂朝召集了包括三名集装箱车司机在内的公司所有员工开会，共十二名员工，公司全体会议在董事长办公室召开，公司的高层坐在董事长办公室的五人沙发上，其他人则搬来自己工位上的椅子。坐在五人沙发上的有办公室主任叶姐，这十天里，我又听说了她先生是市政府办公厅的一名处长，仍然在任，听说还有两三年才能退休。叶姐是董事长的红人，在茂朝公司说一不二，所有员工都对她言听计从，但她绝不颐指气使，只是兢兢业业地扮演她的办公室主任角色。五人沙发上，还有我们房地产开发有限公司的常务副总经理曹建利，还有茂朝货柜集散运有限公司的三位元老级的业务员，他们仨是茂朝公司的财神，虽然没有常务副总经理的头衔，但一个个都以常务副总经理自居。

那一天董事长兼总经理李茂朝并没有愁眉苦脸，而是意气风发地念着叶姐草拟的文稿："……我们茂朝公司创业不到一年，已经从无到有，从有到大，各项成绩都取得了质的飞跃。员工从创业之始的一名发展到今天的十二名，办公室从一间发展到三间，集装箱车从零台发展到三台。应该说成绩是喜人的，但成绩毕竟属于过去，我们不能躺在功劳簿上睡大觉，今后的目标是一年一小变，三年一大变。展望未来，心潮澎湃……"念到这儿，董事长兼总经理李茂朝不念了，把文稿放到老板桌上，环视了一下我们，志得意满地说，"各位，三年后，我们公司要在××大街盖一栋大楼，大楼要盖二十层，玻璃幕墙饰面。初步设想，下面是办公场所，上面做员工住宅。希望公司各位同人精诚团结、开拓进取。你们今天的付出，就是明天的收获。各位，你们都是公司的元老，公司不是我李茂朝一个人的，公司是属于大家的。公司发展了，公司绝对不会亏待你们，我李茂朝更是绝对不会亏待你们！"董事长兼总经理李茂朝戴着副黑框眼镜，衣着朴素，人也长得儒雅，梳着偏分头，两鬓有些苍苍，身上没有一点商人的影子，那天也没有愁眉苦脸的，我忽然觉得董事长兼总经理李茂朝的神情和气质倒和我们木泥河中学的王校长有七八分相似。

大会之后开小会。我们茂朝房地产开发有限公司的三名员工进了自己的办公室。常务副总经理曹建利意气风发地坐到他的办公桌上面对我和申楠楠说："我们的李总怎么看也是个大学教授，什么叫儒商？这就叫作儒商。当今是儒商的天下！"常务副总经理曹建利的办公桌就是当初我放行李包的那张，坐下来椅子与申楠楠的背靠背。常务副总经理的办公桌和我们的办公桌一样大。那天，他要坐到办公桌上说话，一方面是为了显示自己的和蔼可亲，另一方面可能也是为了显示自己的身份终归和我们不一样，他要居高临下地说话。那天，曹建利开完小会后不久，在办公室略待了一会儿就走了，他要等我们茂朝公司真正拿到地皮后才真正到位，现在茂朝公司只给了他一个头衔，却不给他开一分钱的工资。所以，他用不着像我和申楠楠似的每天来这里上下班。

那天，我听了董事长兼总经理李茂朝振奋人心的话，晚上兴奋得睡不着觉，我觉得董事长兼总经理李茂朝描述的二十层大楼与气派的玻璃幕墙与我未来哈尔滨前，想象中的茂朝公司的办公大楼是一致的。我憧憬着三年后的员工住宅，下班后，坐电梯直上，踩着走廊里厚厚的地毯，我打开属于我自己的房门，虽然现在不知道究竟有几个房间，究竟有多大面积，但玻璃幕墙一定是有的，我站在玻璃幕墙后面，俯瞰哈尔滨的街景。假如有条件，也可以端起高脚酒杯，往里倒上红酒，一边欣赏夜晚的街景一边惬意地抿上一口。我越想越兴奋，而另一张床上，出车回来的车队队长张师傅睡得那个香甜，嘴巴和鼻腔共鸣，时而似春雷滚滚，时而似秋虫啾啾，时而你以为他即将窒息，时而他又轰然一声活过来，我无法入眠。于是，就悄悄地穿上衣服。风依然刺骨，残雪映照下的月光格外地澄明，照着我从后楼跑到前楼，跑进我的办公室。我难抑心头的激动，给我爹写了一封信。我在信中写了来到哈尔滨尤其是在茂朝公司的见闻，茂朝公司虽然还处在起步阶段，但在董事长兼总经理李茂朝先生的带领下，公司员工个个斗志昂扬，充满了革命乐观主义精神和革命英雄气概，我在信的末尾不忘告诉我爹我们公司三年后将分给员工住宅的事，我写道："爹，等我在哈尔滨有房子了，就把你和我娘接过来，到哈尔滨享享福。哈尔滨，大城市，有好多俄罗斯建筑，像欧洲一样，洋气得很，晚上的街灯都是亮的，通宵不灭，真正的火树银花不夜天。"

还没有到去夹皮沟淘金子的季节，我爹给我回了一封热情洋溢的信，信写得比较长，概括起来的主旨就是：董事长兼总经理李茂朝是个人物，你要跟着他好好干，也好好把自己干成个人物。你可不知道，你在咱木泥河镇真成人物了，连镇里的胡镇长都知道你在哈尔滨工作，搞房地产，我和你妈为你老自豪了。

读了我爹的信，我真是心潮澎湃，涌上来的除了一波一波的甜蜜，就是一波一波的豪情。董事长兼总经理李茂朝一时间更成了我心目中无比敬仰的对象。

董事长兼总经理李茂朝和叶老师虽然是战友，但两人从部队转业后境况却大相径庭。好比一棵树分出两股权，一股权往上长，一股权往下长。往下长的是叶老师，回到小县城，在设计院做设计员，每况愈下，好歹没触到泥。往上长的是董事长兼总经理李茂朝，转业后进了政府机关，下海前坐上了机关的一个正处级交椅，在级别上，就差不多和我们县城的县长一样大了。

我在我家乡的土地上生长了十七年，除了许多次在村头的大广播中，听到县长讲话的声音外，一次也没有见过县长的尊容。我爹比我大二十六岁，在我爹四十三年的生涯中，我想我爹肯定也是一次没有见过县长的模样，不然，见过县长的故事一定会经常地挂在我爹的嘴上。

我现在不但能经常见到董事长兼总经理李茂朝，而且他见了我，偶尔还会眉开眼笑地用手拍我的肩头。也许公司每个员工的肩头都被他拍遍了，但我一被拍的时候，依然有一种受宠若惊的感觉。我宁愿我的肩膀被他这么一直拍下去，因为我发现只有这时候，董事长兼总经理李茂朝的愁眉才能舒展开来。董事长兼总经理李茂朝夙夜忧叹，"先天下之忧而忧，后天下之乐而乐"。他为了茂朝公司的宏伟事业，为了我们的锦绣未来，往小了说，为了我在哈尔滨有套住宅，真是操碎了心。

夏天了，冰雪融化，哈尔滨街头的小伙子高大帅气，姑娘苗条靓丽，他们川流不息地从我们的窗前走过。有的特立独行，有的勾肩搭背。我们的地皮还处在洽谈阶段，这是公司高层的事情，我和申楠楠毫不知情。"政府办事就是这效率，明年这个时候能批出一块地皮，都算是快的了。"常务副总经理曹建利比我们沉得住气，一副波澜不惊的样子。这天，他不知怎么有空来到办公室，除了和我们聊聊天外，就从包里掏出一本武侠小说，他埋头看武侠小说，看得津津有味，此刻见我们忧心忡忡的，就把眼睛从书上挪开，气定神闲地对我们说话。我内心就羞愧不已，想起自己到底是乡下人，少见多怪，不如人家生在大城市的见多识广。

曹建利的确见多识广，他年纪大约在三十五岁左右，身高一米七八，长得清瘦。从他口中，我们得知，曹建利曾经和政府的××长、××长打过交道，不仅如此，连市长的秘书他都认识，而且还是他的哥们儿呢。市长秘书家的房子装修，还是让他找人帮着设计的。有一回来我们办公室，常务副总经理曹建利颇显神秘地问我和申楠楠："你们知道我为什么到茂朝公司来吗？"这么机密的事，我们从何而知？我和申楠楠都摇头。

曹建利得意地一笑："我就知道你们不知道。"曹建利像故意吊我们的胃口似的，勾起了我们的求知欲。当然，我向他求知不会好使，申楠楠向他求知却很好使。今天的申楠楠穿着一件七分袖红色连衣裙，圆领，胸前绣了三只淘气猫的图案。她莺声燕语地说："曹总，哟哟，您还和我们卖关子，您就告诉我们嘛！"尾音发着嗲。豪爽大气的曹建利让我把办公室的门关上，然后才压低了声音告诉我们，是市长秘书向董事长兼总经理李茂朝推荐他了。董事长兼总经理李茂朝三顾茅庐，他才屈尊前来的，曹建利说："我是看好了茂朝公司的发展前景，要不然，就这么一个办公条件，用八抬大轿抬我，我也不会来的。"申楠楠听完，赶紧恭维他："我就说嘛，您的背景很深，您要是没有两下子怎么能当茂朝房地产开发有限公司的常务副总经理呢！"我听完，这回不光是因为市长秘书这层关系，还有"三顾茅庐"的典故，更是对曹建利佩服得五体投地。

曹建利是市一建公司的一名工程师，市一建公司绝对是正宗的国营单位。这个我是知道的，因为我在钱彤的二建公司待过，我们县城的一建公司就是正宗的国营单位。

董事长兼总经理求贤若渴，不能等到地皮到位后曹建利才到位，所以，没过多久，曹建利像我和申楠楠一样，每天到房地产开发有限公司来上班了。这个夏天，地皮还在洽谈过程中，茂朝房地产开发有限公司没有运转起来，所以常务副总经理曹建利每天除了讲他的辉煌往事外，就是坐在他的办公桌后面，津津有味地看武侠小说。什么卧龙生、梁羽生、古龙、金庸、诸葛青云的书都有。

茂朝房地产有限公司的业务没有开展起来，常务副总经理日常的工作可以津津有味地看武侠小说，我可没有这待遇。茂朝集团哪能白养闲人！茂朝货柜集散运有限公司业务多一些，就常常把我抽调过去跑腿。什么道里、道外、平房、香坊都去，所以，我的足迹也遍布哈尔滨市的大街小巷。

申楠楠本来可以享受与常务副总经理曹建利一样的读武侠小说的待遇，她的头衔是茂朝房地产开发有限公司的会计，但她天生不喜欢看书，武侠小说当然也不例外。她每天除了嗑瓜子，没有什么别的事可干。所以，申楠楠嗑瓜子的水平特别高，每天桌子上堆一堆瓜子壳，桌子上堆满了，就扫到废纸篓里，然后桌子上再继续堆瓜子壳。我常常替她惋惜，惋惜奥林匹克运动会不举行嗑瓜子比赛，不然我的同事申楠楠一准会拿块金牌回来。夏天的哈尔滨，阳光也是明晃晃的毒，当我汗流浃背地在大街小巷穿梭的时候，曹建利和申楠楠正安然地坐在办公室里，一个看武侠小说，一个嗑着瓜子，会不会从心底由衷地感慨生活的美好呢？我是没有背景的人，从木泥河乡下来到哈尔滨这样的大城市，我住在公司，我吃在公司，假如我不工作，实在对不起董事长兼总经理每个月给我发的工资。而申楠楠和曹建利却毫无愧意，心安理得地稳坐办公室。这种心安理得，除了"养兵千日用兵一时"的理念，还和他们都有各自的背景有关吧。

申楠楠已经结婚了。她的老公叫周一帆，周一帆来我们办公室找过申楠楠。周一帆是市政某材料供应公司的办公室副主任，跟我一般高，但比我白比我胖，穿着打扮也比我有范儿。周一帆跟我们常务副总经理曹建利一样注重仪表，头发和皮鞋都擦得锃亮，西装穿得整整齐齐，领带打得一丝不苟，即使是大夏天白衬衫外面也要系上领带。我到现在连领带还不会系，跟他们比起来，他们是台面上的人物，我永远是属于台面下的人物。我也想把自己打扮得讲究一些，就有意无意地问申楠楠，周一帆的皮鞋在哪儿买的，大概什么价位。申楠楠狡黠地笑了一下告诉我，秋林公司买的，一只皮鞋就得五六百元钱。听得我脖子发凉。天！一只五六百，一双不就是一千多吗？什么皮做的，这么金贵？！要买双皮鞋，除非我两个月不吃不喝。一双皮鞋都贵成这样，周一帆身上的西服是多少钱一只袖子，贫穷限制了想象，我再也不好意思开口问申楠楠了。虽然来到了哈尔滨，我时常感到自己仍是一个呆头呆脑的乡巴佬。

有一天，我帮茂朝货柜集散运有限公司跑完腿回来，正好路过黑龙江大学的校园，里面成片的树木和高大神圣的建筑像巨大的磁场，不断吸引着我一步一步地迈进去。我在门口被门卫意味深长地盯了一眼，好在他并没有拦着不让我进去。我不知道他那么意味深长地盯我一眼干什么？难道我不配进这座校园？难道他看出了我的心思？

黑龙江大学主楼巍峨雄壮，配楼厚重博大。一扇扇敞开或关闭着的窗户，多像一双双睿智的眼睛，现在这些眼睛齐刷刷地盯着我看。让我惶恐，让我瑟缩。我怀着一颗忐忑而又卑微的心在黑大校园里走，时时刻刻感觉着大学之"大"和自己内心深处之"小"。

现在高考已经结束了，不知道宋燕秋考得怎么样，如果宋燕秋能考进黑大就好了。宋燕秋都考进黑大了，还能和我有什么关系呢？我现在毕竟还不是商界的奇才，我还只是茂朝公司一名普普通通的小职员、小跑腿的，而且茂朝公司还只是处于起步阶段……但尽管如此，我还是希望她能考进黑大来。至少我们是曾经的同学，至少我们都有一个叫木泥河的故乡……

迎面一群青年男女抱着书，谈笑风生地走过来。他们是黑大的学子，我自觉地闪在路边，他们连看我一眼都没看，就意气风发地走远了。他们比我毕壮志大不了两岁，我和他们拥有一样的金色年华。然而，他们是这座校园的主人，他们走得意气风发，走得激情四射，而我却自卑地闪到路边，破帽遮颜，我心里五味杂陈。

我在哈尔滨，仍然惦记着木泥河中学高考的情况。我弟弟毕二毛给我来信，说他今年也考上木泥河中学了，也是今年我们村唯一考上的高中生。毕二毛信中还说老村长现在对我们家更是刮目相看，老村长上衣兜内仍插着三支笔，领着他的小黑狗，背着手围着我家的房子转了三圈，边转边说我爹虽然淘不回金子，倒淘回了好运气。我弟弟毕二毛学习像我一样的棒，他给自己取的大名叫毕志刚。

我给我弟弟毕二毛回信，我说我给他汇去了五百元钱，鼓励他好好学习，然后我在信里问他，今年木泥河中学考上了几个，都进的是什么大学？毕二毛这时候还不懂，一封信最重要的，往往是结尾那几句似有若无的话。

等我再次收到毕二毛信的时候，是这一年的秋天了。哈尔滨的秋天是美丽的，大自然是天才的绘画大师，把千万种植物涂上各种深浅不同的绿、白、黄、红、紫，在我们面前肆意渲染。白桦树的叶子开始飘落了，树干上的眼睛显得更加深邃、深情。秋天也是收获的季节，风把各种粮食、瓜果成熟的气息带到这座城市，那种熟透了的气息，让我想到馨香、饱满和瓷实这样的词汇，不知这个秋天我能收获一些什么。

毕二毛在信上说他现在进高中了，他要怎么制订学习计划，怎么努力，可是如果学习上去了，身体搞垮了也不行，所以他也要注意锻炼身体，怎么做到德智体全面发展，然后，三年后怎么在我们村实现破天荒。让村子里的人羡慕死，让我老婶羡慕死，让村子里那些嘲笑我爹年年出去淘金子、年年淘不到金子的人看看，他毕二毛考上大学了，就等于我爹淘到了最璀璨的金子。不能不说，我弟弟毕二毛是个有抱负的人。

然而，毕二毛说的这些，还不是我最感兴趣的，我最感兴趣的在他信的末尾。毕二毛这家伙写信像要故意吊我胃口似的，把包袱放到结尾才抖开。这么说来，难道毕二毛已经无师自通地懂得了，一封信最重要的往往在结尾那几句似有可无的话？毕二毛说我们木泥河中学今年高考升学率有所突破，居然有三个人考上了大学：一个是黑大，一个是沈阳农学院，一个是牡师院。

考上黑大的是别的班的，我们班考上的有两个，一个是沈阳农学院，一个是牡师院。考上沈阳农学院的是宋燕秋。他宋应昌家的鸡窝终于飞出金凤凰了，我既高兴又有几分酸酸地想。

我弟弟毕二毛还说，那个考上牡师院的杜建林原来学习成绩还不如你呢，就是运气好。不过，哥，你也别后悔，杜建林牡师院毕业还得回木泥河来，他属于定向培养的，进不了哈尔滨市。

不知怎么，我捧着毕二毛的信，即使读到那安慰的话，心里还是失落落的。我很后悔怎么就不能坚持到毕业，我很后悔要做宋应昌的"爷爷"干什么？我又恨宋应昌为了一己之私，居然毫不在意一个学生的前程。

我在茂朝公司的待遇，并不像叶老师所说的那样，一个月工资至少一千元以上。其实，我一个月工资只有五百元钱，有时候还不能按月发放。想起曾经在钱彤的建筑工地上当力工，拼死拼活一个月也不过三百元钱，来到哈尔滨体体面面地挣五百元钱一个月，我觉得虽然比预期的低许多，但也不是不可以接受。

在办公室里，有一回，我哀叹收入太低，不知是因为常务副总经理曹建利正好要休息，还是"收入"两个字具有击破一切的穿透力，他就放下武侠小说，以一方尊师的口吻诫我："年轻人，千万不要鼠目寸光，不要光盯着眼前的这点钱看，来茂朝公司工作关键要带着发展的眼光。我们茂朝房地产开发有限公司创业伊始，还没有正式运转起来，要是正式运转起来了，公司效益好了，员工的收入能低吗？到时，一个月交通补助费就要发给你五百元。话再说回来，真要运转起来了，那时想进茂朝房地产开发有限公司就不容易了。那时想进来，别说你才是高中毕业，就是大学毕业，我茂朝房地产开发有限公司也未必要你。大学毕业还得看你是哪所大学毕业的。年轻人，什么是最佳选择，选择和企业一起发展就是最佳选择！"我的天！常务副总经理曹建利的口气像自己已经做了茂朝房地产开发有限公司的董事长兼总经理似的。好在曹建利这样装的时候不多，大多的时间，他或者讲自己的辉煌人生或者埋头看武侠小说，不知道书中那些大侠给他这个建筑工程师提供了怎样的精神食粮。

第八章

　　我十八岁那年，哈尔滨市茂朝房地产开发有限公司一直没有运转起来。我一个月工资只有五百元钱，有时候还不能按月发放。我春节回家时，却绝对不能这么说。我要是这么说了，我娘准会说，那你还不如在县二建公司上班呢。我们村上人要是知道了我在哈尔滨那么大的城市一个月只挣五百元钱，我不掉价吗？我还乡还能叫衣锦还乡吗？

　　我的家人以及我们村上人都认为，毕壮志已经在哈尔滨市过上既体面又富有的生活了。因为，在我回家探亲之前，经常务副总经理曹建利批准，我还印了一盒名片。我名片上的头衔是：哈尔滨市茂朝房地产开发有限公司设计部经理。天知道，我这个设计部只是扯上了一面大旗，除了我自己这个旗手，旗杆下一个大头兵都没有。这些，我们村上人无从知晓，一个个对我既羡慕又叹服，觉得读了高中的人到底不一样，觉得读书并不是读到腿肚子里去了，于是纷纷鼓励自家的子弟要以我为榜样，勤学苦读，至少要考上木泥河中学。

　　那年春节，我爹拿过我的名片，举起时手都有点颤抖，我爹常年在夹皮沟扒拉石头，根根手指粗大且布满老茧，他用两根手指笨拙地夹起我的名片举到太阳光下面端详了半天。我娘嘟囔："你从早上看到黑，也是一张纸片，不是金子做的。"我爹不管，仍在阳光下小心端详着，笑着回应我娘："就是金子做的，咋不是金子做的呢。"我娘白了他一眼。

我小弟弟毕三毛拿起我的一张名片贴到床头，他决心要以我为榜样，努力学习，将来"埋骨何须桑梓地，人生无处不青山"。我给我的每一位邻居都发了一张名片，当然十岁以下的小孩除外。我嘱咐我的邻居们有机会去哈尔滨的话，一定要给我打电话。我心里明白他们一个也不会真去哈尔滨的，木泥河镇有多偏远？就是去牡丹江还得坐好几个小时的火车呢！没有事不如在家待着，老婆孩子热炕头的，没事往出跑干什么？我们村的人连牡丹江都没有人去过，更何况哈尔滨了！我忽然明白过来，毕文章当年邀请我去县城，一定就和我这时的心理一模一样的。

我也给了毕文章一张名片，因为毕文章也领着他的老婆回家探亲来了。我爹见到了毕文章，很诚恳地对我说："大毛，你文章哥在县城帮过你的忙，你不要忘了你文章哥的恩情。"

毕文章有点尴尬地笑笑。我嫂子却笑吟吟地说："其实也没有帮什么忙，那都不是个事儿。"

我爹说："咋没有帮忙呢，咋不是个事儿呢，大毛刚去县城的时候，文章哥还借给他五十元钱，不是自家兄弟，谁肯借钱给你。"

我嫂子就瞪了毕文章一眼，毕文章打着哈哈既像是回答我爹又像是跟我嫂子解释："那啥，大毛很快就还我了，不到一个月就还我了。"我心里就明白，当初毕文章借我五十元钱，还是瞒着我嫂子的。

我大方地对毕文章说："以后欢迎文章哥和嫂子去哈尔滨玩。哈尔滨有中央大街，全是'老毛子'的建筑，洋气得很，在中央大街一走，就像到了国外，到了欧洲似的；哈尔滨还有'老毛子'的教堂，还有太阳岛，还有……以后文章哥和嫂子去哈尔滨了，我给你们找住宿的地方，我单位附近一家富朝酒店，四星级的，地上铺的地毯差不多一寸厚，进房间光脚就行，里面一切设施齐全，卫生间里的大浴缸，上面有个按钮，一摁按钮，浴缸里的水就旋转起来，还起浪花，像海水似的。"毕文章听我说后，又有点尴尬地笑笑，从兜里摸出两支烟，递给我爹一支，跟我让了一下，我不抽烟，毕文章就自己点着了火，跟我爹的头凑到了一起。

　　我嫂子脸皮厚得可以，她听我说了大浴缸，就说："嘿，那是冲浪浴缸，毕文章，到时你也得给我买一个冲浪浴缸，不然我不跟你结婚！"我心里说："呸！你都和我文章哥住到一起了，还不和他结婚？"我嫂子又恬不知耻地回应我的邀请："哈尔滨我们真还没去过呢，大兄弟，以后俺们去了哈尔滨，就投奔你了，你领俺们去那个中央大街和太阳岛玩玩。"

　　我断定我大爷和我大娘一定不会喜欢这个儿媳妇，这是毕文章第一次领我嫂子回家过春节，过不了两天我大娘见着我娘一定要诉说我嫂子的不是。谁知，整个春节，我大爷家都是欢声笑语的。见了谁我大娘都是一脸喜滋滋的，见了谁我大爷毕长恒三句话都离不开他儿媳妇的好，嘴巴甜又孝顺老人，城里的媳妇就是好！真是奇了怪了！我嫂子难道是妖精变的？

　　这年春节，木泥河的冬天没有往常那么冷。最冷的几天不过零下摄氏二十八度。风也不大。那嗷嗷叫的寒风一次也没有出现，我怀疑是去年的冬天，就是我在县二建公司打工的那个冬天，我们县的那个男风已经追到了女风，男风和女风在一起生活甜美，就像毕文章和我嫂子一样黏到一起，家庭和睦，不起波澜，就不再嗷嗷地叫唤了。冬日的阳光洒到雪地上，雪地像大姑娘的脸庞一样，白里透着粉红，粉红里隐含着莹莹的白。阳光也让在木泥河的我，笼上了一层辉煌。村子里的人都喜爱听我讲哈尔滨的故事，我讲"老毛子"当年如何跑到哈尔滨来，在哈尔滨都盖了哪些房子，那些房子都是怎样的高大；我讲我路过省政府时，见到的省政府大院是如何的庄严肃穆，门口卫兵的腰带上别没别枪；我讲哈尔滨的青年男女如何不知羞涩，在街头也搂搂抱抱，甚至公然接吻。我们村的人听我讲着哈尔滨的事，仿佛听我在讲另一个星球的故事，只只眸子熠熠生辉。

我惦记着宋燕秋，我从哪里打听她的消息呢？我想到了我的同学江小诗。江小诗的家在另外一个村，离木泥河镇很近，离我们的中学不太远。我找到了江小诗的家，江小诗没考上大学，但江小诗还在复读。江小诗的家境不错，他爹是我们的教导主任，他娘务农。他娘苦笑着对我说："不让他复读怎么办，他长得又瘦又小，回来也干不动农活啊。"江小诗听他娘这么说，不好意思地冲我吐舌头，江小诗还像小弟弟似的。我来找江小诗不是关心他复读的事，我惦记着宋燕秋，我也没有必要遮遮掩掩，寒暄之后我直奔主题。江小诗不再像去年夏天那般懵懂，他瞅着我的脸色，用万分遗憾的语气告诉我，宋燕秋寒假没有回木泥河，直接去牡丹江她二姨家了。不但她去了，她爹宋应昌和她娘徐阿姨也去了，他们这个寒假就在牡丹江过了。江小诗说完，两眼凄楚地看着我，眼泪都快流出来的感觉，他替我着想："毕壮志，要不回哈尔滨的时候，你就先去牡丹江停留两天，我不知道宋燕秋二姨家住哪里，但我知道牡师院的地址。"

江小诗真是一个好兄弟！我朝江小诗笑了笑，摇了摇头说："我干吗要去牡丹江啊，宋燕秋也是同学嘛，我只是随便问问，随便问问，我主要是来看看你，你好好复读，咱哥俩哈尔滨聚……"江小诗快活地笑了起来。他娘也快活地笑了起来，他娘笑起来时仍然没有忘记谦虚："托哥哥你的吉言，就不知道他有没有这个造化呢！"

宋燕秋已经考上大学了，也许从此以后，她的寒假就不再和我们木泥河有关了。我苦巴巴地跑到江小诗家来，苦巴巴地打听她做什么！回家的路上，我气恼地自责起来。

在我的家乡，也有人不相信我在哈尔滨市过上了体面富有的生活，这个人就是姜小美。

我准备返回哈尔滨了，我娘想留我多住几天，恋恋不舍地说："大毛，你就不能过了元宵节再走？"在我们木泥河，没过完元宵节就是没过完春节。

没等我开口，我爹替我回答了我娘的话，我爹一副革命者的语气说："大毛在大城市工作的人，大城市哪有单位放假放到元宵节的？大城市能跟我们乡下一样？"

我娘不服气："大城市人就不过元宵节？"

我爹说："没说大城市人不过元宵节啊，过不过元宵节和放不放假到元宵节是两码事，你不懂！"我爹朝我娘挥挥手，"大毛你别听你娘的，工作的事最要紧，工作的事不能耽误。你赶紧去哈尔滨，家里的事不用你惦记。"

我娘冲我爹吼："家里啥事你惦记！今年你甭去夹皮沟淘金子了！"

我爹不慌不忙地说："碗里的麅子肉哪圪垯来的？我们在夹皮

沟又没白忙乎，再说，万一淘到了金子呢！"

我娘赌气说："淘到了金子我也不稀罕。"

我爹以牙还牙："淘到了金子我也不给你花。"

我娘又生气了："那你想给谁花？"

我爹能耐："给谁花又不用你管！"

我娘发飙了，说："给谁花我知道，要不然咋年年往夹皮沟跑，还不知道夹皮沟啥玩意儿勾了你的魂，我就不信是金子勾着你！"

金子还没淘到，我娘和我爹就在家里干了一场。

我不操这些心了。我搭乘公交车到了县城，在县城的火车站买了一张去哈尔滨的车票，时间还早，我就在站前广场闲转。我发现我离开县城一年，我们的县城果然长高了，楼群比一年前多了好几处。我还远远地看到了我当时当力工时参与建筑的那个楼，外墙面粉刷成粉红色的，在白雪的映衬下，像一朵盛开的梅花。这一年钱彤应该发了不少财吧，钱彤对我也不错，回家过春节怎么就没想到要去钱彤那里看看呢。我站在站前广场发了一会儿呆。

天气寒冷，通往候车室售票室的道路上的雪被铲净了，露出黑灰色的路面。铲除的雪也没运走，都堆在广场的中间位置。有两个半大的孩子毫不畏惧严寒，正在用这些雪堆雪人。与候车室相对、广场前面是四五家小吃铺，杭州包子也卖到了我们的县城。蒸包子的蒸屉搁在窗口前蒸，白汽一团团地往玻璃窗上扑。时间还早，我跺了跺脚，准备进去吃一屉包子，就听见有个女声喊我："毕壮志！毕壮志！"

谁啊，我回头，身后出现一位穿红棉袄、戴着厚绒帽和口罩的女人，她碎跑几步，跑到我跟前，摘下口罩和厚绒帽，用手将松被绒帽压得服帖的头发，喘着气对我说："我看着有点像，就怀疑是你，走近一看，果然是你。"呼出的气息扑到我的脸上，香喷喷的，是姜小美。一年的时间不见，姜小美圆鼓鼓的脸庞似乎显得消瘦了些，人也就俊俏了一点。

在这地方见到姜小美，我也感到异常的高兴，问："是你？姜小美，没想到在这地方碰见你。你上站前广场干什么？"姜小美喘匀了气，却不回答我的问题，而是挑我的理："好啊，毕壮志，你从哈尔滨回来也不去看看我，飞黄腾达就忘了老朋友了啊！"接着反问我，"毕壮志，你不在家待着，没出正月十五干吗就急火火往火车站跑啊。"

我告诉她，因为工作太忙嘛，回来得又晚，到了家就是除夕那天了，没来得及拜访钱彤总经理还有她。我记着钱总经理对我的好呢，实在是没有时间。"钱总经理生意做得大吧，我看咱们的县城一下子起了这么多新楼。"姜小美不接茬，只是在一旁冷冷地笑。

我又解释："我要回去上班了，一会儿乘火车走，哈尔滨市的人都是正月初七就上班，没有谁在家过完正月十五才去单位的。"姜小美不信，说："咱们县也是正月初七就上班啊，不过也就是点个卯，真正上班还是要到正月十五以后。哦？你未必是要乘火车走，你是在火车站等人吧。"

姜小美的胡乱猜疑，让我哭笑不得，我问她我等谁呢？姜小美一跺脚，说："谁知道你等谁？"

我说我真是要去哈尔滨，我为了让姜小美相信我的话，就把车票掏了出来。

姜小美看了车票后才信了，我感觉到那么一瞬间，她的神情有些失落，她的眼睫毛垂了下来，但这也许是我瞬间的错觉，姜小美瞪着圆鼓鼓的眼睛，她不屑地看着我说："毕壮志，你在哈尔滨一个月真的能挣一千元以上吗？”

我说：“是啊！”心里发虚，吐出来的这两个字就不那么自信。

姜小美撇着嘴说：“毕壮志，你要真能挣那么多钱，干吗连一张卧铺票都舍不得买啊。”

真没想到姜小美这么厉害，目光如炬，一下子把我内心深处隐藏不肯示人的那块短板照得雪亮。我极力调集一切语言要素想把那块短板遮盖起来，偏偏这时候，我脑子中储藏的千言万语全不听从指挥官的调遣，一个一个躲躲闪闪的，而从我口中磕磕绊绊地吐出来的却是：“那什么，咱不是还年轻吗，年纪轻轻的干吗要买什么卧铺票啊？”

姜小美继续撇着嘴说：“拉倒吧，毕壮志，你嘴巴是铁打的，你是铁齿钢牙，十三四个小时的夜车，就买一张硬座票，我就不相信晚上的硬座坐起来就那么舒服。而且，你看看你的穿着打扮，也不像富裕起来的人啊。”

为了回家过春节，我特意跑到夜市上，花了一百多元买了一双厚厚的皮鞋，刚穿上时油光锃亮，光可照人。谁知鞋帮子上的皮是人造革做的，在冰天雪地里走走，回到室内又不时在炉火前烤烤，原本光洁如镜的人造革没几天就处处开裂，斑驳如陈年的墙。听了姜小美的话，我窘迫地把脚往后缩了缩。

姜小美不依不饶地，“再说了，要是哈尔滨真有那么好的工作，叶老师自己干吗不去，让你去！你和他是亲戚？”

我辩解：“我的工作是我自己联系的，和叶老师一毛钱的关系都没有！你可别胡思乱想！”

姜小美讥讽地说：“切！拉倒吧，别以为你是木泥河的，你的事我就不知道。你以为人家叶老师是帮你啊，叶老师是想把你支走，他好独揽我姐夫公司的设计活儿呢。你傻呀，毕壮志。"说完，她居然伸出一根手指头，指尖戳了我的额头一下。

我浑身一个激灵，不是被姜小美的指头戳的，是被她的话警醒的。叶老师的算盘真是这么打的？那么和善的叶老师，能有这么深的心机？如果姜小美说的是真的，这叶老师也太可恨了。一时间，我想到了"人面兽心"这个词，可转念又想，就算姜小美说的是真的，就算叶老师真是"人面兽心"，这和我也是没有一毛钱的关系了，因为是我自己铁了心要来哈尔滨发展的。如果叶老师真像姜小美说的那样，那我以后也就不要再记着他的情分了。只是白瞎了我娘一把米一把米喂养大的那两只肥鸡了。

姜小美见我沉思，又用手指戳了一下我的额头，把嘴噘起来，说："毕壮志，你都去哈尔滨一年了，也不和我联系一次，可见男人不可信，没有一个好东西！"姜小美说完，气鼓鼓地垂下了眼帘，寒冷的天气把她的鼻子冻得红红的，圆鼓鼓的嘴唇也是冻得红红的，我的心里起了一些怜惜的感觉。

我想起了过去的岁月，我想起了在钱彤家的日子，那个温暖的冬日，我曾情不自禁给了姜小美一吻，难道说那个吻让这个傻傻的姑娘惦记至今？

望着姜小美摘下厚绒帽和口罩，被冻得红扑扑的脸，我嬉皮笑脸地对她说："姜小美，你当初不是不肯吗，我吻你一下，你还骂我是流氓来着！"

姜小美的脸又腾的一下红得更深了，她撒娇似的说："流氓，你本来就是嘛！"

我往她的跟前贴："既然有了流氓这个名声了，我不如把这个名声做实了。"我作势要吻姜小美。姜小美推了我一把，朝我喊："毕壮志，你果然是流氓，我不理你啦！"

我仍旧嬉皮笑脸地说："姜小美，我的流氓还没坐实呢！"

姜小美的脸羞得像通红的火苗在跳跃，她喊："毕壮志，我要掐死你。"说完，作势扑过来。我顺势抱住了她，隔着厚厚的冬衣，我仍能感受到有两团肉鼓鼓的东西顶在我的胸前，我却没有摸一把的欲望。姜小美扑在我的怀里，先是一动不动的，接着用手搂住了我的腰，越搂越紧。车站的大喇叭响了，通知去哈尔滨的乘客进站上车了。站口的人多了起来，我推开姜小美，竟发现她流了泪。我帮她擦干了眼泪，心情复杂地汇进进站的人群。

姜小美站在进站口外面，边冲我挥手边喊："毕壮志，到了哈尔滨，记得给我写信啊！"我也边冲她挥手边喊："一定！一定！"

飞驰的列车把快乐的我带到了东方的巴黎——哈尔滨，带进了我十九岁如梦似幻的岁月。

第九章

　　我十九岁到二十一岁这三年，在哈尔滨过的都是如梦似幻的生活，真的是如梦似幻的生活。而且，过着这种如梦似幻生活的不只是我一个人，我们茂朝公司的所有员工，包括董事长兼总经理李茂朝自己过的都是如梦似幻的生活。也许正是由于董事长兼总经理李茂朝制造了一个巨大的梦幻般的肥皂泡，把我们的生活都笼罩在其中。

　　这三年，我们茂朝公司除了货柜集散运有限公司有点收入外，其余的仍然是只有两块牌子。但我们的董事长兼总经理李茂朝仍然自信满满地认为，茂朝房地产开发有限公司和茂朝机械工业有限公司很快就能运转起来，很快就能产生经济效益，钱很快就会哗哗地流进来。因为，茂朝机械工业有限公司的常务副总经理一职，他已经聘请市工业局一位副局长的公子担任了。凭借副局长公子的人脉资源，茂朝机械工业有限公司的明天还不灿如朝霞？至于我们的房地产开发有限公司，他正在运作，关键是搞到地皮。只要能搞到一块地皮，就不愁没有资金运作。我不知道董事长兼总经理李茂朝是如何跟更高层的领导接触的。有一回，茂朝公司在鸿宾楼宴请市建委的一位周姓处长，常务副总经理曹建利带上房地产开发公司的所有员工作陪。酒过三巡，我们的董事长兼总经理李茂朝向处长探询地皮的事儿。周处长是位诚实的人，表示地皮需要市长一支笔签字，他无能为力。董事长兼总经理李茂朝紧锁起眉头，小声地"哦"了一下。我那时就知道，声音其实具有穿透物体的力量，这一声"哦"就成了一把小锤，往我的心上擂了一下。我始觉前途堪忧起来。

"养兵千日、用兵一时，毕壮志，你看看老哥我这么一大摊子，我不比你更着急上火啊，可我却没有着急上火。你着急上火什么啊，你跟着我，到时候有你大显身手的地方。"有一回，我忧心忡忡地跟董事长兼总经理李茂朝说，我这个设计部经理来到公司这么久，还不曾设计过一张图纸呢，长此以往，我怕我自己就荒废了。董事长兼总经理李茂朝不满我的说法，语重心长地跟我说了上述的一番话。来到茂朝公司这么多年，常住公司宿舍的只有我跟董事长兼总经理李茂朝两个人，接触的机会自然多些。同住宿舍的两个人，境况其实不一样。我在哈尔滨是没有房子，没有家；董事长兼总经理李茂朝是有家不能回，不想回。

董事长兼总经理李茂朝原来在哈尔滨市某区物资局做副局长，这个副局长虽然是副处级，但李茂朝副局长享受正处级待遇。因为，这个区储备的钢材、电机、水泵、轴承、变压器、水泥、玻璃等与全市其他区县相比，质量都是最优，价格都是最低。这些成绩的取得全是李茂朝副局长用心血和汗水浇灌出来的。他一位堂堂的副局长去南方谈生意，睡是睡在大通铺上，吃是每顿只吃一碗水煮面。生活的简朴不用说了，成功人士的身上关键还得有一种不达目的决不罢休的精气神。有一回，为了堵住一位水泥厂的厂长，那时候，这家水泥厂的水泥供不应求。当年的李茂朝副局长在水泥厂找不到厂长，一连好几天都找不到，但他不打退堂鼓，硬是找到厂长的家，在楼下守候了两天两夜，守候到夜归的厂长。厂长被他的真诚感动，一批紧俏的物资才到了哈尔滨市。

这是在茂朝公司的全体职工会议上，董事长兼总经理李茂朝为了勉励我们，主动聊起自己的创业史时说的。虽然同住职工宿舍，但董事长兼总经理李茂朝很少与我交流。

这么能干的副局长，局长又对他信任，大会小会地表扬他。局长到了年龄，就要退休了，多次表示要推荐李茂朝副局长为局长的人选。

谁知等到干部人事调整时，新局长却另有其人，而且组织上还要把他这个享受正处级待遇的副局长调整到区委党校当副处级的副校长。李茂朝副局长当兵出身，测绘大队的，搞测绘在行。后来进了物资局，采购物资也在行。现在却被调整到区委党校当副校长，这个副校长他不在行啊，没有理论储备。一气之下，跑到区委组织部找到部长，找到部长并不是觉得自己应该当区委党校校长，李茂朝副局长的意思，即使当不上局长，也没有关系，别把他调整走啊，这么多年在物资局，他业务熟。组织部长拿出红头文件，说现在提倡干部年轻化，老李你就为年轻人让让道吧。何况，过了不多久，物资局要改成企业了。把你调整到区委党校，是组织对你的关心，对你的爱护呢。

副局长李茂朝又生气了，这回生的不是组织的气，生的是自己的气，谁让自己年龄大了呢！其实那年他的年龄也不大，差两个月才到四十五岁。但没法跟红头文件和组织的关心说理去。一气之下，副局长李茂朝辞职不干，下海了。那个时候，在南方，下海早就不是一个新鲜的词了，但在我们北方却还是个时髦的词儿。下海是时代弄潮儿的意思，伟人在南海边画了一个圈，南海边下海的人就特别多。副局长李茂朝下了海就变成了董事长兼总经理李茂朝。

董事长兼总经理李茂朝一下海，还不是办的茂朝货柜集散运有限公司、茂朝房地产开发有限公司、茂朝机械工业有限公司。而是办了一家食品加工厂，生产糕点。按说当过物资局副局长的，人脉资源在钢筋、水泥、汽车轮胎等物资方面。但李茂朝董事长兼总经理却办食品厂，"明知山有虎，偏向虎山行"，四十五岁时的董事长兼总经理李茂朝喜爱不按常规出牌。

下海可不是闹着玩的，弄潮儿不仅需要胆子大，还需要有极好的水性。董事长兼总经理李茂朝原以为自己就有极好的水性，其实只会点狗刨。只会点狗刨之类在游泳池里玩玩闹闹还行，跑到大海里可不行。只会点狗刨的董事长兼总经理李茂朝跳进大海里，一下子被海水呛得够呛，差一点被卷起的浪涛拍死。不到两年不但老本赔得精光，还债台高筑——合伙人卷走了所有能卷走的资金。董事长兼总经理李茂朝虽然报了案，但犯罪分子抓回来需要时日。债主可等不得时日，再说能不能抓到还不好说呢，于是，纷纷找上门来，一点不给昔日的物资局副局长面子。谁让你是法人代表呢！谁让你欠钱不还呢！没有钱？没有钱也得有钱，没有钱要把他家的房子扣押了抵债。

董事长兼总经理李茂朝的老婆不干了，照这样下去，债主再找上门来，不但房子没了，下一步就要把她扣押了。老婆是香坊区的一名普通干部，当初对副局长下海本来就持百分百的反对态度，副局长却嘲笑她头发长见识短，不仅如此，副局长想起当年，他本来有机会在仕途上往前进一步的，当年只要给某某领导送上十万元钱，立马就能变成物资局局长。老婆却不肯，老婆说那是违法的事，其实老婆不只是怕违法，也是心疼那十万元钱，结果他最终只成了享受正处级待遇的副局长。为什么要挖这陈年旧事呢？要是当上了物资局局长，自己至于下海吗，自己不下海不就没有这件闹得鸡飞狗跳的事吗？老婆一听挖陈年旧事，肚子早就气得鼓鼓的了。再加上副局长李茂朝变身两年的董事长兼总经理，不但没往家里交一分钱，还尽把家中的存款往出倒腾了。如今弄得债主拥上门来，门庭若市，老婆见了董事长兼总经理李茂朝比见了那些债主更恨，恨不得几把把他撕碎了吃下去，吃下去都嫌脏，要呕吐。最终，夫妻反目成仇，老婆和他离了婚。反正房子早晚都不会属于自己，与其被债主们扣押了，还不如让给老婆，也不枉夫妻一场。董事长兼总经理李茂朝净身出户。

这些，当然不是董事长兼总经理李茂朝亲口说的。是货柜集散运有限公司的司机们到宿舍休息时八卦时说的，有时是他们之间聊天，有时是八卦给我听。司机们一个个眼观六路耳听八方的，各路消息，百川归海。我暗自合计了一下，董事长兼总经理李茂朝净身出户的日子，我正窝在钱彤的工棚里烤火。我能进茂朝公司，也许就是一种夙缘。天机玄妙，有时世上的事就是这么巧。

我不知道董事长兼总经理李茂朝净身出户后，会不会也像我一样去哪个工棚烤过火。董事长兼总经理李茂朝聊自己的创业史时从来不提这些灰暗的情节，司机们也没有在宿舍休息时向我八卦更多的细节，所以我就无从知晓。但我想，应该不会的。董事长兼总经理李茂朝人脉资源极其广泛，他的人生即使再灰暗，也不会落到如我一样到工棚烤火的地步。

董事长兼总经理李茂朝的家原来在香坊区。那个冬天，哈尔滨格外寒冷，雪是一场接一场地下。据说雪大的一次，道上还没来得及清扫的雪能没到人的膝盖。净身出户的董事长兼总经理李茂朝顶着寒风离开香坊，深一脚浅一脚地到了南岗区，他有一个做木材生意的好朋友住在南岗区。这个朋友的生意做得很大，他不但做国内生意还做国际生意。董事长兼总经理李茂朝也借了他的钱，两个人在酒馆里见了面。董事长兼总经理李茂朝往自己嘴里倒了好几杯酒，两眼红红地说："你那钱我一时还不上了，不行我上你这里打工吧。"朋友说："人这一辈子哪有那么顺的。"一把夺下了又一口接一口喝闷酒的董事长兼总经理李茂朝的酒瓶，说，"我给你一个机会吧，你干货柜集散运，我先支持你三台车，我的木材你也帮我运，上次的欠款以后你发财了再说，这次三台车的钱就从你帮我运木材的运费里扣。"

这些是董事长兼总经理李茂朝亲自对我们说的。那位国内国际木材生意做得很大的老总来过我们茂朝公司，我也见过，身材矮胖敦实，脸上挂着憨厚的笑，一点都没有盛气凌人的富商气。

董事长兼总经理李茂朝敏锐地捕捉到了现在有一种颓废的气息在茂朝公司弥漫，他觉得这是非常危险的，他要及时地遏止住这种气息。在公司全体会上，他声情并茂地向我们讲述茂朝公司创立之初的历史。讲完，他用悲壮的语气问我们："大家都说苍天有眼，你们说，苍天能不垂青一位筚路蓝缕的创业者吗？苍天能不让这样一位创业者的企业不发展壮大吗？"我们一起在董事长的办公室喊："不能！"一起喊的声音格外洪亮，震得窗玻璃都哗哗地响。我们的情绪反过来感染了董事长兼总经理李茂朝，他从宽大的老板桌后面站起身，双手撑在台面上，豪迈地问："你们说，有我这样一位百炼成钢的公司领导者，茂朝公司难道就不会无坚不摧吗？"我们齐声喊："无坚不摧！"

"无坚不摧"的喊声刚落，我们茂朝房地产开发有限公司的常务副总经理曹建利又站起来喊："茂朝公司，无坚不摧。"我们齐声跟着曹建利喊："茂朝公司，无坚不摧。"我们喊得声嘶力竭，喊得声震屋宇，喊得写字楼里别的公司的人纷纷出来打探，他们不知道茂朝公司今天究竟发生了什么事，或将有什么事要发生。

　　现在，我走在哈尔滨的街头，常常会看到有饭店或理发店的员工在门口列队喊号子，他们齐声一嗓子，有时候，会把恰好路过的毫无思想准备的行人吓一哆嗦。有的路人是大明白，就说："哦，这是他们为了员工凝聚力，塑造企业文化呢。"这时候，我的脸上就浮出笑来，心里就想，这喊号子的祖师爷，没准还是我们茂朝公司的董事长兼总经理呢！

　　我十九岁到二十一岁，是梦幻时代，不仅是我们茂朝公司的所有员工，我爹和我娘也都在做着美梦。

　　我爹和我娘总是梦想着，有一天我突然从哈尔滨领回来一位长着瓜子脸、大大的眼睛、眉目含笑，有着高挑身材和一头柔软披肩长发的姑娘回来，拉着他们的手，跟着我一起喊他们"爹"和"娘"。

　　我爹和我娘这么梦想是有根据的，因为我十九岁那年春节回家，我爹和我娘从我带回来的合影照片中发现了这个姑娘：我搂着她的肩头，她甜蜜地把头歪向我身体的一侧。只是照片的背景有些暗，灯光朦胧似繁星点点。这其实是新年茂朝公司聚会，同事们一起嘻嘻哈哈，随便拍照的。我爹和我娘不知怎么就翻出了这张照片，两个人凑在一起端详了半天，有疑惑有期许，就追问我："大毛，这姑娘跟你这么亲密，是不是你女朋友？"

　　真是虚荣心作怪，那天，我居然就含含混混地应了一声。我爹和我娘就眉开眼笑了。回到木泥河镇，我的虚荣心就在一直膨胀。虚荣心的确像肥皂泡，越膨胀越大，越膨胀越大，最后把我严严实实地包裹进一片夺目的五彩缤纷里。

我在哈尔滨市有了一位温柔漂亮女朋友的事立刻通过我爹和我娘的嘴传遍了全村。我爹和我娘捏着我那张合影照，递遍了全村每一个男女老少。以致到最后，那张照片都变得残破不堪。

我弟弟毕志刚咽了一下口水，不无羡慕地问："哥，你们在哈尔滨是怎么谈恋爱的？"

我煞有介事地说："怎么谈恋爱的？就像电视上那样的谈恋爱呗。月上柳梢头，人约黄昏后。花前月下，卿卿我我的。"我有些疑惑地问毕二毛，"你怎么对谈恋爱感兴趣了？好好读书，高中期间可不许谈恋爱！"

我十九岁那年，我们家已经有了一台黑白电视机。我弟弟毕二毛听我说完，又无限向往地咽了一口唾沫说："我没有谈恋爱。"说完，脸就腾地红了。毕二毛长大了。

毕文章带着我嫂子从县城回来。头年他们结婚，我嫂子挺着个大肚子回来。我没好意思向她打听，我文章哥给没给她买那个冲浪浴缸。

我嫂子捏着我爹和我娘递给她的照片，翻飞着那刀片嘴问："大毛兄弟，还有没有你俩的照片？"

"没有了，我不喜欢照相。"我说谎的时候爱脸红。

我嫂子挖了我一眼说："大毛兄弟，不是嫂子说你，大城市的姑娘不好驾驭哟，不是听说县二建公司有个姑娘喜欢你吗？"说完，我嫂子拿眼睛瞟毕文章。

毕文章眉开眼笑地说："是啊，那回你爹去二建公司找你，还见过，说是县二建公司总经理钱彤的小姨子。"

"哦，你说的是姜小美啊。去年春节我去哈尔滨时，她还去火车站送我。不过我俩不合适，我俩在一起没感觉。"我又补充一句，"我俩不合适。"

我嫂子不说话，只挖了我一眼。这一眼仿佛探照灯，能照射到你内心深处埋藏起来不想示人的部分，能照射得你不寒而栗。我们县城女人的眼光都很毒，中了她们眼光的毒，你就会体无完肤，这也是我不喜欢姜小美的原因之一。

去年春节，姜小美在火车站送我时，我答应要给她写信。可是到了哈尔滨后，我一封信都没给她写。有时候也会想起她，可就是没有写信的冲动，在遥远的县城，姜小美在我的记忆中，渐渐灰暗起来，最终变成了一位灰姑娘。

"啧啧，县二建公司现在不得了了，势头要超过县一建公司了。"毕文章见多识广地说，"其实，大毛兄弟要是在我们县干好了，也不错，你看钱彤现在都成名人了。"毕文章挠挠头说。

我弟弟毕二毛听见了我跟毕文章的对话，出来帮腔说："文章哥，我哥在哈尔滨工作了，哈尔滨是省城，人往高处走，水往低处流。哪有在省城工作的人还愿意回县城的？"

毕文章和我嫂子听了，再不吭声，只是呵呵地笑着点了点头。在我家和我爹我娘闲聊几句就走了。

后来，我就想，毕文章和我嫂子到我家来，说那几句话到底是什么意思呢？难道是受了姜小美或钱彤的委托？我就觉得自己对姜小美有点过分了，姜小美让我给她写信，并不一定是我理解的那种意思。普通男女朋友之间也不是不能写信啊。我想，这次回哈尔滨之前一定去县城的二建公司看看，看看姜小美，也看看钱彤。

这个春节，我向董事长兼总经理李茂朝多请了几天假，因为公司的业务并不是那么繁忙，我想正月初十再从我们的县城出发。临出发前，我来到了二建公司，来到了钱彤家。雪厚厚地堆积着，钱彤家的一楼高挑着四只大红的灯笼，在白雪的映衬下，分外地喜庆。门前清扫出了车道，露出灰黑的水泥路面，有两三只不畏寒的小麻雀在那灰黑的水泥路面上蹦蹦跳跳、东寻西觅的，不知在忙乎什么，见到我来了，它们忽地扇起翅膀飞到旁边的雪地上。那辆吉普车没有外出，稳稳地趴在门前空地上，顶棚上的雪差不多有半尺厚，吉普车没外出，这说明钱彤在家。我一边拍打紧闭着的门，一边想钱彤见到我时的神情，是欣喜，是激动，还是冷漠。拍了好一阵，都快要泄气时，门才开了。探出头来的却是厨子老黄。老黄第一眼还没认出我，我说："黄师傅，给你拜年啦！我是毕壮志啊，曾在这里搞设计的毕壮志。"老黄才哦哦地想起来，却对我并不热情。

我问他钱总经理呢，老黄说外出啦，一早上就走的。老黄在思考要不要让我进屋，他的手抓在门把上，一只脚在门里一只脚在门外。我指了指那辆吉普车，说："车还停在这儿呢！"

老黄说："钱总早不开这辆吉普啦，换了新轿车，你说的都是陈芝麻烂谷子的事啦。"

钱彤果然是发达了。钱彤不在家，姜小美也没来上班？

老黄说："处男朋友啦，不到正月十五不能来的。"老黄终于打定主意，同意我进屋了，他把探在门外的脚缩进屋内，把身子往旁边侧了侧，"既然你找钱总经理有事，要不你进来，留个字条？"

我还进去干什么？我有进去的必要吗？我脸上带着笑说："不用啦，我只是顺路来看看他们的，给他们拜年的。马上要乘火车去哈尔滨了，黄师傅替我给他们带个好吧。"

厨子老黄又探头往我身后瞧了瞧，然后说了声："好嘞！"就关上了门。

姜小美有男朋友了，得到这个消息，我的心竟然失落落的。姜小美咋就有男朋友了呢？姜小美有了男朋友咋不告诉我呢？姜小美咋不能有男朋友，姜小美有了男朋友咋就要告诉我呢？我心事重重的，从钱彤家回转，我没有走那扫除了积雪的车道，而是从旁边的雪地上走，身后留下一串深深的脚印。我要留这串深深的脚印是想告诉姜小美我曾经来过？告诉她我曾经来过又有什么意义呢，我忽然觉得自己好无聊。

和我在一起合影的这个姑娘，叫刘茹。其实，我至今连她的手都没有碰过。不是我不想碰，是人家根本不给我这个机会。

宋燕秋去沈阳农学院读书后，我从江小诗那儿要到她的地址，我给她写了好几封信，每封信都写得很含蓄，我期待在友谊的土壤里有一天能够石破天惊地蹦出一朵花来。然而，每封信都毫无例外地泥牛入海。我是回回失望回回望。我甚至怀疑是不是江小诗给我的地址给错了，后来又想江小诗给错地址的可能性很小，还是宋燕秋记恨我呢，我做了她爹的"爷爷"，那只是一时气话啊，我浑蛋，我罪该万死，我几乎在每封信里忏悔呀！宋燕秋不回我信，还有另外一个可能。是不是她觉得自己上大学了，身份就高贵了？在我们茂朝货柜集散运有限公司，那个业务员小田是高中毕业，可他老婆就是一位大学毕业生啊，还是哈尔滨师范大学毕业的呢！上了大学就瞧不起曾经的同学了？这种可能性似乎又不是很大。我想宋燕秋想得发了疯，我想只要她能回我一封信，哪怕只回一个字，我都能毫不犹豫地跑到沈阳去找她。可是，她一个字都没有……

我为什么就要惦记着宋燕秋呢，她有什么好？她也不过就是一个平常的女子而已，似乎眼睛并不是那么大，似乎脸庞却有点大、还长得像她爹宋应昌……她有什么好？忘了她吧，彻底忘了她吧。但我无法忘记木泥河畔，无法忘记木泥河畔那个春天，狠毒莫如女人心……即使是这样，即使宋燕秋有一百个不好，但我就像中了鸦片瘾的人一样，已经无法自拔。

　　有一天晚上，我难以排遣思念的煎熬和被人遗忘的痛苦，一个人跑到黑大的校园。晚风中，丁香花馥郁，馥郁的丁香让人期待能邂逅那位结着丁香一样愁怨的姑娘，我想象着宋燕秋穿着一袭长裙在校园里款款地向我走来，她猛然见到我，惊讶却又欣喜万分地问："毕壮志，怎么是你啊？真的是你吗？"真的是我啊，不是我是谁。宋燕秋像一头小鹿似的撞到我的怀里，我抱住她，觉得她不是小鹿，而是一只猫，一只有着温顺毛发的猫，我幸福莫名、激动万分，千言万语一时不知从何说起……打住，全是幻觉，宋燕秋在哪里呢？我挤挤眼睛，眼前真有一位穿着一袭长裙的妙龄女郎婀娜地向我走来，走在黑大的校园里，我觉得她不仅美丽，而且浑身上下都闪耀着知性的光辉。路灯下，她的眉眼真像宋燕秋，难道她真是宋燕秋？我浑身的血液都要凝固了，我一时目瞪口呆。但这时候，有一个男子从我的一侧迎了上去，"宋燕秋"笑靥如花，牵起他的一只手，他用另一只手拥着她，两个人拥在一起，就像喝醉了酒似的，步子迈得歪歪斜斜的，他们消失在路灯的光晕后面，朝着暧昧无边的夜色走去……

　　这个夜晚，我彻底对宋燕秋死了心。我想象着她也许早就像那两个人一样，迈出了醉步，甚至此刻正倒在别人的怀里，我的心一阵锥扎的疼。我病了一场，我在宿舍的床上躺了一天一夜，也不发烧，只是浑身无力。茂朝公司没有一个人来慰问我，没有一个人相信来自遥远乡下的、五大三粗的毕壮志也会生病。我在床上躺了一天一夜，然后病就好了。病后大彻大悟，决定从此不再给宋燕秋写信，就让她永远地珍藏在我记忆的深处吧，不，最好记忆的深处也不要珍藏，就让她永远地消失在我记忆的深处吧，像流水一般的，永不再回头。这时候，刘茹走进了我的生活。

我十九岁那年，刘茹也是十九岁。刘茹在哈尔滨市商业学校毕业，来到我们茂朝货柜集散运有限公司做出纳工作。

哈尔滨姑娘刘茹长得那叫养眼，圆圆的脸，像一个童真的娃娃。她见着谁，嘴角总是含着笑。娃娃脸，长得白白净净的，身材却苗条，火辣。夏日的一天，她穿了一件领口开得低低的连衣裙，我有意无意地瞥见一对令人头晕目眩的白，比她白净的脸还要白，闪着白釉一样的光泽，那对白在领口间活蹦乱跳，呼之欲出。那天，那对白让我口渴得厉害，常常端起水杯大口地喝水。那天，那对白让我一天心神不宁，总想往货柜集散运的办公室跑，总想盯着刘茹的领口看，又怕被别人骂成是流氓，又怕被货柜集散运办公室的人猜疑……那天，我觉得要是能跟刘茹坐在同一间办公室里，或者能够坐到她的对面，该是一件多么幸福的事啊。可惜我的办公室里只有嫁做人妇的申楠楠。

刘茹的嘴唇像宋燕秋一样，玫瑰花一样地红。呸！我又想到宋燕秋了，我怎么就这么没出息！我恨自己不能变成蜜蜂，要是变成了蜜蜂，我就把刘茹的嘴唇当成花，就可以毫无忌惮地飞到这朵花的花蕊中采蜜。

从此，我甜蜜的梦只和刘茹有关，在梦里，我不止一次地吃到这像玫瑰一样的嘴唇。然而，在现实中，我一直没有找到和刘茹亲近的机会，因为我不能总往她的办公室跑，而且我们茂朝货柜集散运有限公司的男业务员把她包围得像铁桶似的水泄不通。我找不到和她亲近的机会。年终公司聚会，大家嘻嘻哈哈的，我才好不容易得到一个和刘茹合影的机会。刘茹是个大方开朗的姑娘，谁找她合影都不拒绝。

刘茹对我的态度一直是不冷不热、不温不火的，这本来就是对一个普通同事的态度，我们之间的关系原本就没超出一般同事的程度。可是我喜欢她，我不知道她是否喜欢我，但至少她应该对我没有恶感。没有恶感，就说明我还有机会，第一步争取到她的好感……春节回到哈尔滨，我要对她展开攻势，我的经济条件虽然不好，但在我们茂朝公司，我是公认的"第二美男"，"第一美男"是董事长兼总经理李茂朝。何况，经济条件现在不好，并不代表以后也不好。这么一想，我就起了贼心，信心满满地要把刘茹追到手，把她领回家，让我爹和我娘乐得合不拢嘴。春节探亲期间，在我家炕上的一个晚上，梦里我果然让刘茹做了我的新娘。

我盘算着到了哈尔滨，如何向刘茹展开春季攻势，想象着那些能想象到的高尚的、不高尚的，乃至卑鄙的一些手段，譬如如何把生米煮成熟饭……但春季攻势还没开展就已经宣告结束，我在木泥河镇所想到的一切手段都没派上用场。一过完春节，刘茹就离开我们茂朝公司了。她去了离我们茂朝公司不远的富朝大酒店，在里面做出纳，她是个有情义的女孩，给我们茂朝公司的同事留了她新单位的电话。我对刘茹念念不忘，给她打电话，我想约她出来看冰雕。刘茹不肯出来，说外面太冷，"毕壮志，有空你就来我们酒店聊聊吧。"放下电话，我真就兴冲冲地到富朝大酒店去找她了。我走了公交车一站半的距离，路过了从我办公室窗户就能看见的俄罗斯人盖的那栋建筑，台阶的两侧仍然堆满了积雪，一直延伸到台阶的顶端，一阵风吹来，掀起积雪的颗粒灌进我的脖领里，让我打了一个寒噤！真不知道"老毛子"要把台阶修建得那么高耸和堂皇干什么。

富朝大酒店里面的富丽堂皇跟我们茂朝公司所在的写字间相比，有霄壤之别，富朝大酒店是我们这条街上最豪华的酒店。我穿着厚厚的棉袄往酒店里闯，被门童拦住盘问了一番，顿时感觉底气不足，但我还是硬着头皮走进去了。推开旋转玻璃门，楼内温暖如春。宽广的大厅有两层楼那么高，大吊灯周身装饰着水晶球，每一只水晶球都反射着光辉，像流苏一样从二楼纷披下来。刘茹在大酒店的二楼茶座请我喝咖啡。我是发自内心地赞美她："你比在咱们公司时更美丽了。"刘茹浅笑了一下。二十岁的刘茹穿着浅灰色的羊绒衫，用像葱一样白净的小手捏着银勺在咖啡杯里缓缓地搅动，她的嘴上始终挂着那种甜甜的笑。我又说："你看起来只有十七岁似的。"刘茹还是浅浅地笑。我没话找话地问她忙不忙，刘茹轻声细语地说："很忙啊，这边银行流水多，不像咱们茂朝公司。"后来，我们还聊了几句话，都是我问，她答，渐渐就冷场了。大酒店的气势和刘茹的矜持高傲，让我觉出了我们之间存在着一道无形的鸿沟。来之前，打着最好这一次能抱一抱她的小九九，此刻，被心灵里浮出来的自卑打压得了无痕迹。……我终于没有底气去找她第二次，也没有勇气再给她打电话。刘茹也从来没有给我打过电话，记忆中，她的手我都没有机会碰一下。在我们茂朝公司，货柜集散运有限公司业绩最佳的业务员小田似乎和她走得近一些。所以从小田的口中，偶尔还能得到一些关于她的信息。有一阵同事们还传言小田在和她谈恋爱，但小田矢口否认。我二十一岁那年，刘茹辞去了富朝大酒店的工作，移民去了澳大利亚。刘茹办了澳洲移民，让我们茂朝公司的人羡慕不已。申楠楠酸溜溜地说："那个小姑娘，我一看就知道非等闲之辈。可叹啊，我们公司不少男人还梦想着吃天鹅肉呢！好了吧，现在天鹅飞到澳洲去了。"她不怀好意地看了我一眼，我的脸一阵发烫，觉得不光是我们县城的女人，哈尔滨的女人也厉害，眼光也像探照灯一样，在这些探照灯的探照下，你内心深处所有的秘密都找不到潜藏的地方。

据说刘茹是跟着一个北京的商人出去的，那商人长期住在富朝大酒店里，业务涉及东北和澳洲。男财女貌，一来二去，两个人就同居了。那商人帮她移民去了澳洲，但听说后来刘茹并没有嫁给那个北京的商人，却嫁给了一个澳大利亚的土著。再后来，就没有了她的消息。

不知道现在刘茹拖着孩子在澳大利亚剪羊毛的时候，是否会想起从前，从前的哈尔滨市有个茂朝公司，茂朝公司里有个男青年叫毕壮志，他曾经也想吃天鹅肉，兴致勃勃地跑到富朝大酒店来找她……

我至今仍然清晰地记着刘茹的长相，一张娃娃脸，长得白白净净的，身材却火辣，笑起来很甜很甜……刘茹只是我人生中偶尔闪现的一道亮丽彩虹。

梦都有醒来的时候，只是每个人梦醒的方式不同，有的人梦中惊醒，有的人梦中笑醒，有的人梦中哭醒，有的人梦中被人推醒……我美好的梦境却是被人用砖头无情地拍醒的。

拍我第一块砖头的，是我的弟弟毕二毛毕志刚。我二十一岁那年，我弟弟毕二毛考上大学了。没想到这小子这么能耐，终于把我没能实现的梦想实现了，终于让我们村一百年来走出了第一个大学生。

我弟弟毕志刚在信上说，他考上了东北工学院，也在沈阳。但他并不是我们村唯一的大学生，因为我们村东头老柏家的大小子也考上牡丹江师范学院了。我们木泥河中学今年一下子考上了八个，创下了升学率的新高。我的乖乖，要是早几年木泥河中学能创造出这样的高考奇迹，打死我也不会去当什么养兔专业户，也不会去做宋应昌的爷爷。唉，世上没有后悔药。到现在说这些有什么用呢？捧着毕志刚的信，我的心上像压了磨盘，沉甸甸地难受。

我弟弟毕志刚不愧是当大学生的料，他这封信的开头叙述了自己如何记住了我当年嘱咐他好好学习的话，以及他是如何努力不负众望的，信的结尾却笔锋一转。意思是我爹的金子依然没有淘出来，我娘在家种点粮食仅够糊口。他上大学费用一千八百元钱，尚没有着落。而哥哥我是哈尔滨市茂朝房地产开发有限公司设计部的经理，关键时刻还得靠哥哥，还是哥哥亲，上学的费用请我帮忙解决，别让爹妈发愁了。日后他出息了，一定加倍偿还。

我看到信的结尾这部分，愁得差一点卧床不起。因为我在哈尔滨市每个月只领五百元的工资，有时候这五百元还不能按时发放。这三年，我年年春节回家，都要买些礼品孝敬我爹和我娘；每年除夕都要给毕二毛、毕三毛塞些压岁钱，我还得置办一些说得过去的行头，显得我在哈尔滨过上美好生活的意思。

我名片上的头衔虽然是哈尔滨市茂朝房地产开发有限公司设计部的经理，但我那是十足的光杆司令，我们茂朝房地产开发有限公司设计部只有我一个人，而且从来没有设计过一张图纸，我真实的身份是茂朝货柜集散运有限公司打杂的。不然，一个月五百元的工资都不会发给我。

都到现在了，我也不怕说出来丢人。我接到毕二毛信的时候，身边一共只有四百元钱，除此之外，既没有一张存折，也没有一张银行卡。

我接到毕二毛的信，晚上躺在床上愁得睡不着觉，听着出车回来的张师傅时而似雷鸣、时而似秋虫的鼾声，越发睡不着了。我一直盘算着如何解决毕二毛的学费，后来想，我至少还有三个月的工资没有领，特殊时期，如果把这三个月的工资领出来，凑在一起，我怎么也能给毕志刚解决一千八百元的学费了。

找谁领这三个月的工资呢？当然是申楠楠了，她是我们茂朝房地产开发有限公司的财务人员嘛！哈尔滨媳妇申楠楠身材苗条，长相虽然一般，但也耐看，她也喜欢别人夸她漂亮，像大多数的女人一样。而且，这几年，我们相处得还算融洽，有时也能开一些不知深浅的玩笑。

主意打定，紧张的心就松弛下来，再也不管张师傅的鼾声如何浅吟低唱，酣然入睡。

我惦记着领这三个月工资，白天，瞅着常务副总经理曹建利不在办公室，我动了一番心思，决定采取迂回战术，故作深沉地对申楠楠说："我毕壮志真是非常幸运。"

没来由的一句话，让申楠楠一头雾水，她不解地问："怎么了？天上掉下一个大元宝砸你头上了？咋没把你砸死呢，毕壮志。"

"和元宝没有关系，和你有关系。有人说，美女养眼，常有美女养眼就长寿。跟养眼的美女在一间办公室，我想我可能要活到一百八十岁。"

申楠楠把瓜子壳推到一边，扑哧一声笑出来，说："哎哟喂，毕壮志，难道你喜欢我啦。"

申楠楠是结了婚的女人，开玩笑无所顾忌。我厚着脸皮点头。

申楠楠笑得弯下腰来，然后抬头做出几分娇羞的样子说："可惜了哦，毕壮志，你对我说这些都没有啥用啊，我已经结婚了哟。"

"结了婚，还可以离婚嘛。"我决定把脸皮厚到底，想领取三个月工资的话浮到了咽喉。

申楠楠又扑哧一声笑了，"毕壮志，假如嫁给你，咱俩挣的这点钱咋养活一个家啊？"

浮到我喉咙的话就冒出来了，我非常诚恳地说："不开玩笑了，说真的，我还有三个月的工资没发呢。你能不能先发给我，我现在有急事要用。"

申楠楠沉浸在玩笑中，一时不能自拔，哧哧地乐，说："有没有搞错哟，想拿三个月的工资就能娶我？"

我苦着脸说："不是娶你，是我弟弟考上大学了，要学费呢！一千八百元，都得我这当哥哥的想办法，愁死我了。"

申楠楠不笑了，说："公司现在没钱啊。"

我一听就急了："怎么没有钱呢，好几台货柜车天天在外面跑呢！"

申楠楠白了我一眼，说："不是又买了一辆货柜车嘛，现在公司账面上的确没有一分钱。"

我着急地说："没有钱也得发给我钱啊，我弟弟急着用钱呢。"没有钱时，我才感到了自己的窝囊透顶。一股火蹿上来，我觉得自己的嗓子都在疼。

看我急成这样，申楠楠也很为难，她是一个善良的人，沉思了一会儿，说："茂朝公司账面上现在的确一分钱都没有。要不我个人借你五百元吧，你先拿着急用，剩下的你再另想办法。"

申楠楠打开坤包，一边递给我五百元钱，一边哧哧地笑："都混到向我借钱的份儿上了，还想骗我离婚，还说想娶我，你以为我是富婆，你好当个小白脸啊！说好了哟，借给你的五百元钱，发工资时我直接扣走，只是不找你要利息了，怎么样，姐对你够意思吧？"

"申姐够意思、够意思。"接申楠楠的钱时，我已经羞惭得面红耳赤。

实在没有办法，我只得给我弟弟毕志刚汇去了九百元钱。剩下的九百元，让他自己想办法。艰难困苦，玉汝于成。天将降大任于是人也，必先苦其心志，劳其筋骨，饿其体肤……不能一上大学，就生活进温室里，这样也不利于自己将来成长。毕志刚的"感谢信"回复得特别快，他在"感谢信"里说，哥哥你在哈尔滨一顿饭都能吃掉两千元，现在我缺学费一千八百元，可哥哥你竟然只给我邮来了九百元，哥哥的情分，我一定铭记在心，没齿不忘。

当年，董事长兼总经理李茂朝为地皮的事，在鸿宾楼宴请市建委的周处长，常务副总经理曹建利作陪，我恭陪末席。那一桌饭的确花了两千元。两千元却打了水漂，周处长在宴会上表示爱莫能助，地皮要有市长的签字。

这是我来到茂朝公司后参加的唯一一次宴请政府官员的盛宴，从前没有，今后也不再出现，但这一桌两千元的酒席却给我留下了深刻的印象，那精致的瓷器，那菜的色、香、味一直在我脑子里盘旋，我至今脑子里连每道菜的汤汁都清晰如昨。以至我春节回家的时候津津乐道地向家人炫耀过，给毕二毛也留下了难以忘怀的印象，他以为我在哈尔滨常过这种纸醉金迷的生活。

"哥哥，你再也不是从前的毕大毛了，你给我汇来的九百元我也不会要你的，娘会帮我解决的。做弟弟的只是希望你在外面花天酒地时，别忘了咱娘成年累月在地头劳作，过端午节时，连猪肉都舍不得买一斤，连鸡蛋都舍不得吃一个。"毕志刚在信的结尾这么写道。当然，毕志刚并没有真的把这九百元钱退还给我。

我耐着性子看毕志刚的信，看到最后再也无法忍受了，只觉得火往上撞，热血直冲脑门，我委屈，我憋屈，我愤恨，我双手较劲，三下五除二，把毕志刚的信扯得粉碎，一把抛到窗外。

窗外，清风缕缕，碎纸片像雪花一般的，飘飘洒洒到哈尔滨的街头……

拍我第二块砖头的，是我们茂朝房地产开发有限公司的常务副总经理曹建利。曹建利放着好好的常务副总经理都不做，不辞而别了。也许他不来上班的事告诉了董事长兼总经理李茂朝，但他没有告诉我，也没有告诉申楠楠。风起于青萍之末，其实细细想来，曹建利的不辞而别也有迹象可寻。因为曹建利近来上班三天打鱼、两天晒网的，而且，办公桌上摆的那些武侠小说，陆陆续续地被他捎走了。这么想来，曹建利是老谋深算，早做打算了。

得知曹建利真的不来了，我有大厦将倾的悲凉，叹了一口气，有些凄凉地对申楠楠说："常务副总经理都走了，看来我也该走了。"

来到哈尔滨，我才知道，在这世上，人和人的活法不一样。有的人上班是为了挣钱、为了养家糊口；有的人上班却不是为了挣钱，纯粹是为了打发时光，是为了一个乐趣。申楠楠就是这后一种类型，她有一个挣钱养家的好老公。我凄凉的语调像雾气一样弥漫到申楠楠心头，她真像姐姐似的同情我，"走吧，毕壮志。看这光景，再耗下去，公司也没有起色。再耗下去，只怕你连老婆都娶不上。这两年，哈尔滨的物价噌噌地往上涨，一年一个价，别的单位的工资都在往上涨，只有我们茂朝公司不见涨。一个月这么一点工资，只够我买巧克力的。"

我的心往下一沉，原来我一个月的努力只够申楠楠买巧克力，人和人生活的层面真的不一样。

申楠楠见我脸色不好看，安慰我："你会搞设计，离开茂朝公司，没准随便找家公司也会比这里强。"

"是该离开了，你先别跟其他同事说啊。"为了保险起见，我没忘嘱咐申楠楠一句。

申楠楠俏皮地说："你就放你一百二十个小心肝吧。"

我们对曹建利的不辞而别颇有微词。因为好歹在一起做了三年的同事，即使他是领导吧，难道说走之前连句话都可以不留吗？有的领导仁义，自己谋到高枝，还会把下属带走。对曹建利这样的领导我和申楠楠都不敢有此奢望，但总不至于就这么连一句话都没有静悄悄地走吧。如果说我是从遥远的木泥河镇来的，也许曹建利瞧不起我这个乡巴佬，他的人生原不该与我的人生交集，但申楠楠是本地人啊，而且她老公周一帆——市政某材料供应公司的办公室主任，也算个台面上的人物吧，曹建利也没有给申楠楠留一句话。说到底，还是曹建利这个人太不够意思了，这种人还是武侠小说迷，武侠小说里的侠义精神他都学到哪里去了？你们看看，茂朝公司用的都是一些什么人，怪不得事业发展不起来呢。

对于曹建利的不辞而别，董事长兼总经理李茂朝并没有什么特别的表示，多数时候，他都是那么一副愁眉苦脸、忧心忡忡的样子。而且这两天董事长兼总经理李茂朝又添了一件烦心事，曹建利的离职，跟这件烦心事相比，那是小巫见大巫。

茂朝公司唯一见利的是货柜集散运有限公司，起家时有三台车，后来又添置了一辆，有了四台车。公司新近又买了一台，仍然买的是德国奔驰的车头。你们都见过集装箱货柜车，除了高大威猛的车头外，还有一挂长长的车厢。车头和车厢可以一起买，也可以分别到不同的经销商处购买。精打细算的茂朝公司，都是自己去长春订购货柜车厢，这比买成品的货柜车实惠得多。新买的车头没有来得及上保险，董事长兼总经理李茂朝就让张师傅或者说叫张队长开着车头到长春去挂车厢。这一去，让董事长兼总经理李茂朝从此脸上阴云密布，我在茂朝公司再也没有看到他愁眉舒展开来的时候。后来，我常常思考这个问题，不知道董事长兼总经理李茂朝是为了只争朝夕让货柜车早一天回来投入运营？还是为了让张师傅早一天回来商量涉及车队发展前景的大事？出发的时间是周五傍晚，张师傅为什么要选择这个时间，因为车头提回来时是周五的中午，一下午茂朝公司都在筹集购买车厢的款，等最后一笔款筹齐，已经是下班的时间了，再买保险只能等周一上班时。买保险的费用有保障的，一家公司答应周一上午支付茂朝货柜集散运有限公司的运费欠款。茂朝公司的财务常常就这么捉襟见肘。

　　那个出车回来爱喝点小酒，出车时绝不会喝酒；睡觉时鼾声时而似雷鸣，时而似秋虫的张师傅，是当年物资局副局长李茂朝的老部下，老司机，经验丰富，为人粗中有细，深得现在的董事长兼总经理李茂朝的信任，关于车队的运营和管理，董事长兼总经理李茂朝对他是言听计从。张师傅这些年也不负董事长兼总经理李茂朝的厚望，我们茂朝公司来钱的单位只有一个货柜集散运有限公司，货柜集散运有限公司来钱的源头就是这几辆集装箱车，从某种意义上说，张师傅就是我们茂朝公司的财神爷。

张师傅亲自驾车，一路平安地到了长春，又一路顺利地到达车辆厂，顺利地挂上了货柜车厢。而且在长春顺利地接到一单活儿，这就意味着这台车将满载而归，不会浪费茂朝公司的一滴油。一切都向着喜气洋洋的方向奔驰。道路笔直，天空澄澈，所以阳光就强烈，虽然拉下了挡光板，阳光仍烤得驾驶室内如火炉一般。风从打开的车窗灌进来，风也被阳光烤得热乎乎的，风那天是和张师傅的毛巾较上劲了，张师傅不时地抓起脖子上挂着的一条白毛巾擦额头脖颈后的汗，刚擦干净，风又让汗水从他的额头和脖颈后汩汩地流淌出来，但风最终还是没有较过张师傅的毛巾，张师傅在驾驶台上放了一只大水杯，他适时地补充着水分。长春到哈尔滨的距离也不是很远，对付热乎乎的风，老司机张师傅经验十足。

　　但张师傅饿了，他能对付热乎乎的风，却对付不了胃的撕扯。在哪家饭店吃饭，张师傅内心有选择，他小心地把车开到德惠，平稳地停在一家路边店门前。这家饭店是张师傅老相好开的。老相好年纪比张师傅还大三四岁，女大三抱金砖，相不相好与年龄无关。张师傅在这条路上跑了好多年，老相好的店就成了他中途歇脚的地方。这次来长春时就已经和她见过面，走时还难舍难分的。隔两天又见上面，老相好喜出望外，张师傅也很高兴。老相好重情义，她端来了酒，她的意思，他今儿个喝醉了也没关系，今儿个就在这儿过夜。张师傅也不想走，可是董事长兼总经理李茂朝嘱咐了，路上一点都耽搁不起，茂朝公司现在等米下锅，茂朝公司的所有员工现在都眼巴巴地望着张师傅和这台集装箱车呢！即使老相好百般殷勤，张师傅的心里仍然记着董事长兼总经理李茂朝的嘱咐，他是一位忠诚的车队队长。过夜是万万不可能的，今天必须把车开回公司后院的停车场。但喝几杯酒，在她这儿睡半天也是可以的。张师傅心里的算盘是这么打的。张师傅果然就喝了几杯酒，果然就在老相好这里睡了半天。一觉醒来，毅然决然地上了路，张师傅觉得自己心里很清晰，清晰得就像眼前这澄澈的天空。这是将近黄昏时分，事实上澄澈如镜的天空已经铺上了一层薄纱似的云，那云越来越厚，越来越厚，在天空飘飘忽忽的，在张师傅的脑子里飘飘忽忽的。张师傅不知道自己的脑子已经飘飘忽忽了，他还以为自己的脑子依然像澄澈如镜的天空呢！他要等到集装箱车撞翻一辆停靠在路边正在上下客的中巴车之后才能清晰地明白自己的脑子究竟处于一种什么状态。

砰的一声巨响，让张师傅的脑子一下子清晰过来，原来黄昏已经来临，清晰过来的脑子发现，那崭新骄傲的奔驰车头已经成了一堆惨不忍睹的、像遭到炮弹蹂躏的废铁，有人惊呼起来，中巴车上的乘客已经四死六伤。经验丰富的老司机当即弃车而逃，他想如果不弃车而逃，中巴车上的人会抓住他，愤怒的人们不把他卸成八大块才怪。货柜车厢被人砸开了，气急败坏的人们在破损的驾驶室里找到了车辆购置证，还没有等张师傅回去，他们的电话就很顺利地打到了茂朝公司。

董事长兼总经理李茂朝一下子苍老了许多，如果说从前他拧在一起的眉峰像小丘，那么现在就像山峰一样高耸。而且，脸色阴沉得像有场暴雨即将倾盆而下。董事长兼总经理的脸色让我们茂朝公司每个员工的心头都聚集着一片雨云，只是我们不知道这片雨云究竟什么时候变成雨水落下。

我们没有心思关注张师傅的下落，催要茂朝货柜集散运有限公司的欠款成了我们所有员工的第一要务、义不容辞的要务。

这天，我去催要欠款，正在街头匆匆地走，突然听见有人叫我的名字。我心里暗自惊奇，难道我不但在木泥河镇，在哈尔滨市也成了个名人？

猛然一驻足，寻声觅过去。原来喊我的人是曹建利。只不过曹建利换了一身工装，脑袋上还顶个黄色的安全帽，跟我当年在钱彤的二建公司当力工时的装扮一模一样。要不是他喊我，我真还认不出他来。我惊奇地问："曹总，你咋当建筑工人了呢？"我以为曹建利离开茂朝公司，早过上滋润的日子了呢，没想到落到这步田地！

大约是见我脸上露出无限同情的神色吧，曹建利拿拳头擂了一下我的肩膀，一本正经地说："毕壮志，我好歹还是一建公司四处的一个工长，你小子凭啥就把我的头衔给剥夺了！"

我有点尴尬地一笑，继而问："曹总，难道说一建公司四处的一个工长比茂朝房地产开发有限公司的常务副总经理头衔还大？"

曹建利又用拳头擂我，继续用一本正经的表情对我说："说点人话！茂朝那个地方是干事儿的人待的？我顶着个常务副总经理的头衔，实际上狗屁不是。一个月只给我开千儿八百元工资，老婆孩子都要喝西北风了。常务副总经理，听着是好听，我自己要是办个公司，可以自封为总经理，其实狗屁都不是，哪有我现在的工长当得实惠。在宋襄公那儿当了几年他娘的常务副总经理，我他娘的真是亏大了。想想我都恨他。"

"谁是宋襄公？"其实我明白曹建利说的"宋襄公"是谁，我惊奇的是曹建利说恨他，董事长兼总经理李茂朝对曹建利多好啊，简直是把他当成菩萨供着，却没有为茂朝做出一点贡献，曹建利还要恨他。简直没有道理嘛。

"董事长兼总经理李茂朝呗！他那迂腐、志大才疏的劲儿不就是一个活脱脱的宋襄公吗？"曹建利痛心疾首地讥讽，他不用拳头擂我的肩膀了，改用手掌拍我的肩头，换了一副语重心长的口气说："毕壮志，现在搞活经济了。几年前，总设计师就说了，不管白猫黑猫，抓着耗子的就是好猫。你别看我这副打扮，这副打扮怎么了？实惠啊！比那表面上西装革履、衣兜里两个铜板叮当响的不强多了？你这么年轻，快想想怎么挣钱吧，不能在茂朝那个地方这么耗着了。再耗下去，你这一辈子就耗费了。我早就想提醒你，李茂朝哪是个干事业的人？做事情虎头蛇尾，许多好事都被他办砸了。茂朝集团干不起来，茂朝集团要是能成气候，狗都能上树。你和申楠楠不一样啊，申楠楠是女人，又是本地的。你一个小伙子从外地跑到哈尔滨来，还不想想自己究竟是为了啥？"

我顺竿子就爬，问："一建公司还要人吗，把我弄到你手底下干活行不行？"

曹建利学着老外把双手左右一摊，肩膀一耸，说："我们一建公司的设计师不是哈军工毕业的，就是哈工大毕业的。"我就只好知趣地闭了嘴。

我弟弟毕志刚和我们茂朝房地产开发有限公司常务副总经理曹建利的两砖头，一下子把我从梦幻世界中拍醒过来。

我二十一岁了，我一事无成，顶着个茂朝房地产开发有限公司设计部经理的头衔，只不过是一个虚幻的肥皂泡，实际上是茂朝公司打杂的，而且茂朝公司风雨欲来，大厦将倾。我到哈尔滨混到现在，身上一分钱都没有了。

一路上的好景色没仔细琢磨，回到家里还照样推碾子拉磨，闲上眼睛就睡呀，张开嘴巴就喝，迷迷瞪瞪上山，稀里糊涂过河，再也不能这样活，再也不能那样过……

我二十一岁那年，这首歌在我的心头雄壮地响起，歌声从我的心头扑到哈尔滨的街头，与街头雄伟的建筑撞击，形成共鸣。

第十章

　　我写好了辞呈，毅然决然地敲开了董事长兼总经理李茂朝办公室的门。董事长兼总经理李茂朝见了我的辞职信，抬头用悲悯的口气问我："老哥我正是艰难的时候，你真的要走？"

　　"我，我……"我真的有点不忍心这个时候走，尤其是这一声"老哥"，差一点让我泪奔。我觉得董事长兼总经理李茂朝真像一位兄长一样，我来到哈尔滨，也是奔他来的。我要辞职，也应该在公司兴旺发达的时候。但我们茂朝公司什么时候兴旺发达过呢！我的确不应该在他最困难的时候提出要走，可是我已经递上辞呈了，泼出去的水，已经收不回来了，"我、我一个外地来的，感谢公司，感谢李总，当年收留了我。其实，其实递这个辞呈的时候，我内心也有许多不舍。可是，我是乡下的孩子，我和公司其他人不一样，我在哈尔滨无依无靠的，如果再不趁年轻挣点钱、掌握一项技能的话，恐怕、恐怕我将来连老婆也娶不到。"我越说声音越小。

　　"走吧，走吧，走吧，走了就不要回来了。"董事长兼总经理李茂朝先只是皱着眉头听着，听我说完最后一句话，他愤怒起来，身子猛然站起来，我以为将有雷霆爆发，谁知瞬间他又无力地坐下去，他朝我挥挥手，像驱赶一只惹人厌恶的苍蝇似的，"走吧，赶紧走吧，以后公司发展了，也不会欢迎你，你也不要回来了！"

我朝他鞠了一躬，退出了董事长办公室。好几年过去了，"哈尔滨市货柜集散运有限公司""哈尔滨市茂朝房地产开发有限公司""哈尔滨市茂朝机械工业有限公司"这三块公司的铜牌依旧挂在三个房门上，崭新如初，仿佛时间从未流转。

我搬出了茂朝公司的宿舍，张师傅经常休息的那张床铺依旧零乱，仿佛等着昔日主人回来收拾似的。我离开茂朝公司的时候，财务终于结清了公司拖欠我的三个月工资一千五百元。还了申楠楠五百元，我身边还有一千元。在搬离茂朝公司宿舍前，我已经在南岗区一个居民区租了间小平房。我知道要在哈尔滨生活下去，必须添置一些日常的生活必需品。这些日常生活必需品一下子又花掉我三百多元钱。

晚上，我躺在小平房的床上，百感交集，茂朝公司的宿舍虽然摆了好几个床铺，但毕竟是招待所的房间，条件不知要比我现在的小平房要好上多少倍。茂朝公司宿舍的门窗关上了，室外寂静无声，外面的世界发生的一切都会和我无关。而关上小平房的房门，我却并不能独守宁静。各种声音都往我的小平房钻，除了车辆行驶的喧嚣，小区里每栋楼，每栋楼的每个窗口还飞出各种锅碗瓢盆的喧嚣，男人和女人，大人和孩子的喧嚣……这个时候，我并不反感这些喧嚣声，我觉得这些喧嚣才是生活的本色。可是，这些生活的本色却和我没有一毛钱的关系，虽然它们挤进我的小平房来，像被子一样将我团团包裹住，可我知道我仍处在喧嚣的边缘，我仍然是一个城市的边缘人。躺在床上，回想来到哈尔滨这三年，依然觉得自己刚从梦中初醒。

我迫切需要找到一份工作，以便在这个城市站稳脚跟。先求生存，后求发展。而我二十一岁那年，搞建筑设计的在哈尔滨市正成为紧俏人才。许多地方都在搞拆迁，一座城市几乎成了一个热火朝天的大工地。前几天这个地方还是一片平房区，老老少少、人头攒动；呼儿唤女、猫蹿狗跳，热闹似集市。过几天你再经过此地，一圈围栏圈起来了，透过围栏的缝隙看进去，一排排的平房推倒了，一地的瓦砾。以前你走在这里面，觉得小巷幽深，不知这片平房区院落深深几许。现在透过围栏来看，原来也只不过几块足球场大小的地方。住户走得一个不剩，连猫和狗都不见了踪影，只剩下两三棵树还没被推倒，孤单地立在空旷的场地上……哈尔滨市也要马上长高了，变亮了。

我准备好简历，信心百倍地往人才市场跑。我在我的简历上写明：曾独立设计过一所小学的建筑结构图；曾担任过哈尔滨市茂朝房地产开发有限公司设计部经理。我嘴角挂着自信的笑，觉得自己是有工作经验的人，在求职方面优势明显。

我一天天地往人才市场跑，简历递遍哈尔滨市所有的建筑公司或者与建筑有关的公司。而每一家建筑公司的人事主任、处长或者经理见我投递来简历，都对我笑颜如花，但看完我的简历后几乎一个个都对我冷若冰霜。这使我内心忐忑，想起了一建公司曹建利说的，来他们公司的建筑设计人员，不是哈建工毕业的就是哈工大毕业的。可那是一建公司啊，一建公司的老总和南岗区区长一个级别，而且全哈尔滨市不过就那么一家一建公司啊。对于自己在人才市场遭受的冷遇，我依然疑惑不已。

有一天，我太想了解个中的原委了，因为我已经在人才市场快转悠一个月了，到现在工作还没有一点着落，天天在小饭馆就餐，身边的钱已所剩无几，我心里发慌得很。当我又一次遭受冷遇的时候，我丝毫不顾脸面地拽住一个人事经理的胳膊，问他为什么对我的态度前后判若两人。

这个人事经理身材不高，穿一身藏蓝色西服，白衬衣粉领带。他皱起眉头，目光冷冷地盯在我拉着他胳膊的手上。我赶紧松开手，向他道歉，继续询问为什么不录取我。他掸了掸衣袖，仿佛我刚才拉他一把，他衣袖上面就沾满了灰尘，他不屑地瞥了我一眼，语气生硬地说："你没看见我们招聘启事吗，我们对学历的要求是本科以上。你连专科都没上，还来我们这儿应聘建筑设计师。我们时间特别紧张，请你不要给我们的工作添乱，好不好？"

一句话，把我噎得好半天才喘过气来。我的乖乖，原来不光是一建公司，在哈尔滨市所有搞建筑设计的，都得大学毕业了。

我仍然心有不甘，我不在乎他对我的不屑，我努力地推销着自己："我有工作经验啊，新来的大学毕业生不一定有实践经验啊！"

人事经理听我这么说，就在一沓简历中翻出我的简历，瞥了一眼，他像患了牙疼似的，吸着气问："茂朝房地产开发有限公司？茂朝房地产开发有限公司在哈尔滨市都开发了哪些项目？"

我有些气馁，沮丧地说："茂朝房地产开发有限公司还没来得及开发项目，虽然如此，但我在我的老家独立设计过一所小学的建筑施工图……"

这个人事经理再也懒得理我，像李茂朝董事长兼总经理那样赶苍蝇似的朝我挥挥手。

既然在哈尔滨市做建筑设计师要大学本科毕业，那我退而求其次，我去一家有点规模的企业，做名普普通通的工人总还可以吧。只是做一名工人，回家有点愧对江东父老。实在不行，先在企业里干着，回家还说自己是茂朝房地产开发有限公司设计部的经理，反正老家也没有人来哈尔滨，谁知道我是一名工人还是一名经理呢！

但我还是没想到，我二十一岁那年，我想在哈尔滨市一家有点规模的企业做名普普通通的工人都是奢求，因为我没有哈尔滨市的户口，他们招工多数只招本市户口的适龄青年。

我在哈尔滨市人才市场转悠，终于发现了唯一一家公司没有户口的要求，而且表示可以接收我。这家公司叫"翔飞搬家公司"。他们连我是否高中毕业都不在意，只在意我长得高大威武，他们认为我是个做力工的好材料。

这家搬家公司的老总姓汪。汪总个子不高，长得白净，胖乎乎的，肚子挺得像女人有七八个月身孕的感觉。汪总慈眉善目的，像一尊弥勒佛，笑眯眯地对我说："兄弟，看你在人才市场也转悠不少日子了，心里不是滋味吧。哈哈……这种滋味不好受，不瞒你说，我当初也品尝过，明人不说暗话。你不如来我们公司吧，我就是公司的老总，我就说了算！"汪总边说边冲着自己跷大拇指，身子往后一仰一仰的，"我就说了算，哈哈，我绝不亏待人才。哈哈，好，你现在不来本公司发展，也请你记下本公司的电话，相信我们将来还会有合作的机会。哈哈……"

我才不愿意去这样的公司发展呢！这哪是一家有规模的公司！我毕壮志毕竟已经在哈尔滨市待三年了，我再也不是当初离开木泥河中学去县城闯荡的愣小子了，我还和市建委的周处长一起吃过饭呢！人往高处走，水往低处流。难不成我一个堂堂茂朝房地产开发有限公司设计部的经理跳槽到一家搬家公司当力工？即使我自己愿意，说出去也让人笑话啊。

我始终相信有一份合适我的工作，它一定比茂朝公司提供给我的职位强。我始终相信这份适合我的工作就像缘分一样，我在寻觅它，它也在寻觅我。没准它就在哈尔滨的某个街头等着我，等我去攀九年的冰山，等我去航九年的瀚海。米兰·昆德拉说："机会在别处。"也许它压根儿就不在人才市场。

可是我不能去攀九年的冰山，去航九年的瀚海了。我连九天的时间都耗不起了。我陷入了人生的绝境，心里却期待天无绝人之路。果然，就在我一筹莫展之际，我从报纸上看到一家民营装饰公司招聘设计师的启事，就一溜烟地跑过去。接待我的孙小姐让我填写了一张表。我把表填好后，迫切想知道我是否可以被录用，以及录用后什么时候可以来工作。因为，离开茂朝公司，我在外面晃悠了一个月，身边的积蓄已所剩无几了，我心里发慌。

孙小姐人长得漂亮，年龄跟我不相上下，漂亮的女人笑起来更给人一种如沐春风、扣人心弦的感觉。孙小姐脸上挂着甜甜的笑说："毕先生，你的条件挺不错的，你先回去吧，下周一等我们通知。"孙小姐的声音也甜美。

说出来不怕你笑话，这个时候，我的身边只剩下不到一百元了。我用剩下的钱买了两箱方便面和五包榨菜，我现在只能吃这些东西度日了。可人有了盼头，即使啃一个星期的方便面，心里也会无怨无悔。苦不苦，想想红军二万五。想当年，红军过草地时，还啃过皮带呢。

这个小区里的孩子们就知道红军啃皮带的故事。有个胖乎乎的小男孩，大约八九岁的模样，是个孩子王。我听见别的孩子都喊他肥猫。有天，我从人才市场回来，看见肥猫正领着一帮孩子在我的平房外面玩。肥猫手里拿着一根皮带，孩子们正在争议这跟皮带怎么吃，有的说煮，有的说烤，有的说炸。肥猫用牙咬，咬不动，见我回来，就问我："叔叔，有没有火，火柴火机都行，借我用一下。"说话嘎嘣脆。我怎么能把火借给他们呢，一口谢绝，并交代他们不要玩火，肥猫对我很失望。正在这时，一个又高又壮的男人走到肥猫的身边，一把抢过皮带，肥猫身子一个趔趄，那人一手拉住了肥猫的膀子，另一只手抢起来就往肥猫的屁股上拍。肥猫不服，尖锐地喊："爸，我在演红军过草地呢，你敢打红军？"肥猫的爸比肥猫还不服，吼："有种解下自己的腰带啃，你啃我的腰带干什么？"

时光飞转，星期一到了。从出租房出来，我迫不及待地找了一个公用电话给孙小姐打电话。我不能等孙小姐通知我，因为我住的出租屋内没有电话，她没有我的联系方式，我怕她联系不上我。

孙小姐真是贵人多忘事，她客客气气地说："先生，你叫什么名字？叫毕壮志？哦，你稍等。对不起啊，我这里没有你的录用通知。"

我想她一定是搞错了，因为她那天明明说好让我下周一等通知的，还说我的条件挺不错的。

我急疯了，我提醒她："不会吧。我是毕壮志啊，对，毕业的毕，壮志凌云的壮志。那天，你还说我条件挺不错的，你想起来没有？我原来是茂朝房地产开发有限公司设计部的经理呀！我有实际工作经验的……"

孙小姐终于想起来了，抱歉地说："哦，哦，毕壮志，毕先生，我想起来了。是这样的，你条件的确不错的，可来我们公司应聘的人员也不少。我们的经理综合各方面的情况，权衡了一下，决定还是录用其他的应聘者，毕先生你再看看其他更合适的机会吧，像你这样的人才一定不会被埋没，当然也欢迎你继续关注我们公司。"

我都快气疯了，孙小姐这不是玩人吗？这样的公司不过租了两间办公室，雇了三四个员工，规模和业绩还赶不上茂朝公司，居然也摆起谱来了。摆什么谱！我就不相信它能做大、做强，也许它明天就倒闭了。

我的工作依然没有着落，我的方便面只剩下最后一包了，我现在连吃饭都成了问题，但是我仍然没有气馁，我继续在报纸的夹缝中寻找着工作的机会。

然而，屋漏偏逢连夜雨。我的房东对我拖欠他半个月的房租，已经表示出极大的不满。我的房租是一个月一交，每月月初先付。

房东是个四十岁左右的光棍汉，看起来有五十来岁，长得又瘦又小，要是我吃饱了饭，都能一手把他拎起来。他像我现在一样也没有工作，但他从不像我这样焦虑，这样天天往人才市场跑。他每天晚起晚睡，早晨从中午开始，午饭到小卖店买一瓶啤酒、一袋面包、一包花生米，一顿饭就算打发了。晚上有时窝在家里，有时像个幽灵一般地转进城市的深处，也不知他成天干些什么勾当。我拖欠他一天房租，他就开始不高兴了，见了我就像恶狗似的哼一声。我拖欠他一周房租时，他见了我就骂骂咧咧开了，但我毕竟租住着他家的房子，毕竟理亏，我就忍住了。

这天，我放下打给孙小姐的电话，从街头晃晃悠悠地回来，他拉开我租住的平房门，一见我就像恶狗似的咬："你这个盲流，你这个狗娘养的，你欠老子房租都半个月了，你想怎么的？！你今天要不把老子的房租交了，老子的房子不租给你，老子让你流落街头，反正你也是个盲流！"

这些天，我受了一肚子窝囊气，心情本来就不好，况且我怎能容忍这个光棍汉做我的老子！一股邪火上来，我把脖子一梗说："老子今天偏就不交你的房租，看你能把老子怎么样？老子只是欠你的房租，老子又不是说不给！"

光棍汉听我说完，铁青着脸冲过来，叉开鸡爪似的手，把我往外一拉。我本来想抓住他的手——我根本看不上眼的一双手，可没想到的是，我的手居然不听我大脑的使唤，我一个趔趄，轻飘飘地跌倒在地上。

"士可杀而不可辱"，我想从地上爬起来和他拼命。我却半天也挣扎不起来。天天水煮方便面，营养严重匮乏，我的身体已不是从前的身体了。更要命的是，院子里有许多充满正义感的老头和老太太，他们手臂上戴个红袖章，每天面色凝重地在院子里走，寻找着坏人的蛛丝马迹。还有那个我没有借给他火柴烤他爹的腰带吃的小男孩肥猫，这下可逮着机会了，他们呼啦啦地把我围上，像瞧猴似的，把我围了个里三层、外三层。

这些老头和老太太视光棍汉为自己人，他们听信光棍汉的一面之词，纷纷指责我，"可惜了，这么个大小伙子，干点什么不好，做无赖呢。"

"我早就注意他了，也不见他出去工作，每天就上院门口那个小店买方便面回来啃。可怜倒是怪可怜的。"

"不出去工作可不成！哪怕是出去当个力工，去火车站帮人扛扛麻包，也比做无赖强啊。"

"欠人家房租不给还横！再横就扭到派出所去！"

"不知道哪地方来的盲流，把身份证掏出来看看！"

光棍汉从来没有今天这样威武，听了老头、老太太们的话，真把自己当成了大英雄，他青色的脸泛起红光，热情高涨，把手一挥说：我同情他，才把房子租给他，没想到好心倒成了驴肝肺。不给他点厉害的瞧瞧，他还不知道马王爷还有三只眼。"说完就跑进我租住的房间，把我一个月前添置的日常生活用品一股脑地扔到当院，然后取出一把挂锁把他的小平房锁了个严严实实。

小男孩肥猫也凑热闹，喊："我早就知道这个叔叔不是好人啦，果然是个无赖！"

一个小女孩从人圈中走出来，边伸出小手拉我起来，边奶声奶气地问："叔叔你不要躺地上好不好？我妈妈说地上有好多好多细菌哟，细菌会爬到你嘴里，你的肚子里，你就会疼的，叔叔你快起来吧。"

肥猫喊："别拉他，他是个无赖，无赖就是坏人，坏人不怕细菌，坏人浑身上下都是细菌。"

我躺在地上听了，是又羞又气又悲，没想到我堂堂毕壮志沦落到这个地步。我挣扎着从地上爬起来，一脚碰倒被光混汉扔出来靠在被子边缘的热水瓶，瓶胆刚才被光棍汉一股脑儿扔出来时却没破碎，这会儿倒发出砰的一声爆响。一个瘦小的老头说："哟，没想到这小伙子脾气还挺冲的嘛。不把房子租给你，嘿！就是对了。"我疑心他就是光棍汉的爹。

我所有的东西都没拿，我爬起来，连身上的尘土都没有拍就逃走了。我跑得飞快，光棍汉还在我的身后呼喊，"我的房租呢！大家快点拦住他，他还欠我半个月房租呢！"肥猫跃跃欲试地往前追，但他长得太胖，所有人一愣神的工夫，我已经逃离了这个小区……我发誓从此再也不来这个小区了。

街上人来人往，大家行色匆匆。刚才小区里的惊天动地，都如投进大海中的一粒石子。街上没有一个我认识的人，也不会有人知道我刚才的狼狈。生活在一瞬间就恢复了常态，我怔了怔，惊异于刚才脚步如飞，这会儿发觉自己的步子发虚了，走一步就像踩在棉花团上一样。我跺了跺脚，最后一咬牙，去了哈尔滨市翔飞搬家公司。

第十一章

　　翔飞搬家公司不在南岗区，在道里区的一条街上。前街两间门面房做了搬家公司的办公室，后街有一座二十世纪五六十年代盖的二层小楼，上下各有六个房间，一楼六个房间都堆满了杂物。这座楼的前身属于一家印刷厂，这家印刷厂不知道是因为倒闭了，还是搬迁到新的厂区。这座楼没有被拆迁，但被拆迁应该是早晚的事，只是也不知道被拆迁的准确时间，二楼就被翔飞搬家公司租来当作员工宿舍，一楼仍旧堆放印刷厂的杂物。老式的楼房，露天的楼梯在大楼的东侧。走上二楼，有一个长走廊，依次六个房间，门都对着长走廊。六个房间只有四个房间住了人，还有两间是空的，我们的房间就在走廊尽头的那一间，隔壁的房间就是空的。房间里有后窗，窗外有一棵粗大的云杉，有一蓬枝叶恨不得也要挤进我们的宿舍来，当力工显显身手。

　　有了立身之处，心灵上的创伤渐渐抚平，埋藏在我骨子里的豪气又涌上来了。现在又混到搬家公司当力工了，我依然发誓要干一番大事业，将来衣锦还乡。在翔飞搬家公司只当一时权宜之计，我绝对不会像小组长张宝奎那样希望在这样的公司干得长远。

张宝奎是我的组长，比我大五岁，书只读到小学二年级。既没有什么文化，身材也比我矮小。但翔飞搬家公司的汪总不在乎这些，他在选拔干部时，严重背离干部选拔的"年轻化"和"知识化"原则。只是因为张宝奎比我早来了公司一年，他就让张宝奎当上了我所在小组的组长。不，在我还没来的时候，张宝奎就已经是组长了。只能说是汪总让我加入了张宝奎的小组。

翔飞搬家公司把所有的员工编成小组，每个小组加上组长一共是四个人。一个小组住一间宿舍。张宝奎这样的组长其实和我们一样地干活，我们搬沙发他也要搬沙发，我们抬柜子他也要抬柜子。在生活待遇上也是一样的，他吃什么我们吃什么，他吃馒头公司绝不会只让我们喝稀粥，他躺在架子床上我们绝不会躺地下。所不同的就是腰带上多了个 BP 机，公司一有事通知他，他腰上的 BP 机就嘀嘀地响，体现出身份的与众不同。

BP 机不像现在的手机，拿起来就直接通话。我找你什么事，拨通你的手机直接对你说就是了。我在翔飞搬家公司的时候，无线通信还不发达，这时候的手机叫大哥大，一般人用不起大哥大。这时候时兴 BP 机。而 BP 机只是一个信息留言机。我找你什么事，先通过固定电话（座机）告诉寻呼台的服务人员"请给某某座机回电话"，寻呼台再把我的信息发到你的 BP 机上，你根据 BP 机上的信息或者找个固定电话和我联系，或者不搭理我，回不回复我，凭你的心情。

张宝奎腰上别着 BP 机，BP 机嘀嘀一响，他放下搬运的家具，满头大汗地跑着找公用电话。楼上楼下蹿来蹿去，他这个组长其实当得比我们这些组员累多了。

但张宝奎家八百代没有出过一个当官的人，现在他当上组长了，他就觉得是祖坟冒青烟了，组长好歹也是一个官。

最要命的是，我们小组剩下的两个家伙，一个叫小六，是我们这一组的驾驶员，干活的时候，把车开到了目的地，小六就得跳出驾驶室，和我们一起干活；另一个叫小七。两个人都对张宝奎唯命是从。张宝奎在他们跟前说一不二。而且吃饭时，小六和小七都争先恐后地抢着给张宝奎盛饭，甚至晚上休息时，小六和小七仍然争先恐后地抢着给张宝奎倒洗脚水，弄得张宝奎像个黑社会老大似的。

我不吃张宝奎这一套，我长得比张宝奎高大，这些天虽然吃的只是粗茶淡饭，但我毕竟吃饱饭了，比我天天泡方便面强多了，我身上失去的能量又回来了。我的脚踩在地上咚咚作响，我浑身有得是力气，我读的书又比张宝奎多，在工作的规划上比张宝奎更有条理。一开始我提什么建议，张宝奎都不听我的。后来有一次搬家，张宝奎听了我的一个建议，装车时先装什么，后装什么；卸货时先卸什么，后卸什么。一试，果然节省人力，小六和小七都很高兴。渐渐地，我再说什么，张宝奎就不好意思不认真合计了。张宝奎感到了自己老大宝座的岌岌可危，可矮个子的张宝奎又不敢明目张胆地和我干，于是，这小子暗中收拾我。

一天，我们两个人一起抬柜子，张宝奎要抬后面让我抬前面。抬前面是个吃亏的活儿，双手别在身后，步子得和后面的人一致，既不能迈大，又不能迈小。如果步子迈大了，张宝奎跟不上来，等于是我在拉着他走。如果步子迈小了，张宝奎走得快了些，柜子的底部就不停地磕碰我的脚后跟。那天，我和张宝奎抬柜子，不是我拉着他走，就是柜子磕我的脚后跟，把我的脚后跟磕得伤痕累累。我忍，我忍，我一直在忍着呢！

可就这样，张宝奎的嘴巴还是没个消停，他喋喋不休："抬高点，

抬高点，毕壮志，你这个小瘪犊子是不是卵子岔了气，长了这么大的个子，连柜子都抬不高！白瞎了你的个子！抬高点，抬高点……"

来到翔飞搬家公司这些天，我憋屈得很，我心里一直没好气，我一直忍着。我听见张宝奎骂我，一股怒火直冲脑顶，冲得头发根根直立起来，我哐地放下柜子。张宝奎不知大祸来临，我放下了柜子，让他一个猝不及防，胸口被柜角撞了一下，嘴里骂得更厉害了："毕壮志，你这个小瘪犊子，你抬得好好的，你放啥柜子啊，你想害死我啊？你是不是成心的，你不想干了是怎么的？"

我让你嘴巴厉害！张宝奎的手还扶在柜子上，嘴里不干不净的。我已经奔到他的身边，抢起拳头，劈头盖脸地捶下去。张宝奎结结实实地挨了四五拳，一下子被我打蒙了，但他立刻清醒过来，放下柜子，抢拳来打我。他个子没有我高，胳膊没有我的长，他的拳头还没够到我的面孔，脑袋上又挨了我结结实实的一拳。

张宝奎吃了亏，气得嗷嗷地叫唤："你这个小瘪犊子吃了豹子胆，都敢犯上作乱！今天爷不废了你，爷不姓张。"他像条疯狗一样往我跟前扑。

"滚你妈的'上'，你算哪门子'上'。"不提这"上"还罢，提起这"上"勾起我一股无名火，我又劈头盖脸地捶下去。张宝奎一见抢拳占不了便宜，就伸腿来踢，也踢了我几脚，但我踢他踢得更狠。

张宝奎吃了亏，嘴巴却很硬，喊："毕壮志，爷今天要把你废了，爷不把你废了爷不是人。"

我不和他要嘴皮子，我一边踢他一边说："求你把爷废了吧，爷早就活腻歪了。"

张宝奎这下害怕了，明白我是个不要命的主，明白打仗根本不是我的对手，好汉不吃眼前亏，捂着一只眼睛，一溜烟地跑去找翔飞搬家公司的汪总告我的状了。

打完张宝奎，我意外地发现平时对张宝奎唯命是从的小六和小七只是躲在一边看，他们压根儿就没有要帮他们的老大来打我的意思。解了恨，我冲小六和小七笑了一下，他们先是一怔，互换了一下眼色后，也朝我笑了一下，羞涩的样子。

打完张宝奎，我只觉得许多天来沉积在心头的抑郁之气一扫而空，身上突然有了一种酣畅淋漓的感觉。这种感觉就像打赢了一场球赛；就像若干年前，我做了宋应昌的爷爷；就像若干年后，蒸完一场桑拿浴……一下子如释重负、身轻如燕，我知道，我在翔飞搬家公司的一段历史该结束了。没什么的，大不了我回我们的县城好了，大不了还回县二建公司。此时，我有些后悔这些年咋没和钱彤联系。

汪总很快派人来把我叫了去，我进了他的办公室，看见张宝奎鼻青脸肿地坐在他对面的沙发上。我一点也不惊慌，惊慌只属于胆怯的心灵。我无所畏惧，因为我已经做好了"此地不留爷，自有留爷处"的准备。我坐下来，把脖子一梗，做出了一副视死如归的架势。

没想到，汪总竟然没有一点要怪罪我的意思，他依然是笑眯眯地对我说："毕壮志，打从人才市场见你第一眼，我就知道你小子是干力工的好材料。张宝奎，你把身上的BP机解下来交给毕壮志。从今天起，毕壮志你是组长了，张宝奎跟着你，你要好好爱护他才对。"

这真是太滑稽了！张宝奎一脸错愕地朝汪总喊："他动手打人啊，是他先动手打人的，汪总你还不开除他？！"

汪总抬起肥厚的手掌往下压了压，仍然笑眯眯地对张宝奎说：

"他动手打人是不对，可你也动手打了他是不是？"

张宝奎冤屈地喊："他先动手啊，他打我比我打他，打得厉害啊。您看看我这脸，还有这腿。"张宝奎往上捋裤腿，腿上露出青一块红一块的，"这都是被他踢的。"

汪总又抬起肥厚的手掌往下压了压，说："他打你，你打他。都扯平了不是？张宝奎呀张宝奎，我忙得很，没有时间跟你扯皮。你把BP机交给毕壮志，对！现在就交。你留下，我欢迎。你不愿留下，我也欢送。"

张宝奎一把扯下腰带上的BP机，他不直接递给我，而是扔到沙发上。起身离开时，青肿的眼缝间露出一丝阴冷的光，让我浑身打了一个寒战。

张宝奎走后，汪总走到我身边来，用他那肥厚的手掌拍了一下我的肩头，心平气和地说："毕壮志，你在公司好好干，老汪我说过，公司绝对不会亏待像你这样的人才。哈哈……"

晚上回到宿舍，小六和小七在侍候着张宝奎。张宝奎见了我，躺在床上气哼哼地不理我。其实，我并不想和张宝奎争什么组长当，我打他是因为他欺负我，是因为我气不顺。现在，看张宝奎躺在床上像条受伤的狗，我心肠中柔软的地方被扯动了。张宝奎啊张宝奎！你一只燕雀安知我这只鸿鹄之志。我大度地坐到张宝奎的身边，小六和小七不知道我要干什么，吓得肃立一旁。

我拍拍张宝奎的腿。张宝奎吼起来："你赶紧给我滚，滚得远远的，要不然老子一脚蹬死你！"张宝奎打不过我，嘴还硬。我笑了笑，向张宝奎道歉，说都是我的错，最近心情一直不好。张宝奎又吼："你心情不好关爷鸟事？"

我惭愧地笑了笑，十分诚恳地说："张宝奎，我不该那么冲动，请你原谅，我知道自己错了，咱们兄弟一场不容易，都是黑龙江的人，以后还要在一起混的，以后在一起咱们还是兄弟。"张宝奎气哼哼地不理我。我把 BP 机掏出来，放到张宝奎的怀里，说："宝奎兄弟，这个物归原主。我对汪总说了，组长还是你的。今后我配合你工作，只要你不欺负我。"

张宝奎像本能反应似的一把握住这 BP 机，愣怔了一会儿，后来竟然咧开嘴哭了。张宝奎边哭边说："兄弟，我不能丢下这份工作啊。我娃儿已经一岁了，我得挣钱养娃啊，我将来要给娃儿娶媳妇，要在哈尔滨给娃儿买个楼啊，我不想让娃儿过我一样的日子啊，我得好好干啊，呜呜……"

"呜呜……"小六和小七也哭了，我的眼眶里也噙满泪水。我们都是天涯沦落人，是患难的兄弟，我们都要挣一份苦钱，我们都活得不容易。"渡尽劫波兄弟在，相逢一笑泯恩仇。"从此，张宝奎还做我的组长，我们的关系融洽了许多，他再也不敢欺负我。这让我对"不打不相识"的古训佩服得五体投地。但张宝奎后来还是暗中射了我一"箭"，足见这小子的阴险毒辣，这是后话，此处按下不表。

这天晚上，我睡不着，听满屋子的鼾声、梦呓声，闻着脚臭、汗臭，还有空气中劣质烟草的气味，我的思绪一下子回到了从前，回到了从前钱彤二建公司的工棚，我想起了大老李、方木匠还有鳏夫老王等。人生难道是一个轮回接着一个轮回？没想到我毕壮志经过四年的拼搏，一切又重新回到了起点……

在翔飞公司干了一个月后，我身边有了八百元钱。我的月工资应该是一千元，还有二百元钱没有到手——因为公司扣了我宿舍的押金。即使这样也比我在茂朝房地产开发有限公司设计部顶个空空的经理头衔强多了。

我揣着这八百元钱，向张宝奎请了半天假。从翔飞公司的宿舍出来，坐着公交车跑了六站的距离，来到一座人声嘈杂的集贸市场。

我在搬家时，接触到一个客户，姓姜。是从大连往哈尔滨贩海参的，看得出来属于特有钱的那种。老姜是个热心肠的人，很赞成我去做点小买卖，在翔飞搬家公司干下去没有什么出息的想法。但是我贩不了海参，因为贩海参要有很大的本钱，大连我又没有熟人。

老姜是位好人，教给我做生意的秘诀："没有本钱，你可以倒些小东西啊，譬如说苹果什么的。从大连运一车三吨的苹果过来，本钱不过三四万，一倒手卖个四五万，一车挣一万。做生意的不都是从小做起来的？一点一点做大。想老姜我当初，也倒不起海参。先在大连天津街摆地摊，渐渐地从大连往哈尔滨倒大虾、倒鲜鱼，一点一点干起来，看哪个有利就干哪个。至于有没有熟人，那根本不成问题。'垒起七星灶，铜壶煮三江。摆开八仙桌，招待十六方。'做生意都是一回生，二回熟的。关键看你想不想干，怎么干了。"

我当然想干了，可是我现在哪来的三四万，干他所说的小买卖呢？

老姜像猜透了我心思似的说："你要是本钱再小点，也没关系。你去集贸市场租个摊位，你就卖我给你上的海参，我保你一年下来也发了。"老姜还说，"不管是干大干小，哪怕就是摆个烟摊，只要是给自己干，心里就敞亮，就有渐渐干大的可能。给别人干，哪怕别人让你做副总呢，听着好听，其实还是打工的。"老姜这话可说到我的心坎上了。

别说副总，我现在连一个组长都不是。我不知道集贸市场租一个卖海参的摊位要多少钱，我揣着八百元钱就兴冲冲地赶来了。

我还记得老姜说，这个市场贩卖的海参都是从他手上进的货，除他之外，没有第二个人。为什么？老姜运来的海参好啊，是辽参，而且价钱公道。别人比不过他。

我先跑到卖海鲜的地方找老姜，可一家一家地走过，并没有看见他的影子。我想这也很好理解，也许老姜今天没有来，也许他又回大连准备海参了。人家毕竟是做大买卖的，哈尔滨大连两地跑，不像市场的小摊贩要成天守在这里。

这个市场的客流还真不少，人来人往跟赶集差不多，生意一定错不了。我跑到市场管理处打听租一个卖海参的摊位要多少钱？市场管理处的一个大姐很客气地告诉我："一年八千，半年是四千元。不过摊位现在都租出去了，一个都没有了。"

我就像自己身边揣足了四千元钱似的问："那什么时候才有啊。"

大姐仍然客客气气地说："那谁知道呢，就看有没有不续租的了，你半年后再来问问吧。"

接下来的日子，能否在集贸市场租到一个卖海鲜的摊位令我痴狂，我不一定非得等到半年后还到这家市场，哈尔滨市卖海鲜的地方多得很。我知道了一个海鲜摊位的租金差不多是四千元左右就可以了。不管在哪个市场租到了摊位，我都将从老姜手上进货。这个摊位将是我人生的一个起点，一个崭新的起点，迎接到这个起点，我人生的马车就会在康庄大道上奔驰、奔驰……一直驰向辉煌……

我不能等到钱都筹齐了，我再去找摊位，那样太耽误我宝贵的时间了。机不可失，失不再来。小平同志南巡讲话后，哈尔滨街头"发展就是硬道理"的口号早已深入人心。

我如果要租摊位，张宝奎答应借给我一个月的工资，张宝奎拍胸脯保证，在我离开翔飞搬家公司前，他绝对不会向汪总吐露一个字。即使张宝奎吐露了我的计划，我也不怕。这样一来，我只要再在翔飞搬家公司干上两个月时间，我半年的摊位租金就差不多了。

我想我得委托一位值得委托的人帮我留心各个集贸市场摊位的事儿。静下心来一想，发现，我在哈尔滨虽然待了这么多年，真有事时却发现能值得委托的人没有两个。思前想后，觉得申楠楠才是唯一值得信赖的一位。

我给申楠楠打电话，申楠楠一下子就听出是我的声音。她夸张地说："哎呀，我的妈呀，今儿个是怎么了，大太阳打西边出来的感觉。毕经理，你离开茂朝后，去哪里闷声发财了啊。发了大财嘛，肯定就忘了我。今天怎么想起给我打电话呀？"

申楠楠也没有忘记我！我听到她柔美的声音，一下子想起在茂朝的岁月，那些岁月虽然没有挣到什么钱，但日子也算过得温馨，想起往昔只觉得心里暖烘烘的。申楠楠哪里知道，我离开茂朝后的艰难。我离开茂朝多久了？其实没有几个月，怎么就有隔了一个世纪的感觉。这一个世纪，我觉得自己沧桑了许多，心都生上了老茧。不知为何，在电话里我要对申楠楠撒谎，我没有告诉她我的现状，我说我在倒海参，从大连往哈尔滨倒海参。申楠楠啧啧有声："哎呀，妈呀，毕壮志，原来你小子真这么能耐啊。我早就鼓励你离开茂朝嘛，发财了可别忘了你申姐哟。"申楠楠喋喋不休地说，"毕壮志，你这一步算是迈对了。说真的，咱茂朝公司是一日不如一日了，自从你走后，工资就没发过。你问为什么不发啊，拿什么发啊？货柜公司上回撞死了人，交警队派人守在公司呢。到一笔款就被人收走一笔。哎呀，我也不能在这里混了，再混下去我就老了。你那儿缺人不？"

我说："缺人时，我想着你，申姐。"

申楠楠说："说好了啊，到时我去跟你干。我管你叫'毕总'！"

我有些飘飘然，嘴上却不忘谦虚，"什么总不总的，那都是假的，挣到钱才是真的。申姐你有空时，先帮我打听打听，看看哪家集贸市场还有海鲜的摊位，如果有，我想租下来。"

申楠楠先呛了我一句："嘿，毕壮志，我一天天的，什么有空没有空的，天天都有空，你的意思是想租一个卖海鲜的摊位？"

我说："是啊，是啊，这不，我在倒海鲜嘛！"

申楠楠没再多说什么，只说："我明白了，我帮你打听着，有的话我就和你联系啊。可是，毕大经理，我怎么和你联系啊。"

我立刻后悔把 BP 机还给张宝奎了，我身边没有其他的通信设备，翔飞搬家公司倒是有业务电话，我怎么会把翔飞搬家公司电话告诉申楠楠呢，她一打电话，这边一接，"你好，这里是翔飞搬家公司。"不就露馅儿了吗。谎言一出来就是一个漏洞，为了补这个漏洞，我只得编织另一个谎言："我常常大连、哈尔滨两地跑，到时候我给你打电话吧。"

申楠楠的语气有些遗憾，她说："知道啦，毕大经理，那你要记得常给我打电话哟。"

放下电话，我想，我干吗那么虚荣，干吗要对唯一可以托付的人——申楠楠撒谎呢？词典上说，撒谎是有目的性地说假话来为自己谋取利益。我撒谎的目的是什么？难道我是想骗申楠楠什么吗？我要谋取什么利益？不、不，这个念头我压根儿没起过。我虚构一个较好的现状，只是为了满足自尊的需要。也许这不能叫撒谎，我只是提前描述了自己将要实现的状态而已。我一边自责一边安慰着自己。

这以后，我常给申楠楠打电话。我当然没往申楠楠家里打电话，我每次的电话都打到茂朝房地产开发有限公司的办公室。这间办公室人员鼎盛时有三个人，现在只有申楠楠独守深闺。这是一串多么熟悉的电话号码，它们一个数字一个数字根深蒂固地生长在我心间，以至我到今天都不能忘记。我猜想着申楠楠拿起电话的神态，这是一部乳白色的电话，方形的按键整整齐齐地分为四纵四行，电话就摆放在曹建利的办公桌上，当时的曹建利是常务副总经理，桌子上配了电话却不接电话。曹建利在的时候，通常电话也由申楠楠接。曹建利不在的时候，电话一响，我和申楠楠都伸手去接，偶尔我们的手碰到了一起，我的手立刻缩了回来。那时候，我的手碰到了她的手，我并没有什么异样的感觉。

现在，我给申楠楠打电话，想象着她抓起话筒，耸起左肩，把话筒夹在左肩和脸颊之间，一边娓娓地聊着天，一边双手毫不耽误地剥着瓜子，申楠楠的样子在我的脑海中浮出来，温馨而迷人。

翔飞搬家公司的活儿并不是满负荷的，有时一天只有半天的活儿。即使这一天上下午都有活儿，仍然有劳动的间隙。趁着这个间隙，我找到近处的电话亭，插入 IC 卡给申楠楠打电话。我给她打电话，就是想听听她的声音。那个时候，不知有没有人注意到，在哈尔滨的街头，有 IC 卡公用电话亭的地方，常常有一个衣衫褴褛的搬运工人，他行踪不定，从一个公用电话亭到另一个公用电话亭，握着听筒轻声细语，脸上洋溢着迷醉的光芒。这个人就是我，我喜欢听一个温温暖暖的女声，我对那个声音已经痴迷。

可惜申楠楠已经结婚了，不然我一定千方百计地把她追到手，我能把她追到手吗？我不知道我能不能。周一帆西装革履、头发油光可鉴的形象立刻从我脑海里飘过，我知道追不上她的可能性最大，但我就是喜欢听她的声音，我就是有把她追到手的想法。我二十一岁的那年，竟然一厢情愿地对一个已婚的比我大三岁的女人产生了这样荒唐的、不道德的想法。

在翔飞搬家公司已经干两个月了，我身边有了一千八百元钱。翔飞公司管吃管住，我在这两个月里，除了坐过一次公交，给申楠楠打过四十一次电话，给我娘去过一封信，我几乎没花过一分钱。

我娘不识字，我爹不在家，我两个弟弟都在学校读书。我二叔会把我的信读给她听。我在信里说我换了工作了，不在哈尔滨市茂朝房地产开发有限公司设计部做经理了，换了一个更好的工作，在另外一家傢俬移动公司做经理。我在我的地址上只写了我们公司的门牌号，我可不能写出"翔飞搬家公司"这样的字眼。

傢俬移动公司是我急中生智想出的名字，倒也形象。你们看，我们帮人搬家时，最主要的工作不就是把家具从此处移动到彼处吗？而且，南方像香港和深圳那些地方的人都喜欢把家具叫傢俬的，哈尔滨市有卖家具的地方也把家具叫傢俬了。搬家公司改名傢俬移动公司其实很形象。只是我没有把家电包括进去，有些遗憾。

据说，我二叔给我娘念完信后，就咋咋呼呼地说，大毛不得了了，我早就看出大毛这小子有出息！傢俬移动公司，那是经营"大哥大"的公司，就是电视里演的那个"大哥大"，电话机没有电话线，一边走路一边打，一边开车一边打，走到马路中间一只手捂住一只耳朵眼，用另一只耳朵眼听的那个。我敢说，我们县还没有一个人有，县委书记和县长都没有，大毛不得了了。

我弟弟毕三毛先给我写来了信，毕三毛告诉我，听我二叔说我做了经营"大哥大"公司的经理，往日视我娘为寇仇的我老婶也主动冰释前嫌，跑到我家来，有话没话地跟我娘套起了近乎。我老婶和我家不走动好多年了。因为我老叔和我爹去夹皮沟淘金子，年年淘不回来金子，年年却还去淘。我老婶认为我老叔是被我爹蛊惑了，是我爹这个哥没当好，上梁不正下梁歪。那一年，大豆种下后的季节，我老婶跺着脚骂我爹：自己不着调，还要把自己的亲弟弟拖下水，将来要不得好死。我老婶骂我爹时也捎带着骂上了我娘，说我娘没有能耐，自己的男人都管不住，连条母狗都不如。我老叔和我家前后院，我娘听见了，我娘的确管不住我爹，但我娘觉得管不住自己的男人是自己的事，和我老婶无关，我娘也不是善碴子，操起一根扁担，一阵风似的打上我老婶的门去。一扁担差点把我老婶砸晕在地，我老婶扑上前来，把我娘的头发揪下两绺。邻居们闻风赶来，拉开了势如水火的这对仇人，后来，两个人就形如路人，两院之间鸡犬相闻，我娘和我老婶却不相往来。

紧接着，我在哈尔滨又收到我家人写给我的两封信。一封就是我二叔替我娘写的回信。我娘一定不知道我弟弟毕三毛给我写了信，要是知道毕三毛给我写了信，就一定不会让我二叔给我回信的。由此可见，我弟弟毕三毛也是一个有主意的主，给我写信都不告诉我娘。

我二叔在信中写了许多鼓励我的话，为我感到激动自豪什么的。信的核心也是落到我老婶身上，我老婶嘱咐我在哈尔滨帮毕五毛找条出路，毕五毛岁数不小了。我二叔写道：为你五毛弟弟，你老婶愁得头发都稀疏了不少。古人说，富贵不忘家乡，说到底，大毛你和五毛都是同根生，你弟弟五毛这个忙，你无论如何都要帮上。

我一看，吓了个不轻。我情愿我老婶和我娘依然水火不容，依然老死不相往来。因为，我老婶和我娘水火不容，我老婶就不会跟我开这个口。我这个弟弟毕五毛是个呆子，用我们东北话说，叫"彪子"。彪也不真彪，猛一看，也像个正常人。聊一聊总觉得他脑子里缺根弦。毕五毛读了三年书，最后连小学一年级都没读完。你要问他一加七等于几他知道是八，你要问他七加一等于几他会告诉你，老师还没教他……

我在哈尔滨帮他找出路？难道说也让他和我一样在翔飞搬家公司当搬运工？他能有我这份体格？即使有我这份体格，我带他做搬运工，也让我很没有面子是不是？

另外一封信，是毕二毛毕志刚写来的。毕志刚在信中首先向我道歉，说自己上次那么写信给哥哥是犯浑了，哥哥挣钱也不容易啊。现在听说哥哥在哈尔滨有进步了，他也在心里替哥哥感到高兴，觉得哥哥还是他心目中的毕大毛，能撑起一片天的毕大毛，觉得还是哥哥亲。然后，笔锋一转，意思是他现在读书，手头还是紧张，希望哥哥再支持他一二，他知道做人要懂得感恩的道理，毕业后一定知恩图报，加倍偿还云云。这倒还在其次，毕志刚说，今年春节回家，他要从沈阳到哈尔滨，然后我们兄弟一起荣归故里。这话又把我吓了一跳。

我忙给毕志刚汇去了五百元钱，并嘱咐他，千万不要来哈尔滨找我。我现在工作很忙、非常忙、不是一般地忙，这个春节我都未必能够回家。他来哈尔滨了，我都未必有时间见他。不过千头万绪的，忙完今年就好了，忙完今年头绪就理清了。千叮咛，万嘱咐，可怜一片当哥的心。

我春节是不敢回家，我怕我那呆子弟弟毕五毛真的跟我来到了哈尔滨，如果我不回家，他一定不会自己来到哈尔滨，我老婶一辈子没出过远门，送他来哈尔滨的可能性几乎没有，我老婶委托其他人捎毕五毛到哈尔滨的可能性也不大。

要过春节了，我爹从夹皮沟回来了。毫无疑问，金子依然是不见踪影。我爹听说我今年因为工作忙，不能回家了。我爹就给我写来了一封长信，大致是今年庄稼长得好，豆子和稻子都丰收了。现在粮食不卖给粮库了，粮库收购价低，还要自己往那儿运。今年贩子亲自登门收购，价钱比粮库还高。信的末尾，我爹嘱咐我："大毛，听说你春节不能回家了，我和你娘虽然舍不得，但公家的事要紧。我和你娘身体都很好，家中一切不用挂念。"

我爹总是对我的选择表示支持。我爹对于他在夹皮沟的情况，也简单提了提，金子虽然没有淘到，但感觉快了，这回的感觉一定很准确。金子虽然没有淘到，但麅子、狍子肉没少搞，还淘到了一块石头，巴掌大小，黑不溜秋的，长相虽然不好看，但感觉比铁矿石沉，我爹怀疑是一块陨石，等我回家时再进一步确定。我爹淘了一辈子的石头，我家里有五块他认为有来头的石头，三块被我娘拼在一起，当成了院门口的垫脚石；一块大一点的石头被我娘当成了渍酸菜用的压菜石；另一块啥用处也没有，被我娘弃在院西角。不知道这回拿回来的石头，我娘将派它做何用场。

过小年的这天，哈尔滨的年味儿更浓了，清冷的街头不时传出几声鞭炮的脆响，不少建筑的门前也悬挂起大红灯笼了，与门前皑皑的积雪相衬，喜庆、吉祥。夜晚时分，红灯笼亮起来，衬得雪是异样地白；而白雪反过来又衬得灯笼是异样的红。我不知道这个时候我家的大红灯笼挂没挂起来，我娘包没包好饺子，我弟弟毕二毛该回家了吧，毕三毛现在干什么……我突然想念我远在木泥河的家了，想我爹和我娘……

我情不自禁地跑上街头，我像一阵风一般旋进商场里，我给我爹买了一双长筒的棉鞋。山沟里很寒冷，穿上我给他买的棉鞋，再去夹皮沟，他的脚就会暖洋洋的了。我给我娘买了一块彩色的头巾，戴上我给她买的头巾，春天就会飘到她的心头了。

我把棉鞋和头巾打成包邮回去，又给我爹汇去了五百元钱。做完了这些，我才觉得我心里好受些。

我二十一岁那年，身边连两千元钱都没有攒出来。

第十二章

这个春天，我太渴望挣钱了，我加班加点不怕流汗，可是翔飞公司的业务总是那么些量；我走在路上，眼睛都扫视地面，盼望能拾到一块金子或者一沓钞票。我听小六讲过，他们村上有个人来到哈尔滨，看见街头有只空香烟盒，都被人踩瘪了，差一点被清洁工人扫进垃圾箱了，里面肯定一支烟头都没有。但他们村上的这个人还是捡起来了，打开一看，里面居然还有六百元钱，卷在一起。从此，我尤其在街道上关注那被人遗弃了的、瘪瘪的香烟盒，可是一次都没发现，哈尔滨市的街道都非常干净整洁，市民素质也很高，即使有人把空香烟盒随意扔到街道上，也立刻会有环卫工人把它清扫干净。由此，我怀疑小六故事的真实性。

这个春天，我连做梦都和钱有关。有天晚上，我梦见了一块大铜钱，直径差不多两米长。心里还合计这么大一块能换成多少人民币啊，我发现了我得赶紧扛回家，不然就被别人抢走了啊。铜钱太大，我张开双臂，却够不到两边，我没法拿。眼看前方有好几个人走来。他们来了，这么大的一块铜钱就不属于我了，他们人多，可以把铜钱抬走。怎么办呢！怎么办呢！急中生智，铜钱不是有个方孔吗？

我把脑袋伸进方孔中，脑袋刚好能伸进去，我直起身子用肩膀扛起铜钱来就走。谁知，走走，铜钱越变越小，越变越小，最后竟像一双大手紧紧地掐住我的脖子。把我掐得憋不住气来，我想大喊，却喊不出，两只腿一蹬一蹬的。小七拍我，"毕哥，醒醒！毕哥，醒醒！你咋的了，咋抽风了呢？"小七把我拍醒了，我坐起来惊魂未定地说："钱，钱……"小七眼前一亮，问："钱？钱在哪圪垯？毕哥。"我拍打着床板懊恼地对小七说："我梦见那么大、那么大的一块铜钱，我扛不动，我扛不动啊。"小七比我还懊恼地说："毕哥，你喊我啊！你怎么不喊我呢！你怎么不喊我呢！"小七懊恼得直掐自己的大腿，小七也太渴望挣钱了。我们所有的人都渴望挣钱，但没有人比我和小七这么渴望。

小七并不姓"七"，小六倒是姓"陆"。小六和小七是同乡，因为小七长得比小六更瘦小，年龄也比小六小一岁。他们的老大张宝奎就替他们做主了，说，既然有了个小六，你就叫小七吧。小六和小七都比我早来翔飞搬家公司。

小七的家在七台河勃利县，那里产煤。小七的爹下井挖煤，小七的娘种几亩地，小七家的土地没有我们木泥河的土地肥沃，我们木泥河的土地真是黑得流油，小七家的几亩地是黄土地，地里还尽是石头。但小七的爹月月有收入，全家的日子倒也过得有滋有味。小七的爹曾对小七承诺，等他攒够了两万元钱，就带小七和小七的娘去哈尔滨吃一顿"龙虎斗"。小七的爹说，听大吴从深圳回来说，深圳那边人就喜欢吃"龙虎斗"，什么叫"龙虎斗"，就是把蛇和猫搁一起炖，吃起来贼香！咱七台河的饭馆里都没有这道菜，只有哈尔滨有！哈尔滨是大城市嘛，深圳有的哈尔滨咋会没有呢。小七听后直咽唾沫，两眼放光，直盼着爹攒够两万元钱的这天早点到来。

谁知，爹攒够两万元钱的日子比蜗牛还慢。小七也催问过爹，爹每次都是喜滋滋地说："快了，快了。"

小七在宿舍里回忆往事的时候，突然就涕泗交流了，他悲伤地说："毕哥，俺爹的命是被俺催没的。"有一天，小七的爹下井后就再没有喘着气走上来。那时候，一条人命只值两万元，小七的爹终于攒够了两万元钱。

小七的娘把这两万元存进银行，说这是他爹的卖命钱要留给小七将来用。小七的娘跟着大吴就离开七台河去深圳了，大吴是小七的表叔，是个能耐人，在深圳一家工厂当副厂长。小七不知道娘为什么狠心地不带他去深圳，把他一个人丢在七台河，娘有娘的难处吧。丢在七台河的小七没有心思读书了，他初中都没毕业，就跟着小六跑到哈尔滨来了。小七常常念叨："哪家餐馆有'龙虎斗'呢"。张宝奎听了，就常常嘲笑他："你这个小瘪犊子，有大米白面填饱肚子就不错了，还想吃'龙虎斗'，吃一口'龙虎斗'，一个月工资就没了，'龙虎斗'是俺们这样的人吃的？"小七很委屈，用蚊子一样的声音哼哼着说："俺就是想替俺爹尝一口。"

小六和小七虽然瘦小，但干起活来都是拼命三郎。大件家具归我和张宝奎抬，理所当然。小件的家具，小六和小七往往一个人扛。譬如一张餐桌，小七把身子缩进桌底下，然后拱起后背，桌腿就离开了地面，小七一个人顶着餐桌楼上或楼下地爬。几趟下来，衣服也是被汗水浸透了，但他从来一声不吭。有业主不忍心，指着小六、小七对张宝奎吆喝："你们老板怎么回事？连童工都敢雇！"

小七赶紧澄清："我十八岁了。"其实小七才十六岁，小六十七岁。小六干活也是不喊累，再累也是一声不吭，紧咬牙关，任凭豆大的汗珠滚过眼角、滚过眉梢。小六是孤儿，四五岁就死了爹娘，是被爷爷带大的。小六十二岁的那年爷爷也死了，小六东家一口饭西家一口饭长大的，命比小七还苦。

晚上回到宿舍，小六和小七还要做张宝奎的服务员。张宝奎是个好侍候的主。无非就是帮他铺铺床铺，打打洗脸水。张宝奎理直气壮的："白天，重活都没让你们干，晚上你们尽点孝心还不是应该的？"小六低眉顺眼的，小七嬉皮笑脸的，他们做完服务工作，洗漱完毕就爬到各自铺上睡着了，偶尔也有鼾声，也有梦呓，但多是一副没心没肺的样子。

但过完春节，小六和小七从老家回来。小六没变，小七倒变了。干活的时候一声不吭，没事的时候，常常愣怔走神。小六私底下告诉我和张宝奎，小七的娘在深圳跟了一个有钱的老板，给小七生下一个弟弟。那个有钱的老板并不是大吴。小七长得鼻直口方，眉清目秀的，他娘长得一定错不了。

这天，我们给一户有钱人家搬家具，清一色的红木。这个时候，哈尔滨清一色红木家具的家庭还少之又少，我们搬家两个月才能碰见一次。我从小七的眼睛里读出了他的无限羡慕和无限惆怅。小七见我瞅他，喃喃地说："毕哥，有钱人真好，我们啥时候才能成为有钱人？"

我自嘲地说："快了。"

张宝奎听了，不敢讥讽我，讥讽小七："你这个小瘪犊子，丫鬟的命偏偏向往小姐的日子。快点干活，有口饭吃就行了，有钱就等下辈子吧。"

小七嘟囔："难道说丫鬟过一天小姐的日子也不可以吗？即使是丫鬟，过一天小姐的日子，尝尝滋味也好啊。哪怕过上就死，也知足了。"

我善意地提醒他："你去深圳找你娘啊，你娘现在不是很有钱吗，你娘总不会不拉你一把吧。"小七立刻垂下头，咬着牙坚决地说："不去！"

这个晚上，我躺在铺上睡不着，一侧身，看见小七也在铺上烙饼，左翻一个身，右翻一个身，他也没睡着，这小东西有心思了。

我的确是当力工的好材料，身上的力气仿佛有股不竭之源，搬完一车家具，即使还有下一车家具要搬，张宝奎和小六小七也至少要呼哧呼哧地歇上半个小时才能起身，而我只要休息三五分钟，刚才几乎耗尽了的力气又充盈全身，我用不着继续休息。我一有空闲，还要跑到电话亭给申楠楠打电话。

给申楠楠打电话，也没有什么主题，天南海北的，就是想和她说说话，听听她的声音。这一天，趁张宝奎和小六小七喝水休息的空当，我找到近处的一间公用电话亭，申楠楠笑着说："又来煲电话粥了，毕大经理，你猜我今天穿了什么衣服？"我把印象中申楠楠的衣服猜了个遍，也没猜中。后来还是申楠楠自己告诉了我，她今天上身穿的是一件棉麻的上衣，条纹盘扣圆领，在中央大街买的，下身搭配的还是从前买的带花刺绣的牛仔裤，申楠楠嗲声嗲气地说："毕大经理，你又不来看我，我穿着这么一身漂亮的衣服给谁看哟。"

我不假思索地说："给周一帆看嘛！"

申楠楠咯咯地笑，说："给他看干吗啊，不给他看，我懒得理他。"

我说："你等着啊，我现在就过去看你。"我并不会真的去看她，我说着玩的，离开茂朝公司，我还没有回过一次茂朝呢。

申楠楠也知道我是说着玩的，逗趣着说："好啊，你来吧，我等你。"

我打着电话，身上像打了鸡血，忽然感觉电话亭外有人，兴冲冲地回头，原来是小七在向我招手。我一看，这个电话时间可不短，居然给申楠楠打了四十分钟，IC卡上的钱已所剩无几，连忙向申楠楠告别。推开电话亭的玻璃门出来，小七说："毕哥，要出发干下一单活了，就等你呢！"又眉飞色舞地问，"毕哥，是给俺嫂子打电话吧，看毕哥的脸色，我就知道是给俺嫂子打电话。"

我装作没好气地骂他："小屁孩儿，嘴上毛都没长齐，还嫂子长嫂子短呢，你能知道啥！"

小七笑嘻嘻地说："瞒不住我的，毕哥，我有女朋友的，那种感觉我懂。"天！原来小七都有女朋友了。

小七的女朋友是他初中同班同学。小七初中没毕业就跑到哈尔滨来了，他的小女朋友还在初中读书。小七说她的学习成绩也不好，不是她爹妈管得严，她早就不想往下读了，就盼着小七能够早一天把她领到哈尔滨来呢！她爹妈也不知她和小七处了男女朋友，如果知道的话，非得把她捶扁不可。

小七喜笑颜开地说："毕哥，我也想早点把她领出来，可现在没有那么多钱啊。"说着伸出指头依次弯曲着，"领出来最起码得租一间房子吧？那得要房租，还有水电煤气费，还得吃饭穿衣，女孩子，你还得对她好点吧，那一个月得多少钱啦？毕哥，咱们干点什么才能多挣钱呢？毕哥，你不打算把俺嫂子也领到哈尔滨来吗？"

看着小七羞涩而幸福的样子，我只觉得脸上发烧。我感觉自己还生活在那只大大的肥皂泡里，人家申楠楠根本不是我的女朋友，而且早已是有夫之妇，我却常常给她打电话，和她煲电话粥，我毕壮志到底是怎么了？我做人怎么这样猥琐呢！要是周一帆知道了会怎么想？要是我们茂朝公司的其他同事知道常常和申楠楠煲电话粥的人是我，我们茂朝公司的其他同事会怎么想？别看人家小七比我小，人家都有女朋友了，人家不干我这样的下三烂事。而我除了有一把力气，除了浑身有使不完的劲儿，许多方面我连小七都比不上。

我痛定思痛，这以后有好长时间没再给申楠楠打电话了。

等我攒够四千元钱的时候，是这一年的五月份了。哈尔滨的街头，大姑娘、小媳妇们都迫不及待地穿上了靓丽的夏装，露出比靓丽的夏装还要靓丽的、白莹莹的肌肤来。我想起了该给申楠楠打个电话，这回，不会再像以前那样煲电话粥了。

申楠楠拿起电话就埋怨我："今天太阳怎么从西边出来了？毕大经理，你老人家居然给我打电话了？你老人家还记得这个电话号啊？啧啧，真不容易！三月份的时候，我满大街找你，也没有你的影子。"申楠楠是满嘴跑火车，哈尔滨这么大，她怎么可能满大街找我？

我也满嘴跑火车："我大连和哈尔滨两地跑，太忙了，这段时间真是太忙了。三月份的时候吧，那时候我在大连呢！你在哈尔滨哪能找到我的影子？再说，你满大街找我，我是邮递员啊，满大街跑？申姐满大街找我，一定是有摊位了吧。"

申楠楠讥讽地说："三月份的时候是有啊，找你找不着，你又跟我玩起了失踪。到现在谁还知道有没有呢？啧啧，毕大经理，像你这么发大财的，'大哥大'早该配上了，你咋连个BP机都舍不得买啊。"

我大言不惭地说："要那个玩意干什么？BP机在国外，是绑在牛腿上的，国外农场主养殖牛，把牛赶出去吃草，农场主觉得该回来挤奶了，一呼BP机，牛听到BP机的滴滴声，就回来了。"

"哟，哟！毕大经理，别跟我扯了，还国外的牛呢。你就实话告诉你申姐吧，你到底是白忙活了，还是太抠门了？"

"白忙活了"就是并没有发财的意思。我宁愿让申楠楠相信我太抠门了，也不愿意让她相信我"白忙活了"。我继续满嘴跑火车，我给申楠楠讲日本的松下公司创始人是如何的发财，可是他如何的节俭，讲香港的李嘉诚又是如何的发财，可是他又如何的节俭。

电话的那一头，申楠楠咯咯地笑个不停，笑完，她冷不丁来一句："毕大经理，你都是大经理了，既然现在又回到了哈尔滨，也该请你申姐小聚一下吧，要不，就在富朝大酒店吧。"我吓了一跳，连忙解释说我马上又要回大连，只好等下次了。申楠楠不置可否，只是咯咯地笑着挂了电话。

我觉得自己一下子被申楠楠揭穿了面皮，下次打电话，我不能继续对她谈松下幸之助和李嘉诚了。

我也觉得我该有台 BP 机了。我二十二岁那年，年轻人拥有一台 BP 机已经成为一种时尚。小青年走在大街上，突然就听见身上嘀嘀地响，像一只小蛐蛐样的叫得欢，于是，潇洒地、风度翩翩地掀开衣襟，掏出一只比火柴盒大不了多少的小机器，然后就急忙四下寻觅公用电话亭，那一系列的动作都时髦极了。

但我二十二岁那年，BP 机很贵，一台摩托罗拉牌的汉字传呼机居然卖到两三千元。就是数字的也还要一千多。我一咬牙买了一台数字的，花了一千四百八十元。为了这一台 BP 机，我至少还要跟张宝奎再搬两个月的家具。

而小七却在我之前离开了翔飞搬家公司。小七早就谋划好了，离开翔飞搬家公司之前一点风声不漏，直到辞职的那一天，我们才知道他要走，原来小七要去一家洗浴中心当搓澡工。张宝奎骂他："你这个瘪犊子，你是保密局的？透漏一点风声，是怕俺去跟你抢活儿还是咋的？"

听说当搓澡工挣钱多，干一个月搓澡工的收入强于在翔飞搬家公司干三个月的搬运工。小六却不屑一顾，小七走后的晚上，小六坐在宿舍的床上痛心地说："保密来保密去，有个毛用。去澡堂子里给人搓澡，下三烂的活儿，还保密，请我去我都不去，打死我也不干。"小六还叹息，"小七的爹要是还活着，要是知道他去干给别人搓澡的活儿，不敲断他的脊梁骨才怪呢！"

张宝奎不吭声，靠在床头，一支接一支的抽烟，我们的宿舍里满是劣质烟草的气味和身上、被褥上的汗臭味。

第十三章

　　我做梦也没有想到，在我正打算离开而尚在翔飞搬家公司当力工的时候，一个意想不到的人突然出现了。

　　已经到了七月末，哈尔滨一年最热的时候。这天上午，我和张宝奎已经完成了一单搬家的活，又接到汪总的指令，从道里区的一个家具城搬一套家具到南岗区的松江小区。

　　这套家具不多，只是一张床、一个席梦思床垫、一个书橱和一套沙发、茶几。东西虽然不多，但都很名贵，除了席梦思床垫和沙发靠垫外，全是正宗的缅甸红木做的。来翔飞搬家公司搬了好几个月的家具，我也知道缅甸红木是红木中的上品。这一套家具，货真价实，淡红色的纹理，闪着富丽堂皇的光晕。

　　小七走后，又来了个小八，小八叫于振武，岁数虽然比小六还大两岁，因为来得晚，长得比小六还瘦小，大家就管他叫"小八"了。小六和小八搭班抬轻一点的家具。我和张宝奎搭班抬重一点的家具。我们俩抬着床箱往单元房里搬，依然是我在前，张宝奎在后。全实木的床箱真沉，张宝奎累得呼哧带喘，搬进单元房，摆放在指定位置，张宝奎喘了一口气，擦了一把汗，这家伙羡慕不已地说："他娘的瘪犊子，老子这辈子要能在这张床上做回爱，爽一次也死也值得。"张宝奎一个人在外，最近想老婆想得厉害了。

我笑了，刚打算骂他一句。男主人进来了，是个小伙子，二十四五岁的样子，长得高大帅气，上身穿一件浅蓝色的T恤，下身着一条米黄色的休闲裤，脚踏一双棕色带网眼的皮鞋，左腋下夹着一只棕色的皮包，那皮包一看就是高档货，真皮的，也不知是多少钱买的。小伙子长得帅，脾气却不好，头发剪得很短，根根直立着，脖子上青筋暴起多高，张口就骂张宝奎："你他妈的没长眼是不是，你就不能给我放轻点。我可告诉你，爷这张床就是一万八千元，你要是把它磕掉了一块漆，爷就让你扛回家去。"

张宝奎刚刚还在做美梦，嘴角挂着艳羡的笑容，这会儿一下子从美梦中跌落到冷冰冰的现实，无端挨了骂，感觉自己受了莫大的委屈，他指着床箱说："你看看，你看看，老板，你这床箱完好无损嘛，一点划痕都没有，哪有划痕了？更别说磕掉一块漆了。我搬了好几年的家了，我搬家还从来没有出过问题。"

小伙子眼睛本来不小，这下更是瞪得溜圆，跟牛眼一般，说："废话！你搬了好几年的家了你就成'专家'了吗？你他妈的没磕着我的床，磕着我的地板了。我告诉你放轻点，你还不服！你知道我的地板都是什么材料做的吗？你要是把它磕了一点，你赔得起吗？"

小伙子骂完人，嘴就向两边撇，嘴角有点微微上翘，一副老子天下第一，谁都瞧不起的样子。

人上一百形形色色，在翔飞搬家公司，我们遇到的客户还是以善良的居多，偶尔也会遇到个别蛮横的客户，但我们干的是出苦力的活儿，光脚不怕穿鞋的，所以也不惧他。张宝奎受欺负，我不能袖手旁观，我想，你他妈的怎么说话呢！正要跃跃欲试时，有个女声传进来：

"亚杰，那么大声干什么？有话好好说，和工人好好说话！"

我一下呆住了，我的天！不会搞错吧，这声音怎么这么熟悉呢！它的音节它的音调，它的柔美它的甜蜜，我身上的每个细胞都曾记得，消失了这么多年，蓦然间，它又回来了。蓦然间，我身上的每一个细胞都对这声音张开了饥渴的嘴。我惊慌失措地往声音传来的方向望去。

一个女人飘进房间来了。她秀发飘散在肩头，那一头秀发，在宋词里叫"绿云"的。她肤如凝脂，眉目含情，秀美的嘴唇就像一朵盛开的玫瑰花。她上身穿着一件黄色的、露着小腰的T恤，胸脯高挺。下身穿着一条牛仔裤，显得双腿更加修长迷人。我一看，虽然刚才已经有了心理准备，这会儿还是傻了，这不是宋燕秋吗？不是宋燕秋又是谁？

宋燕秋也认出了我，她愣怔了片刻，像发现了新大陆似的，瞪大了眼睛说："毕壮志！嗬，老同学，没想到啊，没想到啊……"她连说了好几个"没想到"，"这世界多小啊。亚杰，我说你请搬家公司，怎么把我的同学请到家来了啊！"她指着我对那个帅气的小伙子说，"亚杰，这是我高中同学毕壮志。"

张宝奎见我们认识，还在边上傻愣愣地站着。我用脚跟轻磕了他一下，这小子识趣，醒悟过来，悄悄地溜了出去。

我在这个地方，这种场合邂逅宋燕秋，既欣喜又心酸，还有许多说不清道不出的滋味，真是百味杂陈、百感交集，一时不知话从何起。但又不能不说话，我于是傻傻地问了一句："宋燕秋，你不是在沈阳吗？"

宋燕秋忽闪着美丽的大眼，轻声细语地说："对啊，我是在沈阳上的大学。这不现在已经毕业了吗？我就和韩亚杰回哈尔滨了。对了，这是我男朋友韩亚杰，他是我的大学同学。"

我不喜欢韩亚杰，打第一眼看见他时就不喜欢，若不是宋燕秋出现，凭他刚才呵斥张宝奎的语气，我们之间一定会发生言语上的冲突。现在知道他就是宋燕秋的男朋友，心里愈加抵触他，我不想和他打交道，一辈子也不会和他打交道，一辈子不见他这副丑恶的嘴脸才好呢。宋燕秋怎么看上了他，还让他做了自己的男朋友！就凭他有钱？宋燕秋这么俗气？我一时不得其解。

现在，既然宋燕秋这么大方地向我介绍了他，我应该表现出一种气度，对他礼貌些，我是有教养的人，虽然我心里是一百个不情愿，但我还是伸出一张友好的手。

可韩亚杰并不和我握手，只是朝我的手上看了看，嘴角依然挂着那份傲然的冷笑。我做力工，手上自然满是污垢。韩亚杰不和我握手，我意识到了可能是因为这个，我自嘲地把手在裤子上擦了擦，再伸出来。韩亚杰仍然不和我握手，只是意味深长地朝我的手上又看了看，并且呵呵地笑了一下。这一笑让我既羞惭又恼火。

宋燕秋看出了我们之间的尴尬，善良的她是为了打消这种尴尬吧，她十分热情地邀请："老同学，你看看，家里还没来得及收拾，连个凳子都没有。老同学见面，也不用客气吧，你就坐到沙发上来吧。"又转身对韩亚杰说，"亚杰，家里什么都没有，要不你先下去买两瓶饮料上来？"韩亚杰不动，没有要下去买饮料的意思。我也不管衣服脏不脏的，真的就大大咧咧地坐到他们新买来的沙发上了。沙发上套了塑料膜，我不会弄脏他们的新沙发。

韩亚杰的脸阴沉得能滴下水来，因为我坐到了他崭新的沙发上，因为他觉得我不配坐在他高贵富丽的沙发上。

宋燕秋的脸上笑意吟吟的，她说："老同学，以前不是听说你在什么房屋开发公司做设计部经理吗？亚杰，人家毕壮志可是个人才，自学成才！他没有上过专门的建筑学院，可图纸却画得很好，独立设计过一所小学的建筑图，我们县城一所小学的建筑图纸就是他设计的。"

韩亚杰抱着膀子，看宋燕秋笑意吟吟地靠近我，那一双牛眼里都要喷出火来了，他冷笑着不语。我瞧见他的样子，心里竟然变态地闪现出几分快意。

宋燕秋不懂我们这个行业，她小心翼翼地问："老同学，你们搞建筑设计的，也顺便干搬家的活儿吗？"

我脑袋一时发热，或者说我灵机一动，我竟然告诉宋燕秋，这家搬家公司其实是我开的。那些年，我们翔飞搬家公司在报纸的夹缝里打广告，每周都打广告。韩亚杰不一定认识我们公司的汪总，他或者是通过报纸上的广告找到我们搬家公司的，或者是由经营家具的商家代找我们搬家公司的。我告诉宋燕秋，我为啥不干建筑设计了呢？是因为我觉得干建筑设计干得再好，不过就是一个白领，白领说白了还是给别人打工。我不想给别人打工，我想干一番自己的事业。可是我从木泥河那么偏远的乡村出来的，身边又没有足够的资金，所以，我就先从搬家公司干起。干搬家公司不是本钱小嘛！

宋燕秋听了，不知道是出于真心还是出于礼貌，连连跷起大拇指夸我："老同学，你太了不起了！我们高中同学，有你这样想法的人可不多呢。这么的，你得多和我们家亚杰交流交流。这回也认识门了，有空你就过来啊。"

韩亚杰冲我咧咧嘴，硬生生挤出一点笑意，那笑变成了一把把刀，刀刀把我扎个透心凉。

宋燕秋对着韩亚杰继续夸我："亚杰，你回哈尔滨要自己创业，你可真得好好向我这位同学学一学，我这个老同学身上有这么多闪光的东西，你看人家自己创办了搬家公司，还和他的工人一起干活。这叫什么，这就叫同甘共苦，上下一心。"

宋燕秋一夸，我心湖里的怪兽就受到了这夸奖的蛊惑，一只只按捺不住地探出头来，它们争先恐后地往上弹跃。哦，对了，我身边的人儿身上飘散的一股淡淡的体香，唤醒了当年的它们在木泥河畔的记忆。当年木泥河畔那个纯真的少女已经不见了，变幻到我眼前的分明是一位风姿绰约的少妇。时光啊，你为什么要流淌？如果你不会流淌，你就停留在一个人生命中那最美好的片刻，那样该有多好！

就在这时候，张宝奎这家伙火急火燎地跑进来了，我明白他一定是来催我下楼，就冲他眨眨眼，意思是我知道了，稍等我片刻。张宝奎这家伙却视而不见，亮着嗓门冲我喊："毕壮志，你小子别磨蹭了，汪总让我们去干下一单的活呢！汪总说了，去晚了，要扣我们这个月的奖金！"

冷不丁张宝奎一句话揭穿了我的老底。宋燕秋依然对我笑着，只是那笑显得很尴尬，我面红耳赤不敢再看她，一时恨不得找个地缝钻进去。在我将要仓皇离去之际，韩亚杰却突然大度地握住了我的手，摇了摇，并呵呵地发出两声冷笑。

我真是丢人丢大了！我发誓我再也不见宋燕秋和韩亚杰了，我发誓以后再也不踏进松江小区的门。

一出松江小区的门，我难抑心头的恶气，狠狠地踹了张宝奎一脚，张宝奎"哎哟"了一声，喊："毕壮志，你这个小瘪犊子想干啥？"

我气愤地说："干啥你不知道？你成心喊那一嗓子，显得你是组长是不是？显得你管着我是不是？你让我在我的初恋女友面前抬不起头来，你让我以后还怎么做人？"

张宝奎辩解："我哪是成心的，我对老天爷发誓！我哪里知道你俩那么多猫腻事，那个女的不就是你同学吗？"

"是同学，你也不该喊那一嗓子啊。"我又踹了张宝奎一脚。张宝奎飞快地爬进搬家车的驾驶室。

"你就是矫情。"坐在驾驶座后座上的张宝奎还不服。

"你再废话，信不信我捶扁你！"我冲张宝奎吼。小六在前面驾驶着搬家车，小八坐在副驾上，两个人东一句西一句地当着和事佬。

接下来的搬家活儿，我一直让张宝奎抬前面，张宝奎不敢反驳，这趟活儿他吃了不少亏却不敢吭声。

晚上回到宿舍，想起白天的事，我仍然怨愤难消，骂张宝奎："你小子太阴险了，你故意在我同学跟前喊一嗓子，不给我留一点面子。是不是我以前打过你，你一直怀恨在心？"

张宝奎委屈地说："谁怀恨在心了？是汪总催得紧嘛！"

张宝奎不辩解还好，一辩解气得我的火苗噌地往上一蹿，我一把揪住张宝奎，说："纯属放屁，就算是汪总催得再紧，也不差那三五分钟啊，我都朝你眨眼了，你干啥非得亮那一嗓子？让我在我同学面前没法做人。"

张宝奎不甘示弱地喊："毕壮志，你撒手！我就是亮那一嗓子有啥错？要动武就动武，你以为你长得人高马大的我真怕了你不成？"

小六和小八见势不妙，扑过来把我和张宝奎分开。张宝奎却气咻咻的，觉得自己受了天大的委屈，非要扑过来踢我几脚不可，不然自己吃了亏。

小六拼命地拦住他，对他说："老大，毕哥今天是见到初恋女友，初恋女友就是旧日情人，人家正在叙旧，你火急火燎地冲撞了人家的好事了。"

张宝奎愤愤不平，说："就算是旧日情人，但人家有男朋友了啊，人家男朋友就在身边啊。我哪冲撞了他的好事啊。哦，见了旧日情人就了不得啊，见了旧日情人火气就那么大吗！你以为我真怕你吗？"

我撸起袖子，扑过来，喊："不服就单挑。"小八一把抱住我的腰，低头把我往相反的方向顶。

张宝奎七个不服八个不忿，说："单挑就单挑。"张宝奎今天也是豁出来的意思。

小八把我顶到门边，扭头劝和："老大，你就少说两句。毕哥不是见了旧日情人火气大，而是见了旧日情人的男朋友火气大。爱人出嫁了，丈夫不是我，那滋味不好受啊，而且你不是也见了那家伙牛气哄哄的，搁谁眼里谁能舒服。"小六和小八都很瘦小，长得不像我们东北人。奇怪，来搬家公司当力工的，偏偏瘦猴样的人多，像我这样人高马大的却很少，怪不得汪总说我是个当力工的好料。

张宝奎明知打不过我，经小六和小八一劝，借坡下驴，口气缓和下来了，说："旧情人，旧情人，情人都成旧的了，还动啥心？脾气还那么冲。这年头，谁怕你呢，毕壮志，我好歹年龄比你大，不跟你一般见识！"

小八一张巧嘴，左右逢源，说软了张宝奎，又转过来安慰我："毕哥，天涯何处无芳草，兔子不吃窝边草。兄弟如手足，女人如衣服。

既然是旧的了，就不要太在意，旧的不去新的不来嘛。话说回来，毕哥也该有个女人了。"瘦猴子小八一番话说得乱七八糟的。

小六推波助澜，问："毕哥，你想找个什么样的女人？你说出来，弟兄们好帮你张罗着。"

我鄙夷地说："拉倒吧，自己连女人的边都没沾过，还要给我张罗！"也觉得自己的确对张宝奎有点过分，就不再作势往前扑了，四仰八叉地躺到自己的床铺上。

小八油腔滑调地说："哎，毕哥，这话可不能这么讲。普天之下，弟为哥张罗嫂子的不少见啊，我们村里就有两位呢！对了，毕哥，"小八说到这，一拍大腿，"我把我堂姐介绍给你怎么样，我堂姐长得漂亮啊，到时你成我姐夫了，这叫肥水不流外人田……"

我故意气小八："你堂姐我还看不上呢。有种，你就帮我找一位哈尔滨的姑娘，不但要有哈尔滨市的户口，还要长得漂亮。"

小六倒吸一口凉气，竖起一根大拇指在我眼前一晃说："乖乖，毕哥！心气儿高，兄弟佩服！"

张宝奎气乐了，对我说："切，也不撒泡尿照照自己。"又说给小六和小八听，"他是耗子爬到树梢上——自高自大。疯狗咬月亮——不知天高地厚！"

小八刚才不顾一切阻拦我时，胳膊上挨了我几拳，这会见我平静下来了，报复我说："毕哥，说句你不爱听的，咱们一样，是个盲流，跑到哈尔滨来打工，既没有好工作，又没有钱。再说那哈尔滨姑娘心气儿高着呢，你要找哈尔滨姑娘，除非那姑娘是瞎子、是跛子……"

小六笑着补充："是残联的。"

小八感慨："是残联的都未必能看上咱呢！"这哥俩的话把我气得直瞪白眼。

我的确到了应该有个女朋友的年纪了，无论是生理还是心理上都需要。不知是因为小六和小八上心，还是因为别的什么。后来，有客户还真给我介绍了一位哈尔滨女子。

　　我找了一个休息的时间，跑到中央大街的一家茶室和这女子见了面。这女子模样周正，倒也不瞎不跛，也不是残联的。只是命运多舛，饱经沧桑，离过两次婚，死了两任丈夫。年龄也比我大了足足十二岁，脸上的皮肤都松弛了，耷拉着眼袋，拖着一双儿女。她见了我，一副认命了的口气，实实惠惠地说："唉，毕壮志，你的情况我都了解了。只要你真心对我好，对我这两个宝宝好，我就和你过日子，不嫌你是外地人，也不嫌你没有正式工作，只是，你挣的每一分钱要交给我。"

　　女人的眉眼间盛满愁苦，她在跟我说话的时候，我都觉得那愁苦像无边的雾气，一层层向我漫漶而来，让我也变得哀愁起来。女人在向我真诚表白的时候，她身后的一双儿女不约而同地冲我挤眉弄眼，男孩儿七八岁，女孩儿四五岁，他们合谋要逗我，想把我逗成猴子玩！

　　难道我毕壮志现在活得真是这么窝囊吗？！

　　这次相亲不欢而散。晚上回到宿舍，小六和小八劝我："别不知足了，毕哥。人家见你高大威猛，又听说你读了高中，好歹算个文化人，要是换了我们哥儿俩，没准人家连瞧都不瞧一眼呢。"

　　我找他们要烟抽，我内心充满了无限的悲哀、愁闷和绝望，我需要烟草的气息来填充、来挤走它们。张宝奎掏出烟盒，是"琥珀"牌的，抽出一支点着了递给我。我记得有人说第一次抽烟要咳嗽，我猛吸一口，没有咳嗽，一股浓烈的烟草气息直抵肺腑，它在我的五脏六腑中游走，让我的五脏六腑有了一种说不出的畅快，我学着张宝奎的样子，徐徐吐气，两道烟柱如两条长蛇从我鼻孔中缓缓而出。我一支接一支地抽起来，张宝奎心疼他的烟，不肯再给我，我掏出一张钞票拍给他，我把这盒烟都拿了过来。抽烟的感觉就像喝酒一样，可以让人微醺，烟气充斥进来，充盈体内的悲哀、愁闷和绝望果然就被挤走了。这个晚上，我被一盒烟弄醉了，人事不知。

一觉醒来，天已微明。张宝奎和小六、小八还在梦里，鼾声此起彼伏，室内烟雾弥漫。我只觉得口腔发苦，起来想找水喝，杯子里、水壶中都空空如也。我觉得憋闷得很，推开了后窗，室内的烟雾哗的一声绕过我的脑袋朝窗外挤去，吓得我急忙往旁边一闪。不一会儿，室内的烟雾全都逃出窗外，口腔中的苦味似乎也减轻了一些，我再转到窗前朝外看，突然发现，窗外也有一双眼睛正盯着我看。它就停在云杉伸向我们窗口的那根树枝上，麻雀大小，腹部是白色的，腹部以上的羽毛闪着蓝幽幽的光泽，我离它那么近，它却没有惊慌地飞走，仍然歪着小脑袋，用那一双黑豆似的亮闪闪的眼睛专注地盯着我。那一双黑豆似的亮闪闪的眼睛，像有千言万语要对我诉说。我激动起来，我朝它伸出一只手掌，我期待它能飞到我的手上。我记得，它就是木泥河边的那只鸟，我和宋燕秋相约木泥河边时，我就见过它。它也见过我们，没想到过去了这么多年，它居然也来到了哈尔滨，它居然也找到了我，它是不是也找到宋燕秋了？

"毕壮志，你魔怔了是不是，一大早也不睡。"张宝奎醒了，小六和小八也醒了，他们怪异地看着我。

我再看窗外的那只鸟儿，它又用那双黑豆似的亮闪闪的眼睛盯了我一眼，嗖的一声飞走，再也不见了踪迹。那根云杉的枝条微微颤动了一下，恢复了常态。

我知道那只鸟是为了告诉我，不要气馁，不要自轻自贱的。我相信我的明天会好起来，后天会更好！我就不信自己找不到一位有哈尔滨市户口的漂亮姑娘，我一定要找一位这样的姑娘，她一定要比宋燕秋漂亮。如果我的心愿满足了，我结婚的那天，我别人不一定请，我一定要请宋燕秋和韩亚杰两口子来，让他们一起来分享我的喜悦。我想起那个眉眼间盛满愁苦的女人，她对我说的那些实实惠惠的话，让我心上有个叫自尊的东西隐隐作痛。

接下来的几天，每天早晨我都像中了魔怔一样推开后窗，可是，那只鸟再也没有出现过。

我必须尽快离开翔飞搬家公司，我不能和张宝奎、小六和小八这样的人混在一起。

第十四章

一个月后，我断然拒绝了汪总的盛情挽留，毫不犹豫地从翔飞搬家公司辞了职。此前，在翔飞搬家公司当力工时，我留意过道里区梅林苑小区有家水果店对外招租，一年租金要八千元，租金可以半年一交，这是吸引我的地方。我交了四千元把它租了下来。不是不想继续做"海参"梦了，是因为这时候我在哈尔滨市已经找不到一家一年只要八千元的海鲜摊位了，现在的海鲜摊位至少要一万元以上，而且一年一交，再加上三个月的押金，不打一点折扣。我没有那么多钱，我一时也凑不出来那么多钱，我的梦只能从水果梦开始。

有了店面，好歹也算当上了小老板，首先得解决交通工具问题。不仅涉及个人的出行，进货也得需要交通工具，租别人的车只会增加运营成本。创业之始，以勤俭节约为本。我在一家废品收购站买了一辆自行车，换了后胎和一只脚踏板，花了我五十元钱。这是一台破旧的饱经风霜的自行车，我骑着它，常常产生自己骑在一只瘦瘠却仍然在蹒跚的老驴背上的感觉。它也常常觉得自己一把年纪了，不能安享晚年，一把老骨头都快散架了，还得风里雨里为我这样一个又高又壮的小伙子奔命而不满。我骑着它，它不时"嘎——嘎——"的连续发出几声叹息。有时，我真担心它突然就瘫软了、就撂挑子了，一下子把我掀翻在地，把后座上满载的水果撒满街头。但它叹息归叹息，牢骚归牢骚，生命力却出人意外地顽强，一天天地为我发挥着余热。

干了一天，晚上把放在水果店角落的一张折叠床打开来，我躺在上面盘算一天的营业收入。天！第一天我就赚了二百三十四元七角八分，我不敢相信自己的眼睛，又把一堆零乱的钞票翻过来，一张一张清点，果然还是二百三十四元七角八分。那一刻，你无法想象我欣喜若狂的样子，我从折叠床上跳下来，赤着脚在屋子里又蹦又跳，我多么想把这好消息跟人分享，第一时间我想到了申楠楠。晚上了，不方便给她打电话；我想告诉我娘，我家还没有装电话……我想了一圈，一时居然找不到可以分享喜悦的对象。

我兴奋得半宿都没睡好觉。第二天清晨，梅林苑小区还在酣睡中，我就骑着那老迈的自行车跑到了水果批发市场，我一点都不困，也没有一点疲乏的感觉。各种各样的水果，成筐成筐地绑到自行车上，后座绑了八筐，车把一边各绑两筐。我的自行车真成一头负重的驴了，不，不是驴，是一座水果堆成的山，水果山。我在水果山之间奋力地蹬着脚踏，心情比哈尔滨清晨的空气还芬芳，还甜蜜。

一个月下来，一盘算，又吓了一跳，差不多赚回了半年的租金。钱，这么好赚，前面的店主干吗要出兑呢？原来是两夫妻反目成仇，好好的日子不想往下过了。

伟人提倡，让一部分人先富起来。住在梅林苑小区的就是那先富起来的一部分人。进进出出的男人一个个都像绅士，进进出出的女人一个个都像淑女。

有些绅士和淑女来我的水果店次数多了，我们就熟悉了。有位热心肠的阿姨先冲我跷大拇指，"你这小伙子做买卖行，不短斤少两，实诚！"旁边那位大叔接话了："做买卖就得实诚，不要玩小聪明，像小黄那样搞，怎么行！卖水果的又不是你这一家。你价钱贵点都不怕，就别耍心眼，短斤少两。"那个阿姨说："小黄那孩子，以前也很实诚的，后来是不想干了。"小黄，就是前店主，小黄是个女的，把自己的丈夫当仇人，也把顾客当仇人了，这生意还能做得下去？

我毕壮志绝对不会干这种缺德事，我不但不干这种缺德事，我的价钱也随行就市，绝对不比他店贵一分两分。

不但如此，我的水果店在小区东门一侧，有人往小区一户人家送东西，可那户人家没有人在家，那人就在那户人家的门上留了个字条，把东西临时放在我这里。那户人家的人回来看见了字条，跑到我这里取走了东西。渐渐地，绅士、淑女们都很相信我，不少人把我这个水果店当成他们的临时"存包处"，当然，我这个"存包处"和火车站的"存包处"不一样，我不收取任何人一分钱的存包费。

我说他们一个个都像绅士和淑女，并不是说他们轻声细语、举手投足都像英国人那样。而是觉得他们买水果，哪怕买成筐的水果，他们绝对不会想到要去批发市场去买。也许是他们以为批发市场只做批发，不会零售他们水果；也许他们时间宝贵，不屑于往批发市场跑；也许他们觉得，上帝的归上帝，撒旦的归撒旦，卖水果的钱归卖水果的挣；也许他们压根儿就不差钱。

有了一点钱后，我的虚荣心又开始作祟了。我迫切希望别人知道我的近况，让别人分享我的喜悦。我这些"别人"指的是曾经认识我的人，是在我的生命中留下刻骨铭心印记的人。譬如李茂朝，譬如申楠楠，譬如姜小美，甚至是大老李，甚至是宋燕秋……我怎么又想起她了，啊呸，瞧我这点出息。

然而，我又想，我这是穷人乍富。我这一点的喜悦，自己觉得比天大、比海阔，自己觉得掉进蜜罐子了，但人家宋燕秋、李茂朝乃至申楠楠也许会觉得我这点钱实在太可怜了，太微不足道了，混到开一家小水果店，有什么好显摆的呢，真是太没见过世面了。一显摆，没准只会让他们嗤之以鼻，并且哂笑半天。尤其是宋燕秋，没准在她眼里，我挣的这点钱，还不够买人家韩亚杰一张床的。

可是，人又是社会性的动物，我不想在他们的心目中消失，我不想让他们觉得我毕壮志已经人间蒸发。"富贵不还乡如锦衣夜行"，我这点喜悦，不让人分享，憋在心里不就和"锦衣夜行"一样吗？

憋在心里也实在让我难受，让我寝食难安，让我找不到做人的自尊与喜悦。思来想去，我决定先把我的喜悦分享给张宝奎，分享给小六、小七和小八。当然，如果有可能，也让曾经拖欠了他半个月房租、就把我赶出出租屋的光棍汉来分享。

张宝奎很快给我打来电话，他不给我的面子，没有接受我的邀请来我的水果店参观，因为公司的业务多，他忙得很。张宝奎只是将信将疑地问："这么说来，毕壮志，你这个瘪犊子真算当上老板了？"

我心里甜蜜，嘴上不忘谦虚："哪里，哪里，一点小本生意，能活下去而已。"

张宝奎不相信，问："卖那玩意儿，卖点苹果橘子啥的，比干搬家的活儿还来钱？"

我有心想告诉这个可怜的人儿实话，可是转念一想，觉得如果把实话告诉他，那他也跑到梅林苑小区，或者即使不跑到梅林苑小区，而是跑到附近的小区，也开一家水果店，这不是自己给自己找了个竞争对手吗？我又后悔自己要显摆什么，显摆什么呢？我对张宝奎说："来啥钱！来钱倒不来钱，甚至比干搬家的活儿还操心，还累，天没亮，就得起身往批发市场跑，晚上要忙乎到八九点钟，累得腰酸背痛……"

"倒！放着好好搬家的活儿你不干！搬家的活儿累是累了点，但不操心啊。你这个小瘪犊子倒好，自己寻个不来钱又累又操心的活儿。"张宝奎骂我，"毕壮志，你不彪吗？"

"关键我自己说了算呀，我自己就是自己的老板，我不用被别人呵斥来呵斥去。"我辩解。

张宝奎不屑地说："照你这样的说法，我搁乡下种大地，不也是自己给自己当老板啊，不也是不用被别人呵斥来呵斥去吗，关键看能不能挣着钱！"

我说："老大，等我水果店干不下去了，还去跟你混！"

张宝奎又不相信我的话了，说："操，干不下去你还干？打死我都不相信。"张宝奎挂了电话。

我通过张宝奎找到小六，我想把喜悦分享给小六。没想到小六跟张宝奎一个德行，他忧郁地对我说："毕哥，常言说得好，'人争一口气，佛争一炷香。'这个道理你和我都知道。我的意思是你别那么太要强，强撑着自己，死要面子活受罪。假如真在外面混不下去了，就回来，不行就跟汪总道个歉，汪总还念叨你好几遍呢。你回来，咱哥几个还搁一堆干。大碗喝酒，大块吃肉。晚上搁一堆躺宿舍铺上胡吹海侃一通，多好啊！你别看老大没读几年书，可我觉得老大这话说得对，卖水果那活儿哪是男人干的啊，是女人干的活儿！咱在外面混得不容易了，咱千万别争那口气啊，毕哥。"小六一席话说得我眼泪差点掉下来。小八和小六一起的，再加上我和小八在一起待的时间短，他就没有单独给我打电话，我想小六的意思也一定就是小八的意思。

小七在浴池当搓澡工，身上也有了一只 BP 机，但他没有立刻回我的电话，我一忙就忘了呼过了小七。没想到，晚上小七却跑到梅林苑小区来了。上梅林苑小区东门一侧水果店来分享我初步成功喜悦的只有小七一个人。

小七找到我水果店的时候，差不多晚上六点半左右了。这家伙穿着雪白的衬衣，袖口的扣子都扣得规规矩矩的，就差打领带了。下身穿条湖蓝色的裤子，裤缝笔直，脚上穿一双黑色的鳄鱼牌皮鞋。再看头发，滑溜溜地贴在头皮上，可能是打了发胶，梳子留下的齿痕一道道地十分清晰地留在发间。刚进水果店时，一副公子哥儿的模样，我差一点都没认出来。心想，呵，好啊，又进来一位绅士。真是人靠衣装马靠鞍啊！

晚上六七点的时候，我的生意好着呢，人来人往的，顾客不断，我没有时间好好招待小七。好在小七有公子哥儿的外皮，却没有公子哥儿的架子，他热情地说："毕哥，咱哥俩谁跟谁啊。你忙不过来，我帮你打打下手什么的，怎么干你吩咐！"

毕竟是一个屋子里待过的兄弟，我就不和他客气了，吩咐："小七，从筐子里挑两串新鲜的葡萄出来。"他解开衬衣袖口的扣子，挽起袖口，弓身从装葡萄的葛筐里拿出两串葡萄，屁颠颠地递到我面前的电子秤盘上。

一会儿，我又吩咐："小七，在西瓜堆里捧一个大西瓜出来。要大一些的，十斤以上的。"小七立刻撅着屁股一边在西瓜堆里扒拉，一边问我，"毕哥，这个行不？毕哥，那个行不？"

一直忙到晚上八点，水果店里才渐渐清静下来。闲下来的小七咧嘴朝我笑："毕哥，生意不错啊。"

"唉！小本生意，小本生意！不像你发大财，你看你现在打扮得像阔少一样，刚进我店时，我以为来了一位新顾客呢！怎么样？听说发财得很。"

小七不回答，只是嘻嘻地笑。两个月不见，小七变胖了，也变白了，但白得没有血色。我想这是他当搓澡工，在浴池里被水蒸气熏久了的缘故。

关了店门，我请小七到附近一家餐馆吃饭。我要了一份辣炒肥肠、一份东北乱炖、一碟老醋花生，外带两瓶啤酒。

一打开啤酒，才知小七这厮酒量了得，是真人不露相。满满一杯啤酒，他一仰脖子，咕咚一声就灌进肚里了。两瓶啤酒，我刚喝了一杯，就全见底了。我潇洒地打了个响指，让服务员再送来四瓶。

小七左手举杯，右手夹菜，双手上下开弓，像只猴似的，没有一刻消停。给我的感觉是，小七的穿着打扮进入了现代文明时代，而生活习惯却依然停留在蛮荒时代。

瘦猴一样的小七，那时候干搬家的活儿，那些柜子、桌子、床和冰箱什么的，没给他压趴下就算万幸了。没想到，这小子，现在也活得风光起来了。我举起酒杯，对小七说："你改行了发财啦，你是有志气的。"我想起了张宝奎和小六，觉得他们俩都是没志气的人。

小七喝了啤酒，白脸变成红脸，满面红光地说："发财谈不上，但肯定比在翔飞搬家公司强啊！不然谁改行，对吧，毕哥。"

"小七不简单！小七了不起！改行哪有那么容易的，谁敢轻易改行？"

"我这是哪儿跟哪儿啊，不过，毕哥，'男怕入错行'这句话一点都不假，在翔飞搬家公司就是累死了，也挣不了几个钱。老大为争个组长当还弄得急赤白脸的，搁现在的我，给我，我都不想干。"

"兄弟，我和你一样，给我，我也不想干！我不还是让张宝奎干吗？原来汪总的意思是让我当组长的……"我聊起了从前的故事。

小七冲我跷大拇指："毕哥，我就佩服你这样的人。"

我们越聊越投机，聊着聊着小七忽然把啤酒瓶往桌子上一蹾，打着酒嗝说："毕、毕哥，我认下你这个哥哥就是对了。从此，我小七不叫你毕哥了！"

我大吃一惊，不知道小七脑子里哪根弦出了问题，问："那叫什么呢？"

"我就管你叫哥，哥，你是我哥！你就是我亲哥！"

"好！"我举起杯，"我就认下你这个亲弟了。"我说这句话时，压根儿就没有考虑要不要征求毕二毛和毕三毛的意见。

小七一仰脖子，咕咚又是一杯啤酒灌进去，沫儿挂在嘴角都不擦，说："哥对小弟够意思，小弟一定也要对哥够意思。我对哥说，哥可别小瞧我……"

"哥怎么会小瞧你呢，哪有做哥的小瞧做弟弟的。"我也喝高兴了。

小七大声大气地说："哥没小瞧弟弟就好，我告诉哥，当搓澡工挣那点钱算啥，算啥嘛，小弟我有得是发财的机会。别人，什么老大、小六我都不告诉，我不向他们透漏一个字。你是哥，有发财的机会，我一定要告诉我哥啊……"

我虽然喝高兴了，却没有喝多，看见小酒馆里还有几个在喝酒的汉子朝我们这边张望着，我忙把小七的话挡回去："小七！兄弟！

你喝醉了？"

　　小七哪知道我的苦心，他正侃得高兴，唾沫乱飞地吹："哥，我喝醉了？我哪能喝醉呢。我爹能喝酒，在我们那旮旯，我爹人送外号'喝不倒'。我爹白酒能喝二斤半不醉。爹叫喝不倒，儿子能喝醉？哥，小弟有发财的机会……"

　　"兄弟，你轻点声，你有什么发财的机会？你有发财的机会你还在浴池当搓澡工？"我替他遮掩。

　　"哥，哥是看不起小弟了啊！哥，哥你是看不起小弟了啊！"小七傻乎乎地喊，"哥，俗话说，龟有龟道，鳖有鳖道，这个道理你懂不懂，你咋可以看不起小弟呢？"

　　"我哪敢看不起你啊，兄弟你是喝多了，你真的喝多了。"我不想让小七再胡言乱语下去，大声唤来服务员，买了单。

　　小七是真的醉了，走路都朝一边歪斜，摇摇摆摆的，像一只受伤的、趔趔趄趄扑棱着翅膀、想要飞却飞不起来的鸟。我扶他，他还拿手推我，嘴中嘟嘟囔囔的，"哥，我没醉，我没事。"但终于还是让我扶住了，我扶他走出小餐馆的门，叫了一辆出租车，我不放心让他一个人回去，我要把喝醉了的他送到他工作的浴池。

　　我们坐在车后座上，司机熟练地摆动着方向盘，远处的街灯像天边的繁星一样点点闪烁。小七的脑袋靠在我的肩头，醉酒的他在车辆的颠簸中睡着了。我一点也不后悔那点可怜的虚荣心给自己带来的麻烦，相反觉得晚上请小七吃饭、现在打车送小七回宿舍都有一种豪情在我的血脉中涌动。

　　"哥，我真有发财的机会，真的，看你想不想干？"突然，我的耳畔传来一个声音，压得低低的，像从地狱里传出来的声音。不用猜，我都知道声音是从哪儿来的。我浑身一个激灵，脱口问小七：

"啥发财的机会？"我受了小七声音的感染，声音也压得低低的。

小七的脑袋离开了我的肩头，借着街灯闪烁的光，我发现他的眼像老鼠一样闪着贼溜溜的光芒。这是黑暗中的小七，黑暗中的小七是陌生的小七，他不是我熟悉的小七，我平时熟悉的小七一下子闪到记忆中，在我的眼前像街灯一样迷蒙起来。

黑暗中的小七说出三个字，每个字都像是从牙缝中挤出来的，每个字都带着一股寒气："摇——头——丸！"

寒气让我浑身起了鸡皮疙瘩，寒气也像一把刀，刺穿了前面的出租车司机，他毫无来由地踩了一脚刹车，让坐在后排的我们的身子往前一扑又重重往后一顿。

我对小七说："兄弟，你醉了！"我拧了他的大腿一把，我是想让他清醒一下，不能这么无所顾忌地说话。

小七不知好歹，一点也不避讳。"我没醉，哥，摇头丸又不是海洛因，又不是要你吃，你那么紧张干啥啊？只要帮着带带货，就是一本万利的事……"

"我听说过那个东西，那就是毒品，那东西绝对不能沾！小七，你真的醉了，你醉得还不轻。"我偷窥了一下司机，司机依然不动声色地摆弄着方向盘。

小七工作的那家浴池到了，我把他扯下车，我心有余悸地对司机说了一句："师傅，他是喝醉了，满嘴胡话，你千万别当真啊。"

司机不置可否地笑了一下，一脚油门，嗖的一声，出租车消失在来来往往的车流中。

下了车，小七还在喋喋不休："哥，我说的都是真的，我没醉。一般人我不告诉他，我搓澡接触到一个老板，这个老板告诉了我这个发财的机会，老板让我帮他捎货，捎货就能发财。我要发财了还不想着哥吗？真的，哥，我太想发财了。哥也渴望发财是不是？老板说摇头丸不算毒品，也许捎带有点风险，但想发大财哪有一点风险不冒的。这个年头，撑死胆大的，饿死胆小的。"

"够了！小七，我是想发财，我想发财都想疯了。但我不想发那样的财，你小七要是堂堂正正地挣钱，你就当搓澡工，哥还当你是兄弟。哥要是知道你发那种财，哥捶死你！"

"哥！……"

我朝他挥了挥手，小七还想说些什么，但我已经不想和他纠缠了，我突然对小七厌恶至极。这一刻，我才后悔自己为什么要请小七到水果店来，我发了一点小财，就要在人前显摆，我不是彪又是什么？

有了钱后，我在梅林苑小区租了一套一室一厅的房子。梅林苑小区多是大户型，什么三室两厅、四室两厅的，但在北侧最边缘却盖了两栋小户型的楼。开发商的心思我们猜不透，但小户型的房子倒适合像我这种人的需求。

我经营水果店后，晚上一直住在水果店里。忙碌一天，曲终人散后。打开放在墙角的折叠床，铺上从街头军品店买来的行军被，晚上伴着水果的各种清香入眠。当然这是夏天和秋天。冬天了，我不能再住在水果店里了，因为店内没有暖气，而哈尔滨的冬天奇寒，店内住人，就必须使用取暖设备。在这寒冷的屋子住一宿，如果不用取暖设备，第二天早上没准就冻成了一条干巴鱼。而如果使用取暖设备，我这些堆在店内的各种水果会加快腐烂变质的速度。

住了这么多年的宿舍，闻过那么多年的脚臭、汗臭味，乃至水果的香味和腐烂味，终于住进像模像样的单元房了，有了一个家的感觉，虽然这只是租来的房子、一个临时的"家"。我依然喜悦万分，但我并没有欣喜若狂，我觉得现在只不过是离自己期盼的状态更接近一步罢了，万里长征才走完了第一步。我比以往更加刻苦，我比从前更加诚实。

这年冬天，我又在南岗区的御苑小区租了一家水果店。这家水果店的面积比梅林苑小区的要大七平方米，我的手头不像当年那么窘迫了，我一下子交清了一年的租金。另外，我把那台总是跟我诉苦、抱怨不已的自行车送到废品收购站，也许它在这里能够安享晚年，或者继续发挥余热，但它的余生已经和我没有关系了。我买了一台摩托车，幸福牌，红颜色的。一踩油门，摩托车轰的一声，蹿出去好远，在哈尔滨的街头跑起来很威风，跑起来真的很幸福。

我一个人忙不过来，我想把申楠楠请过来，委托她帮我打点位于梅林苑小区的水果店。茂朝公司还没有倒闭，董事长兼总经理李茂朝已经不再做他"一年一个样，三年大变样"的梦。法院扣押了两台集装箱货柜车，他的忠实的老部下、车队队长张师傅和他玩起了永远的"失踪"，应该是觉得无颜面对他，这个还会说哟西的老司机再也不会回到茂朝公司了。

那天，我给申楠楠打电话。申楠楠刚开始是对我冷嘲热讽："毕大经理，咋又想起给我打电话了？您这会儿是在大连呢？还是在哈尔滨呢？还是在哈尔滨正准备回大连呢？"

我不好意思地笑了一下，开门见山地说出找她的目的。申楠楠不相信，说："你不是倒弄海参吗？怎么干起了水果店？天哪！你这转换也太快了吧，一点铺垫都没有？"对于我的邀请，申楠楠迟迟疑疑地并没有答应，但也没有拒绝。我理解，因为我好长时间没和她联系了，也许在她的心目中我就是一个不靠谱的人。茂朝公司效益虽然不好，但在茂朝公司工作好歹也算个白领，辞去白领工作，帮一个个体户干水果店，掌握了嗑瓜子神技的申楠楠需要勇气，也需要眼见为实。

大约是我们通话后的第四天还是第五天黄昏，我也记不得是星期几。申楠楠穿着貂皮大衣，像一位富婆似的出现在我的水果店。从申楠楠的穿着上，没有人能知道她一个月的工资只有五百元，而且还不能按时发放。也许她真是富婆，因为她不靠这五百元生活，她有老公周一帆这台提款机。

申楠楠先损我："毕大经理，我还以为你事业多大呢，原来就是这么一家巴掌大的水果店。"

我一点儿也不恼，说："这不是两家了吗。"

申楠楠又说："一个人高马大的男人卖水果，你咋不脸红？"

我诚恳地说："脸红什么，再怎么说也是为自己干，宁为鸡头不为牛后嘛！你要是觉得卖水果丢人，你就继续在茂朝公司待着好了。"

申楠楠沉吟不语，在我的水果店转了一圈，又转了一圈。我店里的顾客渐渐多了起来，申楠楠没表明态度就告辞了。我心想，这回又是热脸贴了个冷屁股。人家申楠楠能看上我这样的水果店？看不上就看不上吧，我再寻一位合适的吧，我必须找到一个帮手，要不然我的事业就没法发展。找谁呢？晚上我躺在床上苦思冥想，把我认识的人捋了个遍，都觉得不合适。我甚至想到了大老李，当年他在县二建公司没少照顾我，可是他是瓦工，哪能帮我卖水果呢。后来，灵光一闪，我想到了我娘。只是再有一两个月就是春节了，我爹快从夹皮沟回来了，我娘不一定现在就能过来，即使她现在愿意过来，谁送她来哈尔滨呢？我盘算了半宿，盘算得脑子昏昏沉沉的。一觉醒来，天色微明，我立刻变得神清气爽，又开始了一天的忙碌。

这天黄昏，申楠楠又来了。我一看，她这回来不寻常。因为不但她自己来，还带来了提款机周一帆。周一帆高大帅气，上身穿一件带毛领的皮夹克，样子像个空军飞行员。周一帆见了我，伸出热情的右手，我把手迎上去，他像武林高手似的暗自发力，把我的手握得生疼。周一帆也不多话，脸上带着微笑，领着申楠楠在我的水果店走了一圈又走了一圈，再简单地问了我几句进货数量和销货数量，就微微颔首轻轻地说了几个"好"字，两个人又没有表明态度就告辞了。这一回，我心里有点谱，我感觉申楠楠能来。

一周左右，申楠楠果然来了，这回提款机周一帆没跟着来，申楠楠跟我讲起茂朝公司的现状，别说三个月不发工资是常态，半年不发工资都成常态了。茂朝的老员工几乎都离开了，连那么忠心耿耿的办公室主任叶姐也离开了，董事长兼总经理李茂朝几乎成了孤家寡人，茂朝公司真的快要撑不下去了。

申楠楠表示她老公也同意她辞去茂朝公司的职务，出来跟我这个个体户干。我向申楠楠约定一个月付给她一千五百元工资。申楠楠兴奋起来，嘴上还不忘客气，说："毕大经理，不用那么多，月工资一千好了。"

我摇头，说："我又不是李茂朝，说好一千五百就是一千五百，怎么能亏待申姐？"

一个月后，我果然就付给申楠楠一千五百元工资，绝不拖欠的，让她一下子体会到毕壮志水果店和茂朝集团的天壤之别。

申楠楠是我来到哈尔滨后，在茂朝公司见到的第一位年轻女性，我们相处得融洽。尤其在我心灵荒凉的时候，她一度成为我深深渴望的绿荫，即使我见不了她，只是在电话中和她聊聊天，她的声音都像泉水一般抚慰着我焦灼的心灵，申楠楠像一位知心姐姐。来到我的水果店后，她更像一位姐姐，常常在家里做了可口的饭菜带到水果店来，让我和她一起分享。好在两家水果店的距离不是很远。

申楠楠喜欢嗑瓜子，我说我打算批发一些瓜子到水果店，她可以一边嗑瓜子一边卖水果。申楠楠笑脸上飘起红云，说："总提这一曲干吗啊？那不是因为在茂朝公司闲的嘛。"

申楠楠也是非常地淑女，像梅林苑小区里的淑女一样。我请她来帮我打理一个店面，从雇用关系来说，我是她的雇主。但来我的水果店前一天，她和她的提款机周一帆非得要请我下一次馆子，这顿饭花了足足五百多元钱。淑女申楠楠习惯于过每个月拿工资的生活。我二十二岁的那年，全哈尔滨市的市民差不多都很绅士和淑女。像我这样干小买卖的，不是外地来的就是那些一开始就没有工作的可怜人。我们这些人挤不上主流的列车，我们这些人生活不容易，如果容易的话，谁会起早贪黑地干个水果店啊。绅士和淑女们都有着一颗包容、慈爱的心，他们不想也不愿意和我们这些生活不易的人争利。这颗包容、慈爱的心使得我在哈尔滨市得以生存和发展。

我除了要亲自经营御苑小区的水果店之外，两个水果店的货都要由我来供应。所以，我需要起得很早。我每天天不亮就起床，去批发市场批发水果。夏天还好，冬天寒风呼啸，批发市场的门要开得略微晚一些，可我依然是梅林苑小区起得最早的人，冬天的早晨，满院白雪皑皑，有时候空中雪花仍在飘舞，寒风呼啸，摩托车冻得发动不了，我就顶着呼啸的寒风推着摩托车走到小区的门口，推了一会儿，再发动，摩托车点着火了，我骑上去在铺满积雪的街道上呼啸而过，车轮在雪道上留下一道飞驰的印记，我想象着自己在这座城市留下了多少道印记，就觉得这座城市与自己的不可分割，这时觉得浑身都是使不完的劲儿。

御苑小区水果店的生意也很好，我的生意蒸蒸日上了。行行出状元，曾经的哈尔滨市茂朝房地产开发有限公司的设计部经理毕壮志当上水果店老板，成了卖水果的状元了，实惠，不丢人！我想把我的近况分享给我的家人。我首先想告诉我爹。

我爹还应该在夹皮沟，每年他和我老叔都是要到近腊月里才回来。我不知道我爹在夹皮沟的地址。我爹在夹皮沟，从没给他写信。他也从来没有给家人写过信。毕二毛上大学后，我问过毕二毛可曾知道爹在夹皮沟的地址，毕二毛回信说他不知道，而且从来都没有跟爹问起过，记得前几年爹和娘聊天时，娘问起过，爹说在吉林，反正离家很远。后来，我又问过毕三毛，毕三毛的回复跟毕二毛如出一辙。我爹的三个儿子，都是极度自私的家伙，只关心自己的前程，却从来不关心自己的爹，连自己的爹具体在哪旮沓都不知道。有时候，我也感觉我爹在我家就像候鸟一样，一年当中要突然消失好几个月，然后又突然出现在我们家人面前。

我想告诉我娘，我又觉得给我娘写信不妥，因为我娘不识字，我写给我娘的信照例由我二叔来念，我怕我在哈尔滨活得如何如何好的消息经过我二叔的嘴巴广播后，我老姉又让我把毕五毛带出来。

我只得给毕二毛写信，问他春节什么时候回家，嘱咐他今年回家一定要路过哈尔滨，我们兄弟也在哈尔滨聚一下。冬天，冰雪世界中的哈尔滨别有一番美丽，那份洁白的欧洲情调绝不同于我们的家乡——冰雪中的木泥河小镇。这座城市的人把冰雕成各种动物、植物、人物的形象，还把冰雕成楼堂馆所，晚上灯光打在这些冰雕上，闪烁着梦幻一般的光辉，让这座城市简直变成了天上人间。写完信后，我又给毕二毛汇去了五百元钱。

我弟弟毕三毛也是木泥河中学高一的学生了，毕三毛的大名叫毕志远。我也给他汇去了五百元钱，嘱咐他好好读书，将来考到哈尔滨来，黑龙江大学和哈尔滨工业大学都是好学校，哈尔滨还有许多其他的好学校，考来了，让当哥的脸上也光彩光彩。

毕志远的回信先到了，他在信里对我给他汇了五百元钱很感激，表示他一定不辜负我的期望。毕志远在信中说我娘和我老婶俩妯娌现在同仇敌忾，分别对我爹和我老叔一百二十分地不满，我娘和我老婶怀疑我爹和我老叔每年去夹皮沟并不是真的淘金子，要是真的淘金子哪能年年淘不着？哪能年年淘不着还去淘？我娘和我老婶一致怀疑我爹和我老叔在夹皮沟是有"人"了。而且有"人"肯定是两个人都有了，不然两个人咋能口风这么紧呢！没准我爹和我老叔在夹皮沟正实现他们的雄心壮志呢！这些年过去了，别说"毕一块"，没准"毕两块"都有了。这个春节，我娘和我老婶一定要找他们盘问个明白。过完年，说什么也不能同意他们再去夹皮沟了。毕志远在信中问我："哥，你曾问我知不知道爹在夹皮沟的地址，我不知道啊。我想问哥的，不是爹在夹皮沟的地址，而是哥你知不知道那个夹皮沟到底在哪儿？"毕志远一下子把我问住了。毕二毛不是曾听我爹说过在吉林吗？但我爹的话能准吗？夹皮沟到底在哪里呢，属于哪个县？哪个省？在咱东北这旮旯吗？

毕志远像个大人似的在信中还嘱咐我，一个人在哈尔滨要知道爱惜自己的身体，天气冷了，脚上要多穿点，晚上要用热水烫脚。天天烫脚，胜于吃补药。晚上用热水烫脚，是老师告诉他的。现在他也告诉了娘，可是我娘总是落实不了，三天打鱼两天晒网的。

而毕志刚的回信则姗姗来迟，他在信中先也是客气了一句，后来表示我信中说的春节回家路过哈尔滨，我们兄弟一起聚聚，他正有此意，我的想法和他的想法真是不谋而合了。他也想来哈尔滨看看我的买卖做得怎么样，好一起分享我成功的喜悦。他说，干水果店也不丢人，关键是收入比你在茂朝房地产开发有限公司当设计部经理要强一些就好。毕二毛这么安慰我。

我比毕二毛大三岁，毕二毛比毕三毛大三岁。但我感觉毕三毛要比毕二毛出息多了。

有了两个水果店后，我计划在哈尔滨市开一家水果连锁店。

现在，我的两个水果店已经有两名员工了。另外一名叫田雨，是申楠楠介绍过来的。申楠楠稳重、可靠，我相信她介绍过来的人一定也稳重、可靠。田雨长得不像东北姑娘，小巧玲珑得像江南女子。大约从小生活甜蜜，没有烦心事，所以就很爱笑，一说话就笑，一张嘴就笑，一副天真无邪的样子。事实上，田雨的确很小，今年刚满十九岁。我请申楠楠在梅林苑小区水果店带了她三四天后，就让她到御苑小区水果店顶替我。我把更多的精力投到进货以及寻觅合适的店铺上。

这天我去梅林苑小区水果店，申楠楠趁没人时问我："喂，毕大经理，你觉得田雨怎么样？"

"很好啊，甜妹子又机灵又活泼的，你介绍来的人还有差吗？"我实话实说。

申楠楠嬉笑着说："动心了吧？把她介绍给你做女朋友怎么样？"

"不！"我觉得很突然，把脑袋摇成拨浪鼓。

申楠楠惊讶地问："为什么？"

田雨在我眼中还是孩子呢！可是我却不正经地说了一句："田

雨还没长胸部呢。"

申楠楠扑哧一声乐了，撇着嘴说："你们男人啊，没有一个好东西。"

我故意气她："那周一帆呢，他也不是好东西吗？"

申楠楠捏着粉拳就要来捶我，我也不躲，这样的玩笑在茂朝公司也开过。申楠楠和她的提款机关系很好的，我们都知道，有时候偏偏喜欢提周一帆撩她。申楠楠的粉拳就落下来了，一点都不疼，轻轻的。欢声笑语弥漫在水果店里，弥漫在我的心头，弥漫在我和申楠楠之间。

一天晚上，顾客散尽，梅林苑小区水果店关门的时间到了，申楠楠还没有走，听我向她描绘未来水果连锁店的壮丽图景。卷闸帘没放下，水果店的门虚掩着。我的理想是在哈尔滨市每个区都开五家水果连锁店，未来我的水果销售总量要占到哈尔滨市的百分之三十以上，甚至更强。货物的来源不是从哈尔滨市的批发市场批发了，而是直接从水果产地订货，譬如说荔枝，我就直接去广东；橙子，我就直接去江西。届时，还要在哈尔滨市建一个冷库。冷库不妨建得大一点，自己用不了的，还可以出租一部分，不但节约成本，也可增加收入。运输水果，冷藏车也得买了……我对未来的憧憬感染了申楠楠，她眉目生辉，在灯光的映照下，格外地淑女、熟女。

我意犹未尽地对她说："申姐你和我一起干，我毕壮志绝不会让你吃亏，三年之后，你就是毕壮志水果连锁店的元老。"说完这番话，我的脑海中一下子闪现出钱彤、李茂朝和汪总的身影。我现在终于体会到了，能说出这番话的，其实也是一种实力的表现。

申楠楠笑着说："好啊，我等着那一天呢！毕大经理，要是有一天，你生意做大了不要我了，哼，我可不答应哟。"申楠楠的声音有点发嗲。

我不容置疑地说："这怎么可能呢？咱俩谁跟谁，当初我困难时，你还借钱给我呢！"

申楠楠感叹地说："毕大经理，当初真还看不出来你这小伙子还挺有本事的。当初离开茂朝公司，你说你在大连贩海参，你想自己当老板，我还将信将疑的呢，当老板哪有那么容易的。现在看来离开茂朝公司这一步，你还真是迈对了。"

"你也迈对了。我……"我们说着话，先还保留着一米开外的距离，说着说着身子不知不觉地挨近了。我一边说话，一边打着手势，一个不小心，碰着了申楠楠高耸的胸脯。刹那，我心湖里的怪兽一只只争前恐后地蹿出来，扑上去、扑上去，它们怂恿我。我一下子变得张口结舌起来，那高耸的胸脯也在我的眼前急促地起伏着，一鼓一鼓的，一股股芬芳的、暧昧的气息飘洒出来，让我眩晕。

我只觉得血流加快，我失去了理智似的一寸一寸地向申楠楠靠近。申楠楠一张娇羞的脸幻化成一朵美丽的花，这朵花羞怯地闭上了眼睛，我的双臂都张开了，我差一点又要干出糊涂的事了……

好在这时，门前传来吱的一声刹车声，接着是砰的一声关车门的声音。我和申楠楠各自后退一步，不好意思地相视一笑，迅速地恢复了常态。

雄壮的脚步声直奔店门而来，我奔上前刚拉开店门，一位身着皮夹克高大威猛的男子携带一股冷风闯进店里来，来的是申楠楠的提款机！

周一帆虽然长得高大威猛，但说话文质彬彬的，他现在也不叫我"毕壮志"，而是客客气气地称呼我为"毕经理"。周一帆在市政某材料供应公司的办公室当副主任，当了好多年了，一直是副主任，我却一直叫他"周主任"。

申楠楠见了提款机，脸上每一个毛孔里都要溢出笑来，但在我面前，她却做出冷冰冰的样子问周一帆："你怎么来了啊，不是已经告诉你不用接我，我稍晚一点回家嘛，毕大经理正和我谈点工作上的事呢。"

周一帆笑了，笑得我有点心虚，他对申楠楠说："我也是回来晚了些，这不顺道看看你还在不在嘛，要是还在就捎你回家。一看店里的灯还亮着，知道你还没回家。工作的事，你们谈，你们谈。要不，我先去车上等着？"

我连忙冲他摆手："其实也没有什么，就是打算还开几家分店，将来准备成立一家连锁集团。这都是设想中的事，蓝图，呵呵，蓝图！"

"那如此说来，我家的楠楠至少能当上店长了。"周一帆打趣地说。

"岂止是店长。元老级别的人物！最起码也是办公室主任。"我开着玩笑，那一颗悬起的心终于稳稳地安放了下来。店门是关着的，周一帆一定不会看见我们刚才的失态。

晚上我躺在床上翻来覆去地"烙大饼"，想起刚刚发生的一幕，脸上不由得一阵阵发烫。我问我自己究竟是怎么了？申楠楠早已是有夫之妇了，我也要对她做非分之想？我他妈的究竟是人还是兽？一个声音告诉我："你是人。"另一个声音告诉我："你是兽。"究竟是人还是兽折腾得我半宿没睡好觉。后来，我就明白，我是人和兽的结合体。那些兽一头头的就住在我的心湖里，如果我能按捺住它们，我就是人；如果我不能按捺住它们，我就是兽。我明白我毕壮志到了是该有一个女人的年纪了。

我毕壮志应该找一个什么样的女人？那种风风火火闯九州，大大咧咧的女强人我不喜欢；那种没有头脑，遇事犹豫不决的女人我不喜欢；那种只有漂亮外表却没有漂亮心灵的女人我不喜欢；那种虽有漂亮心灵却有丑陋外表的女人我也不喜欢……

对了，我喜欢那种知性的、文静而又美丽的女人。于是，各种女人的头像像万花筒一样在我的脑海里翻卷，翻卷来翻卷去，最后定格在一张面孔上，却是宋燕秋的面孔。我内心深处喜欢的还是宋燕秋那种类型的女子。啊呸，我怎么又想起她了。

我相信我心目中的那个女子一定在哈尔滨的某个街头等着我，现在我们行走在各自的轨迹里，不曾交叉。我们管这不曾交叉的轨迹叫作缘分未到。但缘分一定会到的，一定有那么一天，我与她不经意地擦肩而过，却仿佛有神的启示，都蓦然回首了，于是在彼此的心头留下了惊鸿一瞥，璀璨的爱情之花瞬间在彼此的心头绽放。只是，那么一天还要多久？我有点等不及了！

第十五章

　　这个冬天，我添了一个逛大型商场的嗜好，甚至一些高档得让普通市民不敢涉足的商场我也敢去。商场里，暖气烧得足足的。美丽的姑娘们脱了厚厚的外套，尽显婀娜的身姿。我不知道哈尔滨的商场里，怎么有这么多的美女，川流不息。我不知道我未来的她，正不正在她们中间。我深情满含期待地注视着她们，有时候我也蓦然回首，却没有遇见那个同样蓦然回首的人。

　　当然，我去这些地方，目的并非仅仅为了欣赏迷人的身姿，也不是要购买什么高档商品，我喜欢到大型商场寻找水果专柜，看看眼下他们进的都是些什么水果，以及这些水果如何包装好售给顾客。

　　这天，我在一家商场的地下一层看完水果，坐自动扶梯上了一楼，商场的出口在一楼。这时，有个女人撞入我的眼帘。女人手上拎着两只购物袋，正随着二层的自动扶梯缓缓而下。一头乌黑的秀发衬托着女人白皙俏丽的脸蛋，自动扶梯缓缓地，缓缓地，从上而下，像载着美丽的仙女自天上缓缓地来到人间。

　　是宋燕秋！我想转身躲开，我不想见她。可是我心湖里的怪兽一只只撺掇好了，这回并不是争前恐后，而是一起往上猛蹿，猛蹿得我挪不动步子了，就这么傻呵呵地盯着她看。

仙女到了一楼，她也认出我来了，她怔了片刻，一丝意外在她的眼波里一闪，仅仅是一闪，她的眼眉很快就充盈了笑意，"老同学，好久不见了啊，你也来转转？"

"是啊，是啊。我现在已经从搬家公司出来了。我开了两家水果店，生意都很不错。一家在梅林苑小区，一家在御苑小区。对了，韩亚杰呢？他没陪你出来？你有事就忙吧。我没事，我就是出来转转……"见到宋燕秋，我激动得语无伦次。

宋燕秋又笑了，笑起来眉眼弯弯的。她是我朝思暮想的人，她就是我的女神，有好多次，我想把她从我心目中抹掉，可是我终于做不到！好几次我都呸了我自己，不要再提起她。我自以为我的心已经冻成十年的坚冰了，却没有想到十年的坚冰居然在她的一个微笑之下就化成了一摊水。她的笑是夏日的阳光。不，不仅是阳光，此刻，她的笑让我魂飞魄散，现在站在她眼前的只是一个失魂落魄的木偶。

我的女神轻启朱唇："我哪有那么忙啊，我又不是什么大人物，需要日理万机。今天，我没有什么事呢，你要是不忙的话，我请你喝杯咖啡吧。老同学见面，虽然同在一个城市，见面也不容易呢。"

我呆怔怔的。我的女神又笑着问："老同学，你说是这样吗？"

她说出的话就像一粒玉珠与另一粒玉珠相触，噻玉喷珠。我的魂被她的声音唤回来了，可是我回答得依然语无伦次的："我不忙，不忙，我其实也是瞎转悠，不，我是瞎转悠，你不是瞎转悠。韩亚杰呢？他咋没陪你出来？"

"难道说我出门就得被人监视着？"宋燕秋嗔笑着问我。

"我不是那个意思，我不是那个意思。"我的内心仿佛被她一下子看穿了，我有些窘迫不安。

宋燕秋又笑了一下，淡淡地说："他呀，现在开了一家公司，卖些农药种子什么的，每天尽忙着他那些破事呢。"

出了商场，寒冷铺天盖地而来。宋燕秋戴上了厚厚的绒帽，我抢着把她的两只纸袋接过来，宋燕秋没有拒绝。她似乎对这里很熟，我一个大男人反倒像个小跟班似的跟着她走进商场附近的一家咖啡店。咖啡店临街，可是走进去，一点都没有身处闹市的感觉。古老的俄式建筑，墙壁厚如城堡。彩色木刻棱木质窗户，厚厚的窗帘把白昼挡在窗外，据说这家店也是很有历史，经历过几段凄美的爱情故事。现在的店主是中俄混血儿，但这次我们没有看见他。店内只有墙面亮着一盏灯，月牙形的，发出月亮一样惨白昏暗的光。小木桌上放着一只盛满水的玻璃器皿，水上漂浮着一只点燃了的球形的红蜡烛。月朦胧啊，夜朦胧，可惜人已不能朦胧。

服务生悄无声息地端来两杯咖啡、一份蛋糕，宋燕秋说这叫"慕斯"。对蛋糕的不同叫法，让我明白，我和宋燕秋现在是生活在两个天地的人，不要再对她有非分之想了。先不管这些，小心地啜了一口咖啡，一种苦涩的味道在我的舌尖上弥漫开来，像极了我苦涩的青春。但咖啡这种东西，苦涩之后留给味蕾的是连绵不尽的芳香。这杯苦咖啡，是否含有某种预示，预示着我的未来，一定也会苦尽甘来？

这苦涩之后连绵不尽的芳香啊，让我想起了那个遥远的四月，木泥河畔青草的芳香。木泥河畔的那个少女，我情不自禁地抱住她，吻她的嘴唇。在那个遥远的岁月，我和她是彼此心心相印的青年。而现在隔着摇曳的烛光，一脸优雅地坐在我面前的女人，我却只能把她当成我的女神！再也不可能心心相印了！有些东西丢失了就永远也找不回来，你也甭想把它找回来。我微微地叹了口气，奇怪的是这口气叹出来，坐在她的面前，我的心也就坦然了。

宋燕秋放下咖啡杯，笑吟吟地说："这么沉默啊，或者先说说你的近况？老同学。"

"我的近况你也了解一些了，就是我们一见面时说的，开了两家水果店，店面都很小。真还不知道你的近况呢，虽然知道你过得很好，可还是想多知道一些，你不介意吧。"我不是跟她客气，我是真心想知道。

她略一蹙眉，马上就舒颜一笑，说："那好吧。我嘛，其实也没什么可说的。大学毕业后就来到哈尔滨，目前在市农业局一家下属单位工作。事业单位，工作非常轻闲，轻闲得像养老一样，呵呵……"她自嘲地笑着。

"你那位呢？你们不在一个单位吧？"我不动声色地问。

"你好像对他很感兴趣啊，老同学，怎么对他感兴趣的程度超过我啊，让我吃醋哦！"宋燕秋撩了一下鬓角，我想起了遥远的从前，她在课堂上也是这么撩了一下自己的鬓角，这是她的习惯动作，这么多年也没有改变。她意味深长地看了我一眼，轻声说，"他嘛，是一个挺能折腾的人，其实，跟你一样也是干个体的，目前开了一家经营农药还有种子什么的公司。"

韩亚杰，原来跟我一样，也是一个干个体的，同样是干个体的，你牛气什么！我心想，嘴上却说："现在搞活经济了，以经济建设为中心。'不管黑猫白猫，捉住老鼠的就是好猫'，越折腾越能挣钱。"我说着话，眼睛开始无所顾忌地盯着那美丽的红唇——那真正玫瑰花一样的红唇，轻启时露出洁白的贝齿，在昏暗的烛光下仍然像珍珠一样闪着晶莹的光泽……这朵花本来是可以属于我的，现在却长在了别人的园地里，而我只能偷偷的隔着围墙欣赏。那抢走了原本属于我的玫瑰的，我心里充满了对那个人的仇恨，我们一见面就是天生的仇敌，我多么希望从这迷人的嘴里说出的是："他嘛，是瞎折腾，也没见他挣什么钱，还不如你呢！"

她却微微地点了点头，这说明韩亚杰这小子的确挣了不少的钱，韩亚杰这小子的确挣了不少钱，要不然他不会在那个高档小区买那一套房子、买那么一套高档的缅甸红木家具……一时间，嫉恨之火把我的心房灼伤得生疼，人家一定有什么背景吧，或者说有个好爹，这个年头有个好爹比什么都强，让你少奋斗五十年。像我这样的人，就是折腾到现在也不过才开了两家水果店。可是我并不自卑，老同学，虽然事业很小，也许在你眼里简直不值一提，但毕竟是我赤手空拳打拼出来的。

宋燕秋轻抿了一小口咖啡，嫣然一笑说："不提他吧，怎么说呢，反正是一个纨绔子弟。赤手空拳打拼的才最令人佩服。"

嫉妒之火在我胸膛里熊熊燃烧，一万台救火车呼啸而来也扑灭不了，但我表面上却尽量云淡风轻地说："你工作轻闲，他工作忙，这叫一动一静，优势互补啊。再说，你也可以抽时间帮他打点公司业务啊。虽然，但是……"我斟酌着语词、有些自嘲地说，"虽然心里酸酸的，我还是替你高兴，找到白马王子，有个美好的归宿。"

宋燕秋微微地叹了一口气，垂下眼帘，她轻轻地把玩着咖啡杯说："他的事情，我实在不愿意插手。老同学，我们难得见一次面，不聊他的事了，好吗？"我的女神叹气的时候，流光溢彩的眼神就像摇曳的烛光一样黯淡下来。虽然只是那么一瞬间的黯淡，可还是被我敏锐的心灵捕捉到了。我真想，紧追不舍地问下去，她为什么不愿意插手韩亚杰的事情呢？我迫切地想知道，可是她这样说了，我现在就不该多问。气氛有些尴尬，我们沉默了一会儿，各自啜饮了一口苦涩的咖啡。苦涩过后，醇香在舌尖蔓延开来，我喜欢上了这里的咖啡。

她抬起头，淡然一笑，"该说说你了吧，老同学。"

往事一时涌上心头，纷繁复杂，我这么多年在外面经历的苦难，宋燕秋想也不敢想。但我不想告诉她这些，我不想告诉她并不是因为我们之间现在的疏离，而是我觉得男人就应该把苦难酿成酒，然后一口饮干，把酒冲英雄胆、豪情满怀的一面展现给女人。假如我面前的不是宋燕秋，换作别的女人，我也会这样做。

我省略了从前，省略了许多苦难的、不愉快的记忆。只把我到了茂朝集团，然后发现无用武之地，所以出来，无奈进了搬家公司，赤手空拳，身无分文，现在已经开了两家水果店，以及未来的设想简单地说了说。

烛光在她美丽的眼睛里跳跃着，跳跃着，昏暗的烛光下，我却看得十分清晰，许多年后，我依然清晰地记着烛光在她眼睛里跳跃的情景。她轻声问："你们男人都是这么有野心吗？毕壮志，你从高中的时候就想当老板的。你还告诉过我，你要养兔子、养狐狸、养……"宋燕秋笑起来，笑得无声无息的，像一阵轻轻拂过的微风，像无痕的春梦。她也想起那个遥远的四月了。

我告诉她，我当时真的养了兔子，一共是二十五只，想通过二十五只种兔繁殖成成百上千只兔子，可是一只兔子都没繁殖出来，这二十五只种兔很快都死了，上了米云凯的当了，也是因为没有经验。

提到米云凯，我问宋燕秋："不知道米云凯现在怎么样了，我们许多年都没有联系了，他还欠我两百元钱呢！"

宋燕秋含着笑说："听说在辽宁大连那边，干得很好，都做什么公司总经理了。米云凯怎么还欠你两百元钱呢？"

我就把当年米云凯骗我的事，绘声绘色地向宋燕秋描述一番。

宋燕秋终于憋不住笑出声了，她的笑声轻柔，多像木泥河畔那只蓝色小鸟的叫声一样清新婉转。

我告诉宋燕秋，我又看见那只蓝色的小鸟了，就在不久前，我想它一定是木泥河畔的那只。

宋燕秋垂下眼帘，低头用小勺搅动着咖啡，迟疑了一下抬起头来说："是同一种鸟吧，蓝色的鸟又不是只有那么一只。"

我注视着她的眼睛，固执地说："就是木泥河畔的那只，我认识它的眼睛。"

"你说得可真神奇。"然后，宋燕秋不再说话，然后，她抬腕看表，我猜到她是打算离开了，就知趣地站了起来。

我想我是不该提那只蓝色的鸟的。

出了咖啡馆，风卷起道边的积雪扑到我的脸上，冻结的雪粒像沙子一样打得我生疼，我有些伤感起来，说："燕秋，不知以后还有没有机会能像今天一样，我们还坐在一起喝喝咖啡。"

"当然可以啦，我们是老同学嘛，以后常联系才是啊。"她轻声笑起来。

"我怕韩亚杰不高兴呢，我……"我更加伤感了。

"我们是同学嘛！你别想多了。再说，他、他也未必是那种心胸狭窄的人。"

我试探着说："那过几天我给你打电话？"

"好啊，过几天我也去你的水果店看看，欢迎吗？"

"我当然欢迎了，我要拉上横幅，横幅上写上欢迎宋燕秋同志莅临指导。"我的情绪又高涨起来。

"呵呵,不用这么夸张吧。"宋燕秋微笑着转身走了。我一直目送着她,她走到路边,挥手招出租车。那些年,日本电视连续剧《东京爱情故事》在哈尔滨流行。故事里莉香跟完治道别后,完治也像我一样驻足目送着莉香离开,莉香就那么毫无眷念地往前走着,往前走着,完治的目光渐渐变得暗淡起来,就在这么一个时候,莉香突然来了一个靓丽的转身……我期待着宋燕秋也能给我一次靓丽的转身,我莫名地期待着,可是她却没有。一辆出租车停到她的身边,她弯腰钻进出租车里,连头都没回。我依然像完治那样,固执地、傻傻地站在那里,目送着载着那个妙曼女神的出租车离我越来越远、越来越远,一直消失在哈尔滨的街头……

快过春节的时候,毕志刚果然来哈尔滨找我了。我差不多两整年没见我弟弟毕志刚了。毕志刚个头差不多和我一般高了,嘴唇上的胡子还没刮过,毛茸茸的,差不多有一厘米那么长,毕志刚已经长成壮小伙子了。

毕志刚不是自己来找我的,同他一起来的还有一个叫曹建颖的女孩。娃娃脸、苹果头,身材也不低,差不多有一米七,看起来比毕志刚矮不了多少,却像毕志刚衣服上的一根吊带,成天到晚在他的肩头吊着。

毕志刚才十九岁,却落落大方地向我介绍:"哥,她叫曹建颖,我女朋友,她就是哈尔滨人。"

我就想,亏得我早已离开翔飞搬家公司了,不然今年就是我不邀请毕志刚到哈尔滨来,就冲着女朋友是哈尔滨人,毕志刚自己也会跑来的。

那个下午，毕志刚领着曹建颖在我的水果店里坐不住，但他似乎又没有别的容身之所，待在我店里魂不守舍，又赖着不肯走，他来哈尔滨是赖上我了。许多来我店里的老顾客，看见毕志刚，知道了是我弟弟，都说毕志刚长得跟我一模一样。曹建颖听了就夸张地朝我脸上瞅一会儿，朝毕志刚脸上瞅一会儿，两人还不时地相互做做鬼脸，一模一样有点夸张。后来，我嫌毕志刚和曹建颖妨碍我做生意，把我租住在梅林苑小区的单元房钥匙给了毕志刚。毕志刚拿了钥匙，随手拎了一些水果，毫不客气地领着曹建颖走了。

　　毕志刚和曹建颖把我睡觉的地方，当成了他们爱的天堂。晚上，我回到家中。发现床单莫名其妙地铺得比平时更平整了，枕头也莫名其妙地叠放得比平时规矩了，但床单上留有点点可疑的污迹，并且房间内散发着男女混杂在一起的暧昧气息。只是不见哈尔滨姑娘曹建颖的影子，估计这时候是回自己家中去了吧。

　　毕志刚像个大爷似的，跷着二郎腿坐在沙发上，一边嗑瓜子，一边看电视里演的青春偶像剧。面前的地板上铺着一张旧报纸，用来接瓜子壳，但毕志刚中气十足，呸的一声，吐出的瓜子壳常飞出报纸的边界。

　　我没好气地对毕志刚说："你们俩出入成双成对的，在天愿作比翼鸟，在地愿为连理枝。现在你那位回家了，你不去找她，你这只比翼鸟不落单了吗？"

　　毕志刚没眼色，看不出我的不满，说："想去找啊，来哈尔滨肯定要去拜访未来丈母娘。哥，我手头特紧，你不是不知道，我一个穷学生……"

　　"穷学生你还知道谈恋爱？"我讥讽他。

　　毕志刚笑了，反问我："哥，穷学生怎么了？穷学生怎么就不能谈恋爱了？谁规定的啊！哥，你是落伍了啊。我们学校里谈恋爱的穷学生多了去！爱情是高尚的，爱情是不能用金钱来衡量的。呵呵，虽然金钱不是万能的，但没有钱又是万万不可能的。哥，你懂我话的意思的。"

"行！我这儿有一千元钱，你拿去看你未来丈母娘吧。"

毕志刚毫不客气地把钱塞进兜内，"哥，算我借你的！"下一句就埋怨我，"哥，你也太不讲卫生了！床单好几个月不洗，都臭烘烘的了，沙发底下还塞着臭袜子，看把人家小颖熏的，不然人家还能多待一会儿……"闹了半天，曹建颖走了，还是因为我的房间太脏了。毕志刚的话，让我哭笑不得。

毕志刚嘴中的"小颖"就是曹建颖。说起曹建颖，我突然想起我在茂朝房地产开发有限公司时的常务副总经理曹建利。曹建颖、曹建利，按照中国人的取名习惯，曹建颖和曹建利之间会不会有什么关系？甚至曹建利会不会是他的哥哥？

我问毕志刚。毕志刚肆无忌惮地乐得，说："哥，你真逗喂！小颖是独生女儿，哪来的哥哥？哈哈……我明天问问她认不认识一个叫曹建利的人。只差一个字就算兄妹，那同名同姓的算什么？算一个人？全哈尔滨市同名同姓的多了去，光翻电话号码簿，叫曹建颖的就有十六个。按照哥的说法，那十六个都成了我女朋友小颖了，哈哈……"毕志刚拿了我的钱，还在我跟前充大尾巴狼，把我恨得牙根发痒。

第二天，曹建颖来了。这一回，他们要出去玩，约好在我水果店里聚齐。毕志刚还把我怀疑曹建利是不是曹建颖哥哥当成笑话讲给曹建颖听。曹建颖笑点又低，听了，咯咯咯地笑起来，笑了一遍，歇口气又笑了一遍，都笑弯了腰，都笑得流出了眼泪。

我背后，曹建颖笑够了，喘着气对毕志刚说："你哥真逗喂，还把我当成是啥曹建利的妹妹！咯咯……笑死我了……咯咯……"说着说着又笑成一团。

　　毕志刚也笑嘻嘻地说："男人到我哥这个岁数了，连个女朋友都没有，一般性格都比较逗了。"毕志刚自以为很聪明，说着话时附着曹建颖的耳朵悄悄说，以为我听不见。没想到我听见了，一番话气得我直翻白眼。

　　毕志刚在哈尔滨玩了几天，请女朋友喝咖啡、跳舞、看冰雕、看冬天的太阳岛等，把我给他的一千元钱花得一干二净，还没有去看丈母娘，想再向我"借"五百元钱，我毫不客气地给他买了一张开往我们县城的火车票，一个子儿也没"借"。毕志刚只得气哼哼地去了火车站。

　　这个春节我又不能回木泥河小镇了，临近春节，水果店的生意比平时更加兴隆，一天的营业收入能赶上平时的两天。毕志刚临走时，我托他告诉我爹和我娘，明年我的买卖做得大一点，我就在哈尔滨买一套两室一厅的房子，我把他们接过来，享享福。我不知道毕志刚回去都说了我一些什么，但我想，接我爹我娘来哈尔滨享享福的话，他一定是说了的。

　　于是，我爹来信说，他们来不来哈尔滨享福都是次要的，大毛有这份心，他和我娘就感到十分欣慰了。现在最主要的是，大毛应该找一个女朋友了，找一个女朋友处个一两年就该结婚了。"你爹我像你这么大时，都有你了。听二毛说你店里两个姑娘都还可以，可以就该抓紧了，当然也不是让你两个都娶，不合法的事咱不能做，大毛你挑一个，爹相信你的眼光。现在二毛都走到你前面了，不能总说不着急、不着急的话了。'不孝有三，无后为大'，爹和你娘早日抱到孙子，就是最大的享福了。"我店里哪有两个姑娘，人家申楠楠早就是有夫之妇了。毕志刚那一张嘴，尽是胡说八道。

我捧着我爹的信，一时哭笑不得。

这个冬天和往年的冬天不太一样。哈尔滨的街上多了许多远道而来的南方人，他们穿着厚厚的棉衣，戴着厚厚的棉帽和头套，打扮得像一只只臃肿的狗熊似的，只露出一双眼睛，新奇地打量着北国都市的一切。一阵凛冽的风、道边几尺厚的积雪和屋檐下垂挂下来的硕大冰凌子，都能让他们发出一声声惊呼，惊呼之后就是一阵欢快的嬉笑声传来。节前，我给宋燕秋打电话。我不知道自己为什么要给她打电话，我给她打电话说什么呢？我想问她春节回不回木泥河镇？这个理由有点牵强。记得她上了大学以后，就没有在木泥河镇过过春节了。我以这个理由给她打电话，是不是显得此地无银？老同学打个电话问候一下？那么也应该在除夕夜或者正月初一比较合适。宋燕秋曾经说过，我们是老同学，应该多联系。老同学是该多联系，可是她现在已经有韩亚杰了，不一样了，她再也不是从前的那个宋燕秋了，无缘无故地给她打电话，会不会给她的生活带来不便？即使打了，该和她说些什么呢？约她出来喝咖啡？思前想后，我都觉得不该现在打电话。"人家都有男朋友了，你还惦记着她，你不彪吗？"我骂着自己。

但是这一天，我偏偏给她打电话了，鬼使神差似的。当那个熟悉而美丽的声音在我的耳边悦耳地响起时，我心湖里的怪兽一起窜动。

"我，毕壮志，我想问问，你春节回不回木泥河了……"我字斟句酌地说。

"我听出来了啊，不回了。"她思索着说，"好多个春节没回去了呢，按说这个春节是该回去看看了……"

"对啊，对啊。好多个春节没回去了，你真该领着你的乘龙快婿回木泥河拜见江东父老！你又不像我，孤家寡人一个，加上做点小生意，想回去可是实在脱不开身。"宋燕秋的莺声燕语，让我心湖中的怪兽一只只发狂起来，我想安抚它们，就不能不提起韩亚杰。

"毕壮志，我们老同学说说话，干吗总要提他啊。"宋燕秋的语气里似有嗔怪的味道。

"可是，怎么能绕得开呢？"

"嗯，那就说说他吧！"宋燕秋赌气似的说，"他啊，现在还在广州呢！人家做大买卖嘛，你满意了吧。觉得挺没劲的。"

"是说我？"我追问。

"说他，满意了吧。你们这些男人啦，真是搞不懂……"宋燕秋不想再和我聊下去了。

放下电话，我的心头竟然滋生出一丝窃喜。宋燕秋和韩亚杰之间一定不会白璧无瑕，没准正发生着什么矛盾呢？宋燕秋呀宋燕秋，你别看韩亚杰光鲜的外表，可他是纨绔子弟呀，他外强中干，他是银样蜡枪头啊。我毕壮志与他比起来，拼爹是拼不过他，除此之外，人品、相貌、才能哪一样比他差？我爹不如他爹有权有势，但我不靠爹，我通过自己的努力，我会让你过上幸福美满的生活。他韩亚杰能给你的幸福，我一样能给你，不！我给你比他更多的幸福。韩亚杰上了个大学有什么了不起！

一股柔情蜜意裹着万丈豪情在我的胸腔里激荡，激荡得我不能自已，激荡得我想立刻向宋燕秋坦露襟怀，我抓起了电话。

可我又想，人家是两口子了啊。你不是还给人家的新房搬运过家具吗？即使人家两口子正发生点什么矛盾，这也正常，哪有两口子不闹矛盾的？你窃喜什么？你多情什么？那天，人家两口子站在一起，金童玉女一般，天造地设的一双。呸！你还说自己人品、相貌、才能哪一样比韩亚杰差？人家韩亚杰是大学生呢，你是吗？你还想通过自己的努力，你达到人家的起点都要奋斗几十年，你还想乘人之危得到宋燕秋，你不但是"癞蛤蟆想吃天鹅肉"，还是卑鄙至极的小人。

这辈子是得不到宋燕秋了，这份遗憾是注定的，这份遗憾永远也弥补不回来。即使得不到心仪的女神，如果有可能守望一生也是甜蜜的吧？就像金岳霖先生和林徽因女士的故事，他一辈子守望着她，不曾让她的声音，不曾让她的笑容，不曾让她的气息，从自己的生命中消失，"我和你在一起最浪漫的事，就是和你慢慢变老……"如此，则此生足矣！

我抓起电话的手，又慢慢地放了下来。

第十六章

过完年，我就是二十三岁了。这个正月，我的生意兴隆得很。我二十三岁这年，生活富裕起来的人们开始注重养生了，养生专家跳出来一个又一个，他们都特别擅长言谈……他们的侃侃而谈让全哈尔滨市的人民都知道了多吃水果的好处：水果有益健康，养生又美容。在他们的引导下，人们热衷于探讨是饭前吃水果好，还是饭后吃水果好。究竟吃哪些水果美容，究竟吃哪些水果有益健康，究竟吃哪些水果既有益美容又有益健康。这些话题，热度始终不减。所以，即使消费热度高涨的正月过去，我的生意依然兴隆得很。我跑水果批发市场，跑大型的超市、商场，回来又跑水果批发市场，忙得像一台开动起来而没有关闭的机器。我浑身都是力气，不知疲倦。

六月，我在道里区的抚顺街又盘下了一家水果店。这样我就有三家水果店了，我把这三家水果店的门脸都重新装修了一番。统一的样式：门头草青色的装饰板饰面，上面粘贴着橙黄色的有机玻璃字；白瓷砖装饰的墙面上镶嵌着高大的落地玻璃窗，玻璃门，卷闸帘。三家水果店都统一改称"毕壮志水果连锁店"，在梅林苑小区的就叫"毕壮志水果连锁店梅林苑分店"，在御苑小区的就叫"毕壮志水果连锁店御苑分店"，在抚顺街的就叫"毕壮志水果连锁店抚顺街分店"。装修好了后，我仰着脸看门脸，不由得想起当年在家乡养兔子时，用粉笔在门楣上写"毕壮志兔子养殖场"的事，往事瞬间一齐涌入脑海，热泪不由得在眼眶中打转……

帮我打理抚顺街分店的叫吕福生，一位腿有残疾，心眼儿很好的大哥，今年四十二岁。吕福生是翔飞搬家公司的张宝奎和小六介绍来的。有天，张宝奎和小六搬家，途中看见了"梅林苑水果店"的字样，张宝奎猛然惊醒，让小六停车，说："操，这不就是毕壮志那个瘟犊子开的店吗！"张宝奎和小六就顺道到我店里看看了。我不在店里，申楠楠不认识他们，他们也没说两句话就走了。后来，申楠楠告诉了我这件事，我就和张宝奎通了电话，并说我打算再开一家水果店，如果有合适的营业员也介绍给我一个。

后来，张宝奎和小六就带着吕福生跑到我的梅林苑分店来，那天，我们约好了，张宝奎让我亲自看看吕福生怎么样。吕福生看起来老实本分的，但我不想聘用他，我觉得卖水果的售货员还是女人好。女人长得好看，首先就能给顾客一种甜美的印象，其次女人也比男人细致、耐心。卖水果可不比卖木炭，水果这玩意儿娇气着呢，得轻拿轻放，女人在这方面，有天生的优势。吕福生是男人，一张老实本分的脸长得跟木炭差不多，又黑又瘦，年龄还偏大，何况走起路来还一瘸一拐的，像跳街舞。张宝奎和小六怎么把这人往我这里领呢。我都后悔自己嘴欠，要说那句让他们帮我介绍一位营业员的话干什么呢！

吕福生来给我当营业员，我心里是一千个不情愿。吕福生眼巴巴地瞅着我，他来到哈尔滨，走投无路，我也不好一口回绝，只好

237

婉言推辞，说还是希望找个女的。

张宝奎不肯罢休，说："一开始，你不也是自己卖水果吗？你不就是男的吗？"

"那是一开始的时候嘛。事业草创阶段，能把摊子支起来就不错了。可现在不同了，我毕壮志要想把事业做大，必须注重每一个细节。"我说得理由充足。

张宝奎和小六就挠挠头，对吕福生说："我们只好走吧，往后走一步是一步吧。"

"毕经理，你把我留下来吧。"吕福生不肯走，诚恳地说，"俗话说人不可貌相，你别看我长得黑，腿还不利索，可我对你的事业肯定有帮助，我会分辨水果的公母。"

"水果还有分公母的？我卖了这么长时间水果，咋不知道水果还有公母呢。"我听着新鲜。

"是呀，毕经理，那是因为你没早点遇见我。你要是早点遇见我，你就会早点知道水果分公母了。你看这个橘子吧，我就知道它是公还是母。"吕福生蹦跳了一步，弯腰拿起一个橘子，语气肯定地说，"这是公的，公的酸一些，公的没有母的甜。哪！你们尝尝。"

我们每个人都像中了他的蛊一样，取了一瓣品尝，果然有点酸酸的味道。

"那这个呢？"申楠楠感兴趣了，拿出了另外一个橘子。

"这个是母的。"吕福生瞅了一眼，十分肯定地说。

我们每个人又各自尝了一瓣，果然后一个比前一个甜一些，这真是开眼了。

"橘子果然分公母，那咋分公母呢？"我们都很感兴趣，包括不卖水果的张宝奎和小六。

吕福生坐在凳子上，黝黑的脸上流光溢彩，他像一位大学者似的，左手举起一只橘子，让我们看橘子皮的中间部分，用右手食指指点着说："看到没有，母橘子上面有个稍微凹下去的圆圈，看到没有？对，就是这个位置，然后在圆圈里面，又鼓出来一个脐。而公橘子皮的中间则没有这个脐。"经吕福生指点，我们一看还真是这样。

　　吕福生不但知道橘子的公母，还知道西瓜、苹果、梨等所有水果的公母。他说，西瓜的公母看"肚脐"，"肚脐"在与瓜蒂相对的另一面瓜皮上，公西瓜的"肚脐"较小，差不多黄豆粒大。而母西瓜的则较大，有硬币大小；苹果的公母看果蒂，母苹果果蒂大，公苹果的果蒂小。而挑梨却要看梨项部的深浅，项部深的就是母梨，浅者就是公梨……

　　哎呀呀，没想到吕福生懂得这么多，我经营水果店，太需要这样的人才了，我当下拍板，毫不犹豫地把他留了下来。

　　原来，吕福生和张宝奎是老乡。以前的吕福生也不是残疾，吕福生的残疾是前几年才落下的。落下残疾之前，木炭脸吕福生是和水果打交道的，他经营着自家的果园，虽然只种植山梨和山葡萄，但吕福生这个人爱琢磨，所以，他能辨别水果的公母。吕福生准备干两年，还要盖一座温室大棚，试试种植一些南方的水果呢。那一年，果园丰收，邻居二哥开着拖拉机帮吕福生运送山梨。拖拉机装满山梨离开果园后驶近一个土坡。那天，恰逢雨后初晴不久，土坡其实只被太阳晒干了一层皮，车轮压上去，干土皮立刻卷进湿土里，车轮甩着泥浆乱飞，拖拉机却爬不上去。二哥急，越急拖拉机越上不去，车轮越陷得深。二哥急，吕福生也跟着急，跑过来帮着推。吕福生是实诚人，干活从来不知偷奸耍滑，既然过来帮着推车，就要千方百计把拖拉机推过土坡去，何况二哥是过来帮他运水果的。吕福生双手用力，腿也跟着使劲，他懂得杠杆原理，把一条腿伸进车厢后面，吕福生拿他这条腿当杠杆，在车厢后面"一二一"地"嚯哟嚯哟"着。拖拉机吭哧一声，努力着往土坡上爬，也的确爬上了一些，但终于没有力气再爬上去，拖拉机爬不上去不会停在原处不动，它要往后溜一些。往后一滑溜，吕福生来不及躲闪，只听咔嚓一声，再加上"哎呀"一声惨叫，可怜吕福生那条当杠杆的腿就断了，从此就落下了残疾。残疾了的吕福生没有办法经营果园了，老婆身体一直不好，儿子又刚读高一，家里全指望着吕福生呢，把吕福生愁的，一张脸原本没有这么黑，硬生生愁成了个木炭脸。愁来愁去，日子还得过下去，只好寻思着到外面找个出路。寻思来寻思去，也实在没辙，最终寻思到张宝奎这儿了。他听说张宝奎在哈尔滨是搬家公司的小组长了，手上一定有点权力，没准能照顾一下自己，就一瘸一拐地跑到哈尔滨来了。

张宝奎一看他来了，愁得肠子绕了一百个结，吕福生这个样子来搬家公司能搬动什么呢？何况翔飞搬家公司也不是他说了算的地方，但人家既然奔你来了，不帮着找个活路也说不过去。张宝奎想了几天几夜，小六也帮他的老大想了几天几夜，想来想去，最后想到了我。张宝奎和小六就一起领着一瘸一拐的吕福生来到梅林苑小区。

这些日子，张宝奎和小六也听说了我水果店的生意还可以，但没想到生意做得这么红红火火。张宝奎有心计，留下吕福生，不动声色地回去了。回去以后，张宝奎也在哈尔滨开了一家水果店，他把老婆从老家接过来经营水果店，自己还在搬家公司当小组长。但老古话说得好，"同行不同利。"张宝奎老婆辜负了张宝奎的期望，没把水果店经营好，干了一年赔了个老本朝天，让张宝奎心疼得捶胸顿足，最后只好关门大吉，张宝奎老婆仍然回老家种地去了。这些是我后来才知道的，张宝奎一直隐瞒着我，一丝口风都没有向我透露过。

现在，我的水果店不仅经销普通的水果，我还经销"果篮"。我在市内一家工艺品批发市场发现了一批别具一格的花篮，是用比小拇指还细的藤萝编就的，我把它们买回来，做成"果篮"。经吕福生指点，一个个别具一格的花篮里装上水果，外面再套上保鲜膜，"果篮"就做成了。如果里面装的是梨、苹果、香蕉和葡萄，这"果篮"就叫"四季常青"；如果里面装的是苹果、橘子、芒果和橙子，这"果篮"就叫"富贵吉祥"；还有"平安如意"，还有"抬头见喜"，还有"紫气东来"等。无非是各种水果搭配在一起，取一个活色生香的名字。

今天的"果篮"已经不稀罕了，只要是卖水果的地方都会有。但当年我在哈尔滨开水果店时，"果篮"还是新鲜的事物。今天，我可以拍着胸脯告诉你，"毕壮志水果连锁店"是诞生"果篮"的摇篮，一般人我不告诉他。

我的"果篮"甫一推出，就受到既热爱水果，又具有浪漫气质的哈尔滨市民的喜爱，很快成了礼尚往来的送礼佳品，常常被抢购一空。我比以前更忙碌了，恨不得有分身之术，幸福牌摩托车不够用了，我买了一台金杯牌面包车。

我二十三岁那年，开着面包车驶过哈尔滨的街头，偶尔我会看见一个人或两个人提着"果篮"在街上走，我知道它们出自毕壮志水果连锁店。这时，一朵芬芳迷人的花朵就在我的心头绽放了，我觉得自己是一个幸福的人,一个伟大的人,一个创造幸福和伟大的人。我多想停下车来,把自己这种奇妙的感觉分享给每一个我遇见的、热爱美好事物的人。但所有步履匆匆或闲庭信步的人们,都没有时间或不屑来欣赏我心头这朵花的芬芳迷人。所以,我仍然孑然一身。

我要等的那个人依然在哈尔滨的某个街头,我一遍遍地在街头穿梭,期待着那蓦然回首,期待着那惊鸿一瞥,但蓦然回首和惊鸿一瞥却迟迟没有出现。有时我想,我与那蓦然回首和惊鸿一瞥一定也曾踏入过一个共同的空间,足迹印着足迹,心跳呼应着心跳,只是我们没有处在一个共同的时间。或者也有着共同的时间,只是缘分这种魔一样的东西还没有到来。

偶尔闲下来的时候,我也会给宋燕秋打打电话,鬼使神差一般,我就是想听听她的声音,就像当年我寂寞的时候想听申楠楠的声音一样。我的心灵依旧是一片荒原,在烈日的炙烤下特别渴望一片绿荫的庇护。只不过我转移了目标,我现在把宋燕秋当成了我心灵荒原上的绿荫。"好想让你遇见我,在我最美丽的时刻。"我还想让她分享我成功的喜悦,我的一点一滴的进步,这些虽然很微弱,但我的的确确在进步着,每天都在进步,这些我想让她知道。虽然我知道她已经有了韩亚杰,我和她之间已经不可能了。虽然我也知道天涯何处无芳草,何必一棵树上吊死呢。但我就是偏偏喜欢听她的声音,我就是偏偏要给她打电话,我就是想让她分享我成功的喜悦。宋燕秋并没有给我下某种情爱之蛊,可我却无药可救。

从过完春节到现在,我也记不清有多少次了,邀请宋燕秋一起喝杯咖啡,老地方,还去上次那家古旧的有故事的咖啡店。可她的态度却发生了逆转,一次次地找理由推托我,一次次的理由总是冠冕堂皇，推托得得体而大方。但我知道所有的这些理由都经不起真正的推敲，都是她的托词。夜深人静的时候，我被我自己下的情爱之蛊折磨得死去活来。然后，毒性消失，让我身心俱疲。接着另一个夜深人静时候到来……我也曾心灰意冷地想，我这样做，其实是落花有意，流水无情。我一个堂堂的男子汉，在情感方面却表现得这么非理性。毕壮志，你还想出人头地呢，你还想干一番事业呢，你赶紧拉倒吧，现在，连我都瞧不起你。常常我的理性用嘲讽的口气对我的非理性说。

一次次的拒绝、冷遇，是一次次的釜底抽薪加上往釜底泼上一瓢冷水，让我心头燃起的熊熊大火渐渐衰弱成一支即将熄灭的烛光。还是，不要想她吧。

但在我决定不要想她的时候，宋燕秋又来过我的水果店两次，虽然两次都是碰巧路过这里，然而，她每来我的水果店一次，都足以让那微弱的即将熄灭的烛光在我的心头重新燃成蓬蓬勃勃的火焰。我要不可救药地沉沦下去了。

宋燕秋第一次到的是梅林苑分店。这是四月初，哈尔滨的街头依然春寒料峭；松花江上的残冰仍然坚守着一份冬天的心，不甘就这么无声无息地消融到春光里；爱美的姑娘仍然用厚厚的羽绒服把自己裹得严严实实。但宋燕秋却只穿着一件银灰色的风衣，脖子上系着一条紫红带小碎花的丝巾，笑意盈盈地走进我的店来。她走进我的店里，我店里仿佛一下子春暖花开了。后来，我想，那天，一定有神在眷顾我，让我恰巧就在这间店里，这些玄妙的东西我当时以及现在都解释不清。当时，我正帮着申楠楠摆果篮，嘴上还说着一些和申楠楠打情骂俏的话，这些年，我们常常这样。我们管这叫"君子动口不动手"。我没想到她突然莅临，一时兴奋得目瞪口呆。

关于那天我见到宋燕秋的表现，可以从申楠楠口中得到。当然，这时候，宋燕秋已经离开了水果店，她在我的店里只待了二十分钟就走，我极力挽留她，她说，来看看你店里生意兴隆就好了，你快照顾客人吧。我坚持要送她。就在我店门前的街道上，一辆出租车停了下来，宋燕秋拉开车门钻了进去，我恋恋不舍地目送着出租车拐过了街角。

回来，申楠楠像发现了天大秘密似的问我："毕大经理，刚才那个女人真美啊，天仙一般啊。我咋见她一来，你那么兴奋又那么紧张，浑身都像过电似的发抖，她问什么你答什么，平日的伶牙俐齿哪里去了？哎呀呀，毕大经理，我明白了，莫非她才是这家水果店的真正主人？"

"瞎说什么呀，她，她是我高中同学。"我扭回头看身后，仿佛宋燕秋又回来似的。

"哦——"申楠楠拉长音说，"我明白了，毕大经理，一定是你女朋友吧。你看你说是我高中同学时，还咽了一口唾沫，呵呵……"

"瞎说什么呀，她、她有男朋友了……"

"哎哟哟……"申楠楠学着我的腔调，"她、她有男朋友了。毕大经理，你说这句话时表情好沮丧、好可怜哟。"我被申楠楠揭了短，面红耳赤，一时语塞。

申楠楠用调侃的语气安慰我："有男朋友有什么关系呢？有男朋友又不是结了婚，还可以争取嘛！就是结了婚的，这个年头，又有什么关系？结了婚的，还可以离婚嘛！只要她有情你有意，毕大经理，你说是不是这样呢？"

我神情木然地说："天涯何处无芳草，何必一棵树上吊死。我干吗要破坏别人家庭啊，申姐，你说的这是哪儿跟哪儿。"

宋燕秋第二次来我的水果店，是夏天，在我的御苑小区分店。下午三四点钟的光景，我刚从抚顺街分店过来。田雨见了我说："毕经理今天一定有喜事了，容光焕发。"

"你们的生意做得好，这就是我的喜事啊。"我说话越来越有大经理的范儿了。

田雨笑着说："一定还有别的喜事。"

"我也想呢！"我刚说完，我就目瞪口呆了，我的喜事果然就来了——宋燕秋飘进我的店里。她真像仙子一样，无声无息地飘进我的店里来。一袭淡青色的连衣裙，一只淡青色的蝴蝶头饰停留在宋燕秋乌黑的头发上。她那天的模样，真像一朵出水的芙蓉，"出淤泥而不染，濯清涟而不妖"，任谁见之都会心旷神怡，我心湖中的怪兽齐刷刷地探出头来。

"挺不错啊，毕壮志，水果店也能做成连锁店，而且生意还很兴隆……"她巧笑倩兮，美目盼兮！

"你、你怎么、怎么来这儿了？"我突然变得结结巴巴起来。

"路过这里，看见熟悉的毕壮志水果连锁店字样，就想走进来看看了，怎么，看样子，不受欢迎啊？"宋燕秋轻声细语地说。

"欢迎啊，欢迎，我高兴还来不及呢……"我搓着手，像个傻子一般的笑着，浑身又像过了电一般的颤抖。宋燕秋在店里转了一圈，像领导例行巡视一般，巡视完就要走。

"没有十秒钟就走？难得见次面，多待一会儿吧。"我恳求着。

"看看就好了，不能耽误你做生意啊，你看又有顾客临门了呢。"果然进来了一位老年夫妇，田雨热情地招呼起来。

"没关系的，没关系的，田雨一个人就能对付过来。要不，我请你喝杯咖啡吧。"我不舍得就这么放她走。

宋燕秋沉吟了一下，点了点头。我的心立刻飞了起来。

夏天，我已经买了面包车了。我请她坐到副驾上，我开着面包车驶往那家临街的有故事的咖啡馆。下午四点钟，暑意没有消散。我摇下了车窗玻璃，哈尔滨街头浪漫之风吹进来，把她的几缕长发拂到我的脸颊上，柔柔的，痒痒的，像木泥河边轻柔的柳叶，我心湖中的怪兽一只只蠢蠢欲动……

街头，谁家的商店飘来那首老歌：

夏天夏天悄悄过去留下小秘密，

压心底、压心底，不能告诉你，

晚风吹过温暖我心底，我又想起你，

多甜蜜、多甜蜜，怎能忘记。

不能忘记你，把你写在日记里，

不能忘记你，心里想的还是你……

这首老歌一直追着我们的车，追了半条街才不甘心地消失了。车上，宋燕秋改变了主意，她用商量的口吻对我说："老同学，不如我们就在街上转转吧。"

我不解："一起喝杯咖啡不好吗？"

"不好！"她瞟了我一眼，我感觉到了。她嫣然一乐："我更喜欢这种随意的感觉，轻松自由的。不过呢，"她在字斟句酌，"我知道你比较忙，如果有事，就去忙自己的事，可别耽误你正事儿。"

此刻就是有天大的事等着我，我也会搁置不管的，"不忙，我不忙。本来也是想请你喝咖啡的嘛！"

"那就转一个喝咖啡的时间。"她说。

我带着她在哈尔滨的街头闲转，我们一边闲转一边回忆起高中时期许多同学的趣事。我从她的口中知道，同学张海明喜欢上了曾小梅，不敢亲自表白，托江小诗带信。江小诗没有及时送达情书，晚上却把情书带回家，被他爹——我们的教导主任拆开看了，在学校里开展了好长一阵防止早恋教育；我告诉她，米云凯抵债给我的墨镜，到了县城我才知道，原来是电焊工人戴的……宋燕秋笑声清脆甜美，像夏日叮咚的泉水在欢快地流淌。我说得多，她说得少，偶尔问一两句细节。但她甜美的笑声一直漾在我耳边，漾在我的面包车里，我全身的每一个细胞都浸淫在这种甜美笑声中了。

如果有可能，就让时光永恒吧，就让我的车无休止地在哈尔滨的街头转下去，就让我们蜡封在这种甜美中。但街灯依次绽放了，夜晚的哈尔滨成了一座流光溢彩的城，而间杂的一座座俄式建筑，让这座城市显得格外地洋气，让人不时产生身在异域他邦的错觉。BP 机在宋燕秋的包内嘀嘀地响个不停，一遍接一遍的，我猜想一定是那个人在催她回家了。

我们都不再说话，我静静地驾驶着车，任晚风吹进车窗，她也静静地坐在我的旁边，轻柔的发丝时不时地拂着我的面颊，此时无声胜有声，那种感觉，今生我都不会忘记。过了一会儿，她轻轻地叹了一口气，然后，含着笑说："毕壮志，不知不觉的，喝三杯咖啡的时间都过去了，你就在这里把我丢下来，你回去吧。"我一声不吭，但我把车掉向她家的方向，她也不再说话，我在一片静默声里把车停到了松江小区门口——我曾经发誓再也不踏进一步的小区。

她下了车，朝我挥了挥手，她挥手的动作像极了仙女的舞姿。我听见她对我说了"再见"两个字，那两个字从那像玫瑰花一样绽放的嘴唇中吐出来，带着玫瑰花一样迷人的芬芳。那一刻，我真想不顾一切地冲下车去，在那张曾经吃过的嘴唇上吃上一口。

我已经吃过宋燕秋的嘴唇了，可是我再也不能吃她的嘴唇了，我连抱她一下都不能够了，难道男和女的关系止步了，就如"逆水行舟"，再也不可能回到曾经了吗？

我无限惆怅地回到梅林苑小区分店。晚上八点，申楠楠准备下班了，她竟也换了一件淡青色的连衣裙，我记得她早上穿的是一件湖蓝色带丁香花图案的裙子。申楠楠见我进来，眉眼含笑，双臂舒展，翩翩一个转身，问："怎么样？毕大经理，我这身衣服漂亮吧？"

"真漂亮。"我敷衍着说，此刻我心想，这身衣服，穿在申楠楠身上怎么却找不到出水芙蓉的感觉，顶多算一根拂水的杨柳枝。申楠楠怎么知道穿这身衣服，不用猜，一定是田雨告诉她的。这时候，我的每一个水果店里都已经安装了固定电话。

申楠楠没听出我敷衍的话语，故意挑逗地问："是衣服漂亮还是人漂亮？"我们常常说这些有点过火的话。

"衣服漂亮，人更漂亮。"申楠楠不了解我今天心态的变化，此刻我不想和她说这样的话，我微微皱了皱眉。

"比你那位怎么样？嗯？"申楠楠紧追不舍。

"你们俩一样漂亮！"我言不由衷地说。

申楠楠却很高兴地拉起我的手，翩翩跳起了舞。我身不由己地跟着她的舞步转动起来，我们越舞越近，越舞越近，直至四目相对。我几乎听到申楠楠的心跳声了，她陶醉般地仰起了头，闭上了双眼。红唇如花，晶莹饱满，微微颤抖着，只要我低下头，我就能像一只蜜蜂一样吮吸到花蕊中的蜜了。以前，虽然说一些过火的话，但申楠楠从不给我这样的机会。今天给了我这样的机会，我却不能这样冲动，我还沉浸在与宋燕秋的离愁别绪里，我轻轻地推开了她："对不起，申姐，我、我有点失态了，你快回家吧，一会儿你家那个提款机该来找你了。"

"今天啊，他不会来，他出差了。"申楠楠火辣辣地望着我，脸上飘起了红云。

"那你也该早点回家，不然、不然，咱们这算怎么回事呢？"我一本正经起来。

"你不是常常说喜欢我吗，嗯，毕大经理……"申楠楠今天是有些胆大了。

"我的确说过，我还是有点轻浮了，以后不开那种轻浮的玩笑了，总开这样的玩笑不好。"

"哟，毕大经理！"申楠楠对我冷嘲热讽起来，"今天你咋突然变高尚了呢？请放心，以后我也不和你开这种玩笑了！"申楠楠拎起自己的坤包，似乎有一丝怨气地冲出店门，消失在流光溢彩的哈尔滨街头。

这个晚上，我的脑子里先是想着白天和宋燕秋短暂相处时的情景。我又喜欢她，又恨她。不，我不恨她。我恨韩亚杰，那么一个纨绔子弟竟然把这么一位美丽清纯、原本属于我的女孩骗到手了。不知他用了什么样卑鄙的手段，我绞尽脑汁地想。能用什么卑鄙手段？人家是大学同学呗，我翻过来想。唉！假如我也上了大学，我和宋燕秋是大学同学，我一定要保护好她，不会让那个骗子的阴谋得逞，我覆过去想。后来，我的脑子里又飘进申楠楠那张有一丝怨气的脸，不知她今天是受了什么刺激？一定因为宋燕秋的到来。在过去的岁月里，我和她确实常开一些轻浮的玩笑，我也的确对她动过心思，但她压根儿看不上我，只把我的玩笑当成单调生活的调味剂。今天她怎么就看上我了呢？因为我毕竟在事业上小有成就？申楠楠觉得做我的红颜，此生不亏？也许申楠楠的心里也一直在挣扎，今天宋燕秋的到来，让她感受到了某种危机，用一种大胆的举动来试探我？我又问自己，难道现在对申楠楠就没有进一步亲密的念头了？不可否认，有时仍然有，申楠楠身材曼妙，是正常的男人都会喜欢，但只是喜欢，正常的男人不会对一个有夫之妇迈出行动的步伐。而且，我也不能迈出行动的步伐。前几天，哈尔滨市的一位女子有了婚外情，她的气疯了的丈夫拿刀把她和她的情人都捅死了。周一帆是好惹的？我可不能干这种危险的勾当。"空即色来色即空，色字头上利刀锋。"后来，我又担心，今天晚上，申楠楠有些生气地走了，明天她该不会不来上班吧？

我胡思乱想得睡不着觉，感觉自己的心湖已经干涸了，那些怪兽无处遁藏，它们凑在湖心还有一点湿气的泥土处，苟延残喘，奄奄一息。而湖的四周泥土龟裂的纹路正如蚯蚓一样不停地往湖心延伸、延伸。苍天啊，快点降我一点甘霖吧！不然，我心湖中的怪兽将在今夜死去，我将在今夜死去。然而，苍天不可求。今夜，苍天正眨着狡黠的眼睛，期待着我的心湖因干涸而死。我的心湖不甘心就这样死去，我心湖中的怪兽不甘心就这样死去，它们一遍比一遍更强烈地祈求我，听听宋燕秋的声音，那甜美的声音就是洒到你久旱心湖的甘露。

我焦灼地看看表，时针还没有指向夜里十二点。这个时候，宋燕秋睡了没有？也许她睡着了，也许她还没睡着。那个纨绔子弟在家吗？这个晚上，他也许在家，也许不在家。那么，我就给宋燕秋打个电话吧。我干渴的心湖是一刻也等不及了，等一秒都好比是要苦苦煎熬十年。

我抓起了电话，随之我立刻后悔得要命。因为电话那头那个男音，带着刚睡醒的含混，不但冷冰冰的，而且还散发出许多不满，"这么晚了，谁啊？你找谁啊？"

我本来可以一言不发就放下电话。我一言不发放下电话，那个人会以为是谁拨错电话了。但这个晚上，我偏偏鬼使神差地说："我找宋燕秋。"

他立刻警觉地问："你是谁？"

"我是毕壮志，宋燕秋的高中同学。"

"哦——你就是那个搬家公司的'总经理'吧？我见过你的！"他的声音满是嘲讽，接着又用严厉的口气问我，"宋燕秋不在家，你找她有什么事？有什么事你跟我说，你跟我说是一样的。"

宋燕秋不在家？宋燕秋怎么不在家呢。这个下午，我明明把她送到了小区的门口。韩亚杰说她不在家，也许是真的，也许是假的。但至少说明，这个晚上、这个时候，我的女神并没有躺在他的身边。不然，她怎么会无声无息？

我的心里突然有了一种说不出的舒畅，我没好气地回敬他："我和她是老同学，没有事就不能问候一下？"

那个纨绔子弟恶狠狠地说："打住！没有这个必要，你是不是吃饱了撑的？"

"我问候宋燕秋，又不是问候你。你是宋燕秋吗？……"我一点也不生气，异常冷静地回敬他。

"滚你娘的！"他爆粗了，啪的一声挂断了电话。

这个晚上，我还是没有睡好。后来我尽是琢磨，宋燕秋住在哪里呢？她住在那套单元房里，但各住各的房间？或者住其他地方，是宾馆？是闺蜜家？或者尚未夜归，这么晚了，她为什么没有回来？她和那个纨绔子弟之间一定发生了什么！

　　第二天，我起得很迟。醒来就用座机呼叫了宋燕秋的BP机，我期待着电话铃声急促地响起，但两个小时过去了，我的座机却一直风平浪静。我匆匆洗漱完毕，满腹心事地开着车驶向水果批发市场。我的水果店每天都要进些新鲜的水果，这个耽误不得，即使刮风下雨，也要风雨无阻。进完水果，我一个店一个店地送。最后一个店是梅林苑小区分店。临近这个分店的时候，我的一颗心又忐忑起来，我担心申楠楠昨晚有些生气，今天不来上班了。

　　申楠楠来了，从她的脸上似乎看不出我们昨晚发生了什么故事。但我知道，我们的关系再也回不到从前了。因为她见了我，嘴角虽然像以往那样挂着笑，但这笑，不是从心里漾出来的，而是勉强挤出来的。

　　这个上午，我决定留在梅林苑小区分店。我帮着申楠楠照顾客人，我们之间配合得虽然仍然娴熟，但我总觉得添了一种生分，没有以往那种默契了。我感到不太开心，我想能不能有一种方法，能挽留住从前，我和申楠楠还能像从前那样开开玩笑，那样的玩笑能让两个人的关系和谐、心无芥蒂，但仅仅停留在开玩笑阶段，不能付诸实践一步。申楠楠跟着我一路走过来，我想留住她，并兑现当初对她的承诺。

　　没有顾客的间隙，我讨好地凑到申楠楠跟前，我说我想告别单身了，求她帮我介绍一位能知我、疼我、爱我，我也知她、疼她、爱她的女孩。

　　申楠楠瞅了我一会儿，反问："你不是有了那位吗？"

我和宋燕秋之间，以前是绝对没有希望的，不但没有希望，甚至都回不到从前。现在虽然希望的缝隙里闪现了一丝亮光，但我只求宋燕秋能把我当成一位老同学，最终能不能成为我的"那位"，我不敢奢求。我有些黯然神伤地垂下头。

申楠楠不动声色地盯着我看了一会儿，叹了口气，说："说吧，毕大经理！什么叫知我、疼我、爱我啊？太抽象了吧，请说具体些，告诉你申姐具体是什么条件的。"

我挠挠头说："就是'出得厅堂，入得厨房'那样的。"

申楠楠嘲讽似的问："什么叫'出得厅堂，入得厨房'的啊？毕大经理，像我既是你的营业员，又时不时让你分享我的厨艺，按理说也算'出得厅堂，入得厨房'吧？"

"你当然是'出得厅堂，入得厨房'啦。可你毕竟、毕竟那个什么，一朵鲜花插到周主任那牛粪上了嘛。"我换了从前玩笑的口吻。

"就不能改插了吗？"申楠楠也用从前的口吻回复着我。

"那不好吧，周主任那牛粪帅气着呢，给你这朵鲜花提供着源源不断的养分，你看你这朵鲜花现在多么美艳，多么鲜嫩。"我不忘记在玩笑中恭维申楠楠。

"拉倒吧，可别忽悠我了。"申楠楠眉眼含笑，脸色舒展了许多，说，"哦，我总算明白了，毕大经理，你说的'出得厅堂，入得厨房'是什么模样的了，说来说去，还是你那位同学吧。"

"是啊！"我长长地叹了口气，"那朵鲜花也是插到别人的牛粪上了……"提到宋燕秋，我想起昨夜的事，内心又充满了担忧，我不管不顾申楠楠的目光是怜悯、嫉妒还是不解，用店里的座机呼她的 BP 机，一连呼叫了七八遍，她依然没有给我回复。

申楠楠后来又叹了一口气，用同情的口吻对我说："我明白了，毕大经理，我帮你寻觅一位'出得厅堂，入得厨房'的吧。"

　　这个让人又恨又恼，又恨不得恼不得的女人现在究竟在哪里？我不知道她为什么不回我的电话？难道我又不小心得罪她了？我哪里没有得罪她呢，我半夜三更给她打电话，破坏她的婚姻生活。可是，她那时分明不在家呀！她不知道我半夜三更给她打电话，那么她又为什么不回我的电话？她现在究竟在哪里？后来，我翻电话号码簿，我翻到农业局那家事业单位，我找到了宋燕秋的同事。宋燕秋的同事告诉我，宋燕秋出差了！

　　宋燕秋给我回电话是在一周后。

　　我听出是她的声音，这一周积攒起来的怨气，我甚至担心会积攒成雨云、会积攒成闪电，然而一听到她的声音，这一周的怨气瞬间消散，天高云淡，我内心激动莫名："燕秋，咋会是你呢？"

　　她反问："咋不是我？这么说是不欢迎我的电话？"

　　"不，不，……我向苍天保证，我向厚土保证，我毕壮志绝不是这个意思。我，我受宠若惊，我还是第一次接到你的电话呢……"

　　"哦，以为你不欢迎我给你电话呢。出差刚回，BP机没带，上面留了许多条你要求回话的记录，才看到，真是抱歉啊。"她轻声笑了一下，"在忙什么呢？"

　　"没忙什么。"我正忙，我在那家工艺品市场看大号的花篮呢，我想知道他们是在哪里订制的，我也想订制一批，减少中间环节的成本。但我不想告诉宋燕秋这些，我怕我告诉了她，她会因为我很忙就放下电话，这会儿就是天塌下来，也没有我和她说话重要，我期待着她能够和我多说一会儿话。听到她的声音，我身上的每一个细胞都张开了愉悦的耳朵。我没有告诉她，我为什么在那天要那么疯狂地呼叫她，我没有告诉她我是多么地担心她！

她也没有问我为什么要呼叫她那么多次，呼叫她那么多次是为了什么，只是沉吟片刻说："我们去喝杯咖啡吧？要是你不忙的话。"

我兴奋得要跳起来了："不忙，不忙，我真的不忙，我闲得很。"

"那好啊，就去上次那家咖啡馆吧，虽然临街，但环境还不错。你邀请过我好几次了，这次算是给你一个机会吧。"她轻声一笑，那笑声带着木泥河畔青草的芳香，永远都不会消失，永远在我的心底荡漾。

"好啊好啊，谢谢你给了我一次机会。你在哪里，我开车去接你。"我怕她马上反悔。

她说："我自己过去就行了，不用接。一会儿见。"

"一会儿见。"我又画蛇添足地说了一句，"不见不散！"

我立刻离开了工艺品市场，驾着车驶向那家临街的咖啡馆。这一刻，那家咖啡馆漾在我的心湖上，漾着漾着，漾成一座宁静又温馨的港湾，清风徐来，波光粼粼。你别不信，你人生中的有些地方就是你的福地。

驾车时我还想，那天夜里的电话我故意把韩亚杰气得够呛。韩亚杰后来告没告诉她这事呢？也许告诉了，那么她就是知道了。那今天她约我喝咖啡的目的也许就是要告诉我，当爱已成往事，我不该再来破坏她的家庭生活了。想到这，我就有些沮丧，有些羞惭，车速自然而然地放慢了许多。但我转念又想，韩亚杰一定没有把那事告诉宋燕秋。刚才电话里，她那愉悦的声音没有包含要怪罪或者警告我的意思。也许因为韩亚杰最近忙，他忙得顾不上和宋燕秋见面。我又立刻排除了这种可能，什么样的工作，能忙到连女友的面都顾不上见？那么这段时间，他们是见了面。但见了面，因为有许多其他的话题，韩亚杰顾不上告诉她深夜了我还打电话找她的事。当然还有一种可能，醋火中烧的韩亚杰，只把那天夜里的事埋藏在心底发酵，时不时涌上来阵阵酸水，但却不肯向宋燕秋透露半个字。

这家咖啡馆在白天营造的夜晚情调让我迷醉。这一刻，她坐在我的对面，我像上次那样点了她爱喝的咖啡，还有上次她叫的甜点"慕斯"。我们的话题还是从高中时的趣事聊起，那是我们相识的起点，我们在初中阶段并不在一所共同的学校。我们感慨时间过得飞快，高中时的事情仿佛就发生在昨天。但我们却小心翼翼地回避着木泥河边草色青青的日子。后来，话题就飞过中学时代，我们聊起我们现在生活的这座城市的浪漫与美丽、开放与保守，后来的话题就聊到我的身上，我向她谈我现在的事业及未来发展的设想。

当服务生第三次换过漂浮在水面上的红烛后。

我深情地注视着她，说："该谈谈你了吧，总是我说的多，好像我成了话痨似的。"

她本来一直眉眼含笑的，见我这么说，就低下了头，用勺子轻轻地搅动着咖啡。她只是轻轻地搅着，不停地搅着，像搅着满腹的心事。

我歉疚起来："如果不想谈就不谈吧，怪我多嘴。"我像孩子似的打起了自己的耳光，一边打一边说，"让你多嘴！让你多嘴！"

她笑出了声，说："这是何苦呢？老同学。我并没有怪你啊。只是我有什么好谈的，不像你事业有成，蒸蒸日上的……"她的笑容消失了，伤感起来，"这几天，都发现自己老了，真的，有时感觉大学是白读了，读了大学感觉顾虑就多了，前怕狼后怕虎的，反而没有你这股闯劲儿了，心有不甘啊……你看我的眼角，现在都皱纹丛生了。"

"你老了？太阳才起山呢，像早上八九点钟的太阳。"我想逗她开心，我并没有看见她眼角的皱纹，只从她的眉眼间看出一点憔悴，于是还是把藏在心间一直想问却又觉得不合适问的问题问了出来，"你和他，现在咋样？你们过得还好吧。"

她用手撩了一下鬓角的头发，又一下子把我的心撩拨到当年的课堂。她看着我，轻声一笑问："还好啊？咋了？"

"没啥，只是随便问问。本来不想告诉你，唉！但还是跟你说说吧。"夜的情调让人抛却了许多光天化日之下的顾忌，我的声音像心在呢喃，"有一天夜里，我想、想听听你的声音，给你打电话了呢。"我的脸红了，我自己能感觉到。

"啊？"她惊讶地问，"是吗？夜里？啥时候的事？"

"就是连续呼叫你BP机的前一天，不到夜里十二点的时候。你似乎没在，他接的，他很生气。我知道我不该这么晚给你打电话，可是那天晚上不知怎么了，我没控制住自己，没、没给你带来麻烦吧？"

宋燕秋不说话，只是轻轻地摇了摇头，神情很落寞。

"那就好，只要没给你带来麻烦就好。"

"你不该打那个电话的。在一个不合适的时间，又碰见了一个不合适的人。"她换了一副严肃的表情盯着我说，"这么多年了，毕壮志，在哈尔滨，你就没有碰见喜欢的人？"

"可我，我就喜欢，喜欢……"我有些结结巴巴地说，我鼓起勇气，"我就喜欢像你这样的。"我告诉她，连我店里的申楠楠都看穿了我的心思。说完，我一点也不羞涩，只是火辣辣地看着她。

宋燕秋摇头，轻声地问："失去的还能找回来吗？"她不需要从我这儿寻找答案，而是自问自答地说，"失去的就找不回来了，找不回来了，你别傻了，毕壮志。"

又一支烛火暗淡了，像我的心。

服务生过来换了一支红烛。她在亮起来的烛光中说："毕壮志，你现在还清纯得很，但这物欲横流的社会，总有一天会让你变坏的，尤其像你们这样做生意的人最容易变坏……"

"那韩亚杰不是做生意的人吗？而且很有钱了，韩亚杰变坏了吗？"我挑衅地问。

她垂下了眼帘，可是很快又忽闪起美丽的眼睛，娇嗔地道："说你呢，不要转移话题好不好？"

这一刻，我知道了他们在一起生活得一定不是那么愉快。然而，在这一刻，我的心里没有窃喜，只有不快。仿佛和韩亚杰在一起生活的不是她，而是我。

第五支红烛又黯淡了下来，我们该离开咖啡馆了。我开着车送她回家，她的体香弥漫在我的面包车内，像那年那月木泥河畔淡淡的草香，此生此夜不长好，明月明年何处看，没有人知道，和她在一起，每一次我都渴望时光的永恒。

但阵阵蛐蛐声传来，是她包里的BP机在不停地叫唤了。我怕耽误了她的事情，就说："燕秋，前面街角有个电话亭，我靠边停下来，你去回个电话吧。"

她掏出BP机看了一眼，眉锁春山地说："走吧，哪有啥急事啊，都是些无聊的信息。你开车带我转转就好，不拘什么地方，就像上次那样随意就好。"她呼出了一口气，似乎胸腔中满是郁闷。

我立刻猜出是韩亚杰在呼她，因为她的BP机一直响个不停。我有心开着车带着她驶离哈尔滨，驶到天边去，驶到天涯海角去，驶到一个那个纨绔子弟永远也找不到的地方……但我看见 BP 机不停的响声已经让她的眉头越锁越深、浑身烦躁不安起来了。"还是送你回去吧。"我征求她的意见。

她没有吭声，这就是默许的意思了，我掉转方向，把车开到了她所住的小区门口。

她刚下车，我就听见我的车后传来吱的一声刹车声。那个纨绔子弟举着一块砖头那么大的手提电话（那些年，我们就管它叫"大哥大"的），从一辆白色的别克车里迈出来。

他像一头狂怒的狮子，又像一个跳梁的小丑，挥舞着两只手冲着宋燕秋吼："我一直在呼你呢，咋连个电话也不回？"

"我的 BP 机没电了。"她冷冷地回答。

"我要给你配个'大哥大'，你又不要！呼你，又不回！哦？出去兜风了，好自在啊！让我看看是谁陪你呢。你这样高傲的公主，你说你要出去兜风，也该上台有档次的车。你上这样的破车，你不觉得掉价，我还觉得害臊呢！"那个纨绔子弟站在我的车前，抬腿踢了我车的右前轮一脚，仿佛像踢我一样解气。

她平静地反驳："我坐坐我同学的车，怎么会掉价呢？"声音很平和，似乎一点也没有生气。

韩亚杰不给我留一点情面，指点着依然坐在驾驶座上的我对宋燕秋说："这种人，我奉劝你还是少和他打交道的好！"

宋燕秋依然是不气不恼地问他："那你是哪种人呢？"

韩亚杰愣了一下，他收回了盛气凌人的手指，换了一副甜蜜的嘴脸给宋燕秋，他拉起她的胳膊，说："燕秋，你看看，你看看，到现在了，你还在生我的气。谁能想到，这么美丽的姑娘，还有这么大的脾气。我跟你说过多少次了，你真是多心了，生意场上，我不得不逢场作戏嘛，只是逢场作戏嘛！啊，回家，回家我跟你好好解释……"

"放下你的手。"她冷冷地命令他，"你去逢场作你的戏嘛！"她说。

我觉出了反常，探头问："燕秋，没有啥事吧？"

韩亚杰换了一副恶狗一般的嘴脸恶狠狠地朝我吼："要你狗拿耗子！"

她勉强地朝我挤出一丝笑，说："不好意思，老同学，让你见笑了，你回去吧，没有啥事。能有啥事呢，我自己的事我能解决好。"

"那我，我就走啦。一会儿我再给你打电话。"我实在不愿意待在这种尴尬的场合。

"谁要你打电话，你赶紧滚吧，滚得快快的！"我的车启动了，韩亚杰还在朝我歇斯底里地吼着，"滚得越快越好，小心我让人砸死你！"

第十七章

在我到了该有女朋友却一个女朋友也没有的焦灼岁月，这年的八月份，终于认识了一位叫姜虹的哈尔滨女孩，是申楠楠介绍的。自从上次那个"出得厅堂、入得厨房"的对话后，就难得品尝申楠楠的厨艺了，我感觉我们之间的情感在疏远。但她介绍姜虹给我，我觉得我们之间疏远了的情感又拉近了。

姜虹比我小一岁，瓜子脸，大眼睛，鼻梁高挺，身高一米七二，身材苗条且皮肤白皙。漂亮是没得说的了，只是书读得少，勉强职高毕业。我高中还没毕业，按理说半斤对八两，没资格说别人书读得少。但我是木泥河镇人，姜虹是哈尔滨市人。哈尔滨的教育资源与木泥河镇相比，那是霄壤之别。要是我爹我娘把我生在哈尔滨，不是吹嘘，只要我稍稍努点力，考个黑龙江大学问题应该不大。大学毕业后，工作升职，娶妻生子，我就不用受这么多年的磨难了。

姜虹职高学的是财会，因为是勉强毕业的，当不了会计，所以只好在一家药店当收银员。不知是不是因为在药店当收银员，对顾客要面带微笑的缘故，姜虹爱笑。第一次约会，我不知话从何起，想了半天，只好从天气说起："今天天空真蓝啊。"

我见过笑点低的，没见过姜虹笑点这么低，她一听，立刻就咯咯地笑起来。

　　我说第二句："好在天不太热，你看街上的男人几乎没有光膀子的。"

　　姜虹又咯咯地笑个不停。

　　第一次见面，我约她在松花江边走，只要我一开口说话，她就咯咯地笑个不停。我们在江边走了一个小时，姜虹笑了足足有四十分钟。第一次见面能谈什么呢，聊完天气之后无非说说自己的经历和见闻，我都奇怪我话语中包含这么多可乐因子吗？我这么幽默之前怎么自己没发现？

　　和姜虹在江边走了一次，我有点喜欢这个"开心果"了。只是她的笑让我的心没有底，姜虹是因为喜欢我笑呢，还是觉得我这个人滑稽可笑呢？笑和笑不同，不知姜虹这笑背后到底藏着什么鬼？

　　第二天急不可耐地问申楠楠，申楠楠反馈回来的信息是姜虹愿意和我进一步交往，并提出这个星期天去她家，她父母要见见面、把把关。如此说来，姜虹的笑是因为喜欢我了。

　　星期天，我精心收拾了一番。为了拜见未来的岳父岳母，我买了两瓶五粮液、两斤淡干海参，从自己店里拿了一只果篮。兴冲冲地来到姜虹家的楼下，等着我的"开心果"兴冲冲地下楼来接我。

　　姜虹果然咯咯笑着下来了，但她见我手头拎着这些东西，笑容就收敛了，眉头微微蹙了一下，埋怨地说："来就来，干吗还要拿东西啊？"

　　"来看伯父伯母，必须的啊。"最后那"必须的啊"四个字，我边说边还做出幽默的表情。

　　可姜虹并没有笑，又把眉头蹙了一下。这个星期天，在家中的姜虹与在江边的姜虹判若两人，我没有听见她一个笑声。我未来的岳父话少，倒是我未来的岳母话多。她像一位户籍民警似的，威严地端坐在一把像她一样老旧的藤椅里，一边习惯性地拍打着藤椅扶手，一边把我的过去和祖宗三代盘查个遍，最后还要我掏出身份证来验证真伪，因为她觉得我长得老相，与实际年龄不符。我很理解她，我在哈尔滨既没有一个正式单位，又没有一个户口。虽然现在是毕壮志水果连锁店的老板，但这连锁店开得并不大。我未来的岳父岳母都是见过世面的人，根本唬不住。我未来的岳母要验看我的身份证也是为了我女朋友的安全。我也理解姜虹今天的不苟言笑，因为这不是在江边，可以肆无忌惮，在父母跟前言行必须有所收敛。这说明她是一个有家教的女孩，这是好事。我掏出了身份证，我未来的岳母查验后一声不吭地递回了我。

后来，我未来的岳父岳母在家包饺子招待我，"好吃不过饺子，舒服不过倒着。"这说明二老没有轻视我，但我未来的岳父并没有拿出家藏的好酒招待我，这也说明我未来的岳父并没有高看我。这个星期天，我在姜虹家待得忐忑不安，未来的岳父岳母莫测高深，对我的态度是不阴不阳。我猜不透他们的心思，看他们的脸色都如雾里看花、水中望月。

告别的时候，还是姜虹送我下楼，我问她的父母对我是什么意见，姜虹终于开口笑了，说："勉强及格。"我的心就活泛起来了，走到楼角处，我伸出手搂了一下她的腰，她羞红了脸，一个灵巧的闪身，轻轻地打了一下我的手。她不让我搂她的腰，说明她不是一个随便的女孩，这也是好事。我期待着第三次见面，我再把她约到江边，也许第三次我就可以搂她的腰了，第四次就可以吃到她的红唇了……

然而，我怎么也没想到，这竟然是我和她最后一次交往了。

第二天，申楠楠见着我，吞吞吐吐地说："毕经理，人家姜虹……不同意，也不是姜虹不同意，主要是她父母老眼光，说你不是哈尔滨人，户口还是农村的……"

这真是哪曲到哪曲，姜虹这到底唱的什么戏啊？我不是哈尔滨人，户口是农村的，一开始我又没有隐瞒她！我想直接给姜虹打电话，我想直接跑到她家问个究竟，是要拿我寻开心还是怎么的？后来转念一想，又觉得多此一举。我要努力，姜虹看不上我，总有一天，我要让她后悔得肠子发青。那么第一次见面，姜虹见了我笑个不停，一定不是因为我的语言多么幽默风趣，而是她觉得自己和我见面相亲这件事本身太可笑了。

姜虹的事时刻提醒着我，我没有哈尔滨市户口，还不是一个哈尔滨人。一个乡下人要娶一位大都市的姑娘做老婆在那时还是奢望。我还得继续我的到了该有女朋友的年龄却一个女朋友也没有的焦灼岁月。

姜虹的事，让申楠楠心生歉疚。为了弥补这种歉疚，没几天，她又给我介绍了一位。更准确地说是申楠楠的提款机周一帆介绍的，姑娘叫卢荟，在周一帆的公司做合同工。申楠楠说，芦荟不会嫌弃我不是哈尔滨人，因为她自己也不是哈尔滨人。"你们两个都是农村出来的，一起在哈尔滨奋斗。将来买个房子，跟哈尔滨人一样地生活。"申楠楠安慰我，她拿来芦荟的照片。照片上的卢荟长得比姜虹还漂亮，还苗条。我很快地忘记了姜虹一事引起的不快，期待着与卢荟姑娘的见面。这个多情的八月，月季花在街头开得红艳，花香在空气中弥漫，像姑娘身上散发的气息。我太渴望有一位姑娘走进我的生活了。

我期待着与卢荟见面的日子，我设想好了见面的地点，甚至情节的发展。我不想把第一次约会的地点安排在松花江边了，我想安排在那家有故事的咖啡馆里，那里有红烛飘摇，有春情浪漫，有和宋燕秋一样聊天的莫名兴奋……

但这天，韩亚杰却跑到我的水果店来了。

这天，我在抚顺街店里，一边帮吕福生打点着生意，一边谋划着未来的发展。申楠楠打电话来，说有个叫"韩亚杰"的人过来了，指名道姓地要找我。我百思不得其解，韩亚杰这么牛气的人还有什么事要找我？

我告诉申楠楠："你让他在那儿等着，我这边忙完就过去。"我有意要晾他一个小时。

过了一会儿，申楠楠打电话过来，说："他已经走了，火烧眉毛的样子，说去抚顺街店找你。"

韩亚杰找我干什么？他要找我麻烦？我最近没招他没惹他，似乎不大可能。他要买果篮、照顾我的生意？凭他那心胸气度，似乎也不大可能。那么，他的到来，一定和宋燕秋有关。他要通知我去参加他们的喜宴？如果是这样，我去还是不去？我一边胡思乱想着，一边给宋燕秋打电话，家里没人接。我呼她的BP机，她没给我回。

我正坐立不安的时候，韩亚杰来了，他开着那辆神气活现的宝马，砰的一声关上车门，一手提着那只像砖头一般的"大哥大"，雄赳赳气昂昂地朝我的水果店走来。一见我就劈头盖脸地问："宋燕秋呢？"

"你的女朋友不是和你在一起吗？你咋问起我来了？"我嘲讽地反问道。

他不接我的话茬儿，仍是咄咄逼人地问："你最后一次和宋燕秋联系是啥时候？"

"我都好多天没和她联系了！"一股火从我的嗓子眼往出蹿。

他用鄙夷的口气问："好多天了？好多天是多少天？你给我把话说清楚！"

"大约是两个星期吧。不就是上次在你们小区门口那次吗？"我很生气，但我还是忍住了。

他阴沉着脸，转身要走。好奇心使我按捺不住地喊住了他："宋燕秋怎么了？你来找我？"

韩亚杰趾高气扬的表情不见了，换了一张沮丧的脸说："我已经四五天没见着她，也联系不上她啦！"

"那你呼她的 BP 机啊！"

"呼了，一次也没回呀！"

"那你上她单位去找啊！"

"我去她单位了，说她请了几周的假！"

我急得跺着脚问："那她是不是回老家了啊？"

韩亚杰哭丧着脸说："我打电话到她家了，说没见着她回家啊！"

我急得跳起来了。我不知道她跟着他受了多少委屈！哪些委屈！要不然她怎么会负气出走？这么美丽清纯的女孩，她的生活应该属于幸福、喜悦、美满等吉祥的字眼，而这个纨绔子弟偏偏要骗取她的爱、她的青春，却只能给她委屈、懊丧、悲伤的字眼！我越想越气，一把薅住韩亚杰的脖领，破口就骂："你这个骗子！你这个傻蛋！你是不是对她不好了啊？你是不是有钱就变坏了？你当初是怎么骗她的？啊……"我越骂越气，恨不得一拳揍扁他。

被我薅住了脖领，韩亚杰沮丧的脸不见了，他又变得嚣张起来，他对我横眉立目："爷变坏了是爷的事，爷对她不好了是爷家的事，你小子跑进来掺和啥？你算个啥东西？你以为我来找你，你就真把自己当成一棵葱了？你敢和我比？你敢和我抢？你能跟我比吗？你能跟我抢吗？呸！你还不赶快给爷把手松了！爷要让你吃不着兜着走！"

我果真把手松开了，韩亚杰露出得意扬扬的表情。但他没有想到，我松开的手指瞬间握成一只无坚不摧的拳。是他夺走了我的女神，不知他又让我的女神受了什么样的委屈。在我眼里，这个世上再也找不到比他更恶毒、更卑鄙的小人了，而他的嘴唇还在上下翻飞着，一个比一个更恶毒的字眼从那个肮脏的黑洞中蜂拥而出。我缩回拳头，接着对着他那满口喷粪的嘴狠狠一捣。只听"哎呀"一声凄惨的叫唤，韩亚杰的脸上立刻开起了五彩铺，他从满嘴血沫中吐出一颗白森森的牙齿。

我被警察带走了，我被行政拘留了十天。

这十天真好比是过了十年。我在这十年里惦记着宋燕秋的下落，她能去哪里呢？我还惦记着，我是被警察从我的面包车上拉下来的。打完了韩亚杰，我的心里说不出的舒畅。惦记起宋燕秋，我的心里又焦急万分，我要开车去找宋燕秋。车还没有启动，警察就来了。我被警察带走时，我的面包车的门关好了没有？如果没有关好，吕福生能想到替我关门吗？十天了，我店里的水果一定没有货了，有谁能替我去水果批发市场批发水果呢？吕福生肯定不行，因为他腿有残疾。田雨会吗？申楠楠会吗？她们又不会开车，没人帮我批发水果。没人就没人吧，水果店歇业几天又如何？我只是特别惦记着宋燕秋，惦记着这个美丽而又聪明的女孩子，我们都从木泥河边走到了哈尔滨，此刻我在拘留所里，而她会去哪里？她总不至于干出一些犯傻的事吧？……我万般无奈、愁肠百结，这十天过得比十年还煎熬。

第十天的黄昏，我从拘留所里走出来。这是一个晴朗的日子，夕阳的余晖从街道一旁巍峨建筑的夹缝中向我伸出了千万双慈祥温暖的手，似乎要把我带到她的世界中去，可是我又无限留念这个尘世的生活。我虽然卑微，卑微如一棵小草，人人可以践踏。但却没有人可以轻易剥夺一棵小草享受阳光和雨露的权利。即使有人在我身上压上一块石头，我也要不屈不挠地从石缝中探出头来……我就这么想着，这么踢踢踏踏地在哈尔滨的街头行走，为自己虽然卑微，但要不屈不挠的想法感动得热泪盈眶。

突然，我就看见那个苗条的身影了，她穿着一件洁白的连衣裙，微风轻摆着她的裙裾，她款款地迎着我走来。夕阳不见了，月亮升在她的身后。一瞬间，我疑心她就是从月宫里飘下来的仙子。她望着我，美丽的眼中皆是怜爱的神色。

我就奔跑起来了，我不顾一切地奔跑起来，我不顾一切地扑上去，我不顾一切地抱住了她。我把她抱得紧紧的，就像如果不抱紧，她就会很快溜走似的；就像如果不抱紧，以后就再也没有机会抱抱她似的。她在我的怀里微微颤抖着，像一头温顺的小鹿。良久，我才松开她，略有几分歉疚地对她说：“对不起，我打了韩亚杰，我没法控制住自己。”

她轻声回答：“我知道。我们已经分手了。”

我心头一动，但我问得很平静，我似乎早已知道了这种命定的结局：“不可挽回了吗？”

她摇头：“也不想挽回了。”说完，轻轻叹息了一声。

我们不再说话，我拉着她的手，那么温暖，那么柔嫩的手，我拉着这手，仿佛拉着一生的幸福，丝毫也不肯松开。

我们来到松花江边，这座城市的母亲河边。"松花江水波连波，浪花里飞出欢乐的歌。"这首歌在我的心头盘旋，我满怀喜悦地拉着她的手坐到江边的椅子上。今夜，江上的清风和明月格外多情，风轻轻地吹拂着，带着江水的气息，带着岸边青草和鲜花的气息，而明月如轮银盘，在曼妙如轻纱的几片云中沉浮。我身边的人，默默地望着月夜银光闪闪的江水，为了她的过往岁月，一脸的忧戚。

"都怪我，如果你在哈尔滨没有碰见我就好了，我这样的人，总是喜欢冲动。当年，我不该弃学。现在，不该动手打韩亚杰，不该约你出来喝咖啡，也不该深夜给你打电话……"不知怎么的，我拥有了她，却偏偏又要深刻地检讨自己，真诚地向她道歉。

她摇摇头，"过去了就过去了，不提他了，可以吗？"

"我不该提起他，我情商很低。我、我会对你很好的，即使我有钱了，我也不会学坏，并不是所有人有钱都变坏的，我向江水发誓！我向明月发誓！"我庄严地向江水和明月举起了手，我满怀激情地向江水和明月呼喊了起来。

一颗滚圆的泪珠从她的眼角滑落了，一颗，一颗，接着又是一颗，每一颗里都挂着一个月亮——今夜的月亮，是江上的月亮。那么晶莹，那么剔透，晶莹剔透得让人的心都生出丝丝的疼来。我捧起了她的脸，把这一颗一颗晶莹剔透的珠子都含进嘴里，我要把它们永远地珍藏在心间。

她抽泣起来，呜咽着说："毕壮志，我知道你很早就喜欢我，可是，可是我配不上你了，我配不上你了……我和韩亚杰已经，已经有过了……"

"我不在乎！现在是啥年代了，过去了的事，既然过去了，我就不在乎了！"我真诚地望着她说。

　　她抬起满是泪痕的脸，问："你真的不在乎？毕壮志。"

　　"我真的不在乎。"

　　她大声问："你真的不在乎？"

　　我也大声回答："我真的不在乎，我只在乎你，我只在乎你的现在和以后。"

　　她羞得低下了头，脑袋一点点地往我胸前倾。我抱住了她。这一刻，我想起木泥河边的柳叶和青草，就让它们伴随着我心花的绽放，发出我从来没有闻过的别样清香吧。

第十八章

我和宋燕秋结婚了。我和宋燕秋结婚是在我二十四岁时的"十一"。这个金色的秋天，风把松嫩平原上各种瓜果、谷穗的气息带到哈尔滨来。天高云淡，温暖的阳光洒满街头。

我结婚的那天，我爹来了。我爹头年就知道我打算在第二年的"十一"举行婚礼，所以就提前从夹皮沟金矿回来，领着我娘从木泥河镇坐公共汽车到县城，从我们的县城坐火车到哈尔滨来了。我老叔没有跟我爹一起来，他一个人还在夹皮沟淘金子。我第一次知道，我爹每年去的夹皮沟的确在吉林。

我二叔和我三叔也没有来。我娘说，现在正是秋收的时候，我二叔和我三叔除了收割自家的稻子、大豆和玉米外，还要帮我家和我老叔家收割。

我岳父宋应昌和我岳母徐阿姨也来了。我岳母见着我，一把拉住我的手，嘘寒问暖，亲热得不得了，仿佛我是她亲生的儿子一般。可我岳父见了我，依然板着脸，嘴角紧绷，目含不屑，仿佛我还是他班上一个淘气的学生，随时准备教育我一番似的。

我嘴巴甜甜地对他喊了一声"爹"，宋应昌没有任何反应。宋燕秋在身后扯了一下我衣角，又指指自己的嘴巴，我才明白过来，宋燕秋不叫宋应昌"爹"的，叫宋应昌"爸"。我怯生生地喊了宋应昌一声"爸"，因为不习惯，所以喊得黏滞而不清脆。宋应昌喉结上下滑动了一下，勉勉强强地"嗯"了一声。

我三弟毕志远学习紧张，没有时间来。我二弟毕志刚倒来了，毕志刚这次来，肩上挂着的吊带换了一根——这女孩不是上次的那个。不知道毕志刚是叫她"笑笑"，还是"小小"，还是"晓晓"？我问怎么不是曹建颖呢，毕志刚和"笑笑"或者"小小"或者"晓晓"就笑起来。毕志刚笑得淡淡的，"笑笑"或者"小小"或者"晓晓"却笑弯了腰。毕志刚大度地对他的"吊带"说："我哥毕竟是从小地方出来的，他说话你别介意。"仿佛他和我不是一个娘生的，他从小生活在大地方、从大地方出来的似的。

张宝奎和小六、小八来了。他们为了参加我的婚礼，至少要歇半天的工，少挣半天的钱。张宝奎大度地说："钱可以天天挣，一辈子挣多少算挣够？你结婚可是一辈子一次。"在一起患过难的兄弟，他们能来，就是很深的情谊，我感到特别高兴。我尤其问起小七，张宝奎和小六、小八都摇头，说好久没联系了。据说他后来不在浴池干搓澡工了，他去了南方，是投奔他妈去了？还是去贩运摇头丸去了？我们谁也不知道。这么长时间，小七一直没有回哈尔滨来，也许回来过，却不和我及张宝奎他们联系。我至今都不知道小七身在何方。一生中有的人，走走就散了。偶尔，我的脑海里还能回想起和小七相处的一幕幕来。

我和宋燕秋结婚的这天，还有两个让我感到意外的人来了，因为我们都没有邀请他们。一个是米云凯，一个是当年我班上成绩排名倒数第一的江小诗。

米云凯是特意从辽宁大连赶过来的。米云凯一副暴发户的模样，身上穿的都是名牌，脖子上套的大金链子足有小手指粗，手上提着块砖头大小的"大哥大"。许多年不见，他对我没有一点生疏感，一见着我就嚷："毕壮志，你他妈的真不够意思！跑到哈尔滨许多年了也不告诉我一声，结婚这么大的喜事也不通知我一下。不够意思啊，不够意思！要不是我和宋老师有联系，我上哪儿知道你小子掉进宋燕秋的蜜缸里了啊。"这小子到了今天见了宋燕秋，两只鼠眼还冒贼光，哈喇子往下直流。他说辽宁大连那边的风俗习惯，女孩子结婚这天，昔日男同学、男朋友啥的，提出要抱一抱的，都不能拒绝。他是大连来的，自然要遵守大连那边的风俗习惯。说完，就觍着脸自顾自地熊抱了一下宋燕秋。后来，我去了辽宁大连才知道，大连根本没有这样的风俗习惯。

那天，米云凯送给我一只沉甸甸的红包，事后我才知道红包内是二十张百元的大钞，一般宾客的贺礼只有一百元，张宝奎和小六、小八三个人一共包了一百元。米云凯的红包无异于一笔巨款，我都为当年向他索取二百元的欠款感到羞惭了。米云凯出手如此阔绰，看来的确是发了大财。

江小诗的到来更让我大吃一惊。原来，江小诗居然考上大学了，而且就在黑大的历史系读书。我班上成绩排名倒数第一的江小诗抱着水滴石穿的精神，在高中复读了几年，居然也考上大学了。这真是，只要功夫深铁杵磨成针，只要是人，不管他怎么笨，甚至我弟弟毕五毛这样的笨蛋只要有江小诗这样锲而不舍的精神，没准也能考上大学。当年替我们跑腿传话、唯唯诺诺、小弟弟一般的江小诗，上了大学后，鼻梁上凭空架上一副厚如瓶底的眼镜，说话不徐不疾，有板有眼，俨然一副学霸的模样。江小诗后来读完本科，又读了硕士，后来还读了博士，研究金史和辽史，在学术界呼风唤雨的，俨然一方宗师了。

　　总之一句话，我和宋燕秋结婚的这天，虽然有些该来的没有来，譬如茂朝公司的董事长兼总经理李茂朝先生。几年过去了，茂朝公司经营得不好，资不抵债，茂朝货柜集散运有限公司的集装箱车也弄得一台不剩。市场经济大潮，没有精湛的泳技，就想下海当弄潮儿，没被浪涛拍死没被海水呛死就算万幸。茂朝集团的员工走得一个不剩，董事长兼总经理李茂朝最终称孤道寡，成了真正的孤家寡人。在他人生低谷的时候，我有一次突发奇想，也不叫奇想，一方面，觉得如果把前物资局副局长邀请过来，帮我打理水果店，一定能满足大众的猎奇心理，让我的生意锦上添花。另一方面，觉得董事长兼总经理李茂朝在市场经济大潮中九死一生，不以成败论英雄，他一定有许多独特的人生体悟。商场如战场，有些人就不适合当一把手司令员，如果当个出谋划策的军师，反而能成就彼此人生。想过这些后，我在电话里诚恳地邀请董事长兼总经理李茂朝加盟，我还没提请他来当军师的话，他就冷冷地说了声"谢谢"，啪的一声扣了电话。有的人只愿意干一把手，我猜想董事长兼总经理李茂朝也未必就不愿当二把手，但他要看哪儿的二把手，到他曾经的手下来当二把手，灭了他也不肯的。此后，他果断地摘下茂朝公司的所有牌子，潜回发迹地香坊区，重操旧业，开了一家废品回收公司，一两年后业务渐渐有了起色。结婚前，为了邀请他，我特意去了一趟香坊区，找到董事长兼总经理李茂朝。那天，他正站在一堆废旧汽车轮胎间，对我的到来，没有丝毫的惊讶，也没有丝毫的喜悦。董事长兼总经理李茂朝的人生已经进入了宠辱不惊的地步。他虽然忙忙碌碌的，但脸上的气色很好，嘴角挂着淡淡的笑，不见了愁眉苦脸相。我一方面为自己当初邀请他加盟水果店的狂妄无知道歉，一方面郑重地邀请他参加我的婚礼，如果他愿意，还请他当我的证婚人。他对我一个从那么偏远的小地方过来的人能有今天这样的成就表示高兴，说我的婚礼他到时一定去，在我的面前，他还称自己为老哥，告诉我如果有什么困难就跟老哥他提。但我婚礼的那天老哥到底还是没有来，也没有打个电话解释一下。不知是因为忙，还是因为别的什么。

但不该来的绝对没有来。婚礼上，我最不愿意出现的人就是韩亚杰了，我想象着韩亚杰如果突然出现在婚礼上，他会有什么表现。我设计了好几种应对的方案，但哪一种结果也不如韩亚杰不来的强，我在心里祈祷千万不要韩亚杰出现，韩亚杰果然就没有出现。后来，听说韩亚杰赚黑心钱，经销假农药、假种子、假化肥坑农害农，致使齐齐哈尔某地上万亩的良田颗粒无收，却不肯给予一分钱的赔偿，引起民怨，老百姓上访一百多次，最后上访到了北京。北京的领导做了批示，事儿闹大了，他的保护伞也撑不开了，这会儿韩亚杰正在大牢里蹲着呢。据说，没有个十年八年的，那小子是甭想重见天日了。

我和宋燕秋结婚的这天，大家送给我们许多祝福的话。我觉得在这许多祝福语中，我爹的话是最有水平的，虽然他说得很朴实，一点华彩都没有。我爹站在婚庆台上，虽然穿了一身新衣服，但仍像我们木泥河畔的一块黑黢黢的土疙瘩，我爹说："大毛一个人在外面闯荡，虽然他从来没告诉过我他在外面不容易，但我还是知道他肯定不容易。大毛和燕秋是高中同学，套用刚才我亲家的话叫'青梅竹马'，这一对青梅竹马走到今天这一步，很不容易。这一对青梅竹马经历了许多不容易，我祝愿他们今后的日子，过起来就容易了。"我爹的话让我娘抹起了眼泪，我娘这两年增添了许多白发。

我爹的话，就像童话故事中说的，两个经历许多磨难的年轻人最终走到了一起，从此，他们就过上幸福的生活了。

然而，生活并非童话。我的生活仍然充斥着许多不如意。首先是我二十五岁那年，生意上发生了一点变故：我店里的申楠楠辞职不干了。不干就不干呗，也没有哪条法律条文规定申楠楠就必须在我的店里跟着我干一辈子，天下没有不散的筵席。然而，可气的地方在于，申楠楠从我店里辞职后，和她的提款机周一帆也开了一家水果店。开水果店就开水果店呗，全哈尔滨市的水果店多了去，连张宝奎的老婆也曾经开了一家水果店，不差她这一家。可气的地方在于，申楠楠跟我干了许多年，深得精髓，经营模式跟我的一模一样，我卖什么水果，她也卖什么水果。我卖果篮，她也卖果篮，也卖我的"四季常青"和"富贵吉祥"。

那时我因殴打韩亚杰被行政拘留十天。这十天里为我水果连锁店无人进货而愁肠百结，谁知我的生意一点没耽误，申楠楠撺掇她的老公周一帆去水果批发市场帮我批发了水果。从拘留所出来后，我对申楠楠感激涕零，还想我们的关系真是不一般，正好我没有姐姐，把申楠楠当成我的亲姐姐好了。我果然把她当成了我的亲姐姐，我压根儿没想到申楠楠会对我使一记乌龙脚，这真是你最熟悉最放心的人，往往伤害你最深。

申楠楠原来是一头蛰伏在我身边深藏不露的狼啊，我直到她抖落羊皮时才把她看清。我店里的田雨是申楠楠介绍来的，物以类聚，没准也是我身边养的一头狼，我明天就把她给辞退了。

但宋燕秋不同意我这么做。她说："你啊，首先不要生申楠楠的气，你也没有理由啊，是不是？第一，人家卖果篮，卖'四季常青'和'富贵吉祥'，这果篮又不是你的专利，你在工商局注册了吗？第二，田雨是申楠楠介绍来的不错。但申楠楠是申楠楠，田雨是田雨，不要搞株连，不要轻易地把两个人等同起来，田雨这小姑娘不错，本分得很。第三，你也看出来了，你开的水果店别人也能开，水果店又没有什么科技含量，难以形成自己的特色，所以，事业发展走水果连锁店的思路恐怕行不通了，你不妨转变经营思路。你转变经营思路，天地就宽了，哪怕田雨，哪怕吕福生都辞职了自己开水果店，你也不会生气了。"

我老婆宋燕秋，那是上过大学的人，上过大学的人眼界就是不一样。她一说，我顿时有一种醍醐灌顶的感觉。

申楠楠辞职不干后，我梅林苑小区的水果店没人打理了，加上有转变经营思路的想法，我索性就把这个店转让了。新的店主甫一进驻，立刻就把我的"毕壮志水果连锁店梅林苑分店"的字样铲得一干二净。

过两天我跑过去看，发现梅林苑小区的人到了该买水果的时候还是走出来买，店名的改变一点都没有影响他们的消费习惯，梅林苑小区的人一个个还是很绅士和很淑女。没有我地球照样转。所以，我很佩服宋燕秋有远见卓识。

但申楠楠不做淑女了，周一帆也不做绅士了。在市场经济的大潮中，办公室副主任周一帆终于脱下了西装，解开了领带，穿起夹克衫。他也买了一台面包车，在水果批发市场和水果店两头跑。初尝甜头的申楠楠和周一帆很后悔，后悔自己没有早点放下淑女和绅士的派头。申楠楠不知道她当初另立门户时我恨不得把她吃了，仍然时不时地给我打个问候的电话。

转让了梅林苑小区的店，我的事业没有起色，我还没有找到新的思路。这距离我想给宋燕秋一个美好未来的承诺还很遥远，我成天忧心忡忡的，连累她也开心不起来。有一天，我脑子里灵光一闪，突然闪出了米云凯，他在大连做什么，怎么一下子成了暴发户呢？我跟宋燕秋提出去大连一趟，看看在米云凯那里能不能得到什么有益的启示。宋燕秋同意了，我出发的那天，她把我送到火车站，这是婚后，我们第一次分别。说好三五天就回来的，又不是要分别多少天，但火车启动的那一刻，车下的她突然就梨花带雨了，让我的一颗心也跟着潮湿起来。

　　我就这样带着一颗幸福而又潮湿的心去了辽宁大连，这是我曾经无限向往的城市，我在火车上还突发奇想，不知道能不能邂逅那位倒海参的老姜。

　　米云凯果然发财了，在大连胜利路的一家宾馆租了一层楼当办公室，这层楼我大概估计了下，不少于二十个写字间。他手下的员工一个个理着小平头，西装笔挺，牛气冲天的，但见了米云凯一个个都像见了爷爷，毕恭毕敬的。这气派比当年的董事长兼总经理李茂朝强多了！米云凯才是真正的老板，我毕壮志在哈尔滨混了这么多年充其量只能算一个水果贩子。在楼道尽头一个宽大的带套间的办公室里，米云凯接见了我。当漂亮的女秘书给我端来一杯咖啡后，米云凯朝她挥了挥手，女秘书扭着腰往里面的套间走，走到米云凯身边时，米云凯朝她挤眉弄眼了一下，米云凯与女秘书之间的关系一定不同寻常。我没和米云凯开女秘书的玩笑，只对他的造富才华充满了崇敬，问他："你究竟是做啥生意的，这么发财？"

　　米云凯得意地放声大笑，笑完之后，把身子往宽大的老板椅上一靠，十指交叉放在胸前，眯着眼对我说："我米云凯要做就做高大上的，金融理财！"

米云凯的回答，让我佩服得五体投地。我像个土老帽一样做水果贩子的时候，人家米云凯已经做起了高大上的金融理财，怪不得如此发财！"了不得，了不得。高山仰止，我现在只有膜拜的份儿了。"我由衷地崇拜。

米云凯听完，又得意地放声大笑，笑完，这回他把身子坐正了，颇显几分神秘地问我："毕壮志，你想不想发财？"

"当然想发财了，谁不想发财，不想发财我从哈尔滨跑到大连来贩运苹果干啥？"我有意隐瞒了来他这儿寻找商机的初衷。

米云凯眼前一亮，他扯了扯领带，把身子往前倾，问："来贩苹果，你带了多少钱？"

"四五万吧。"其实我带了差不多十万元钱，出门不露富，出于贩夫走卒的戒备心理，我对米云凯藏了个心眼儿。

米云凯分开交叉的双手，左手张开，右手握成拳头，击掌说："嘿，那你把钱存我这儿啊，月息百分之十五啊，利滚利，你算一算。"米云凯伸出手指，一根一根掰着对我说，"算一年下来能挣多少钱？这钱在我这儿躺着都能挣钱，不比你贩卖水果强多啦！"米云凯瞧不起我，"毕壮志，要不你怎么到现在还贩水果呢！你的思想还停留在小农经济时代，你太落伍啦！真不知道我们的校花咋能瞧上你？"

"我真是不明白，这钱怎么到你这儿躺着都能挣钱呢，难道说这钱还能生钱？这钱又不是兔子。"我如坠五里云中。

米云凯听完，又哈哈大笑，那笑声里有的是财大气粗！笑得声震屋宇！笑完，从老板桌上文件堆里抽出一份有蓝色硬皮的文件递给我说："嘿！毕壮志啊毕壮志，你瞅瞅你，还是忘不了当年的事儿。太小家子气了，不像个男人，要不事业咋做不大呢。这钱不是兔子，放在柜子里是不可能生钱的，但钱可以用来投资啊。哪，你看，我这一个项目是围海造田，省、市政府支持的项目，我告诉你，只有我米云凯，一般人是拿不下来的。围海造田前景广阔，一本万利的好买卖，绝佳的投资机会。告诉你，围海造田不是我们的创举，是学人家西方国家的。荷兰围海造田的面积就占国土面积的七分之一。"说到这里，米云凯得意地指指老板桌周边摆放的照片。都是一些合影照，放在镜框里，照片上的人除了米云凯，别的我一个也不认识。米云凯指点我细看，原来这些照片的下方米云凯精心备有介绍这些陌生人的文字。我看了看，好家伙！不是副市长，就是市政协副主席，还有一位来头更大，是省政协副主席。见我瞅这些合影照瞅得目瞪口呆的，米云凯把身子缩回到老板椅上，撇着嘴对我说，"毕壮志，你别以为我稀罕你那一点钱，说实在的，你那一点钱还不够塞我牙缝的。我是看在老同学的面子上，才给你点个步。换了旁人我都懒得理，换了旁人我这个办公室可能都进不来。我没空理他，哈哈……"

如果我只知道他是米总，如果没有当年养兔子教训的刻骨铭心，我也许真就把钱投给他了。

这些年的人事体悟，我已经养成了对天上掉馅儿饼的好事疑心重重，终于没有把钱交给米云凯，而是捂着腰包离开了他的办公室，跑到金州三十里堡收购了一车苹果。一车红彤彤的，像姑娘脸庞一样俏丽的苹果，才让我的心有底。所以，我终归是一个水果贩子。没有米云凯的见识，发不了米云凯那样的财。我把这一车苹果运到哈尔滨的水果批发市场，一下子售个精光，赚了差不多一万元，我觉得搞批发比做零售强多了。

回到哈尔滨，我和宋燕秋说起米云凯的事，宋燕秋对我没有把钱存到米云凯那儿生钱表示赞同。但她并不否定米云凯，总觉得米云凯脑子比我活，容易发大财。她说："你啊，别看挺能折腾的，其实骨子里还是很传统，这样挣点小钱也好，稳妥。像米云凯那样铤而走险，虽然容易发大财，家里人也跟着担惊受怕的。"

我故意说："在大连没见着他家人啊，只见了他的女秘书。"

宋燕秋擂了我一拳，问："你是不是羡慕得流口水了？"

我连忙辩解："如果羡慕，我不是把钱就投给他了吗？"

米云凯后来还给我们打过数次电话，邀请我和宋燕秋去大连旅游，也顺便看看他围海造的田。有一阵，我后悔没把钱存米云凯那儿，后悔得肠子发青。米云凯让我把钱存到他的公司，真是看在老同学的分儿上，我却狗咬吕洞宾——不识好人心。因为米总果然发财了，这一阵不但大连的报纸，哈尔滨的报纸也连篇累牍地报道他，说他围海造田，增加祖国陆地面积，利国利民；富而不骄，捐资修建了五所小学。我们木泥河中学的校长去大连找米云凯化缘，据说，校长本想化到重新修建一所学校的钱，但米云凯提出要把木泥河中学改叫"米云凯中学"，校长不同意，却也化到了一笔修建门楼的钱。

我本想再去大连的时候，再去见见米云凯，先放几万元钱在他那"金融理财"试试。但米云凯每次打电话来，都要跟宋燕秋说些不着调的话，让我心生反感！俗话说得好，不怕被贼偷，就怕被贼惦记着。米云凯开些不着调的玩笑，说明他对宋燕秋仍然贼心不死。我反对宋燕秋接他的电话，宋燕秋觉得我心眼太小，说："又不在一座城市，你担心啥？再说，米云凯就是嘴皮上的能耐，同学一场，不接他电话又不好，我警告他以后不要再胡说八道了。"我依然对米云凯怨恨不已，"有几个臭钱有啥了不起，我敢打赌，米云凯的荣光是兔子的尾巴——长不了。"

几年后，米云凯果然犯事了，那个罪名后来叫"非法集资"。据说米云凯非法集资几千万。许多大连，还有附近海城、营口、丹东的老百姓都相信跟着他的"金融理财"能发财，可怜省吃俭用的一点血汗钱都投进了围海造田的海水里，连个影子都不见。有六个人为此自杀，有十七个家庭为此劳燕分飞。

人们常说，兔子不吃窝边草。没想到米云凯这只兔子连窝边草都吃，他还骗了我们木泥河镇的不少人，虽然钱数不多，但我们木泥河镇人挣钱不容易，积攒一点钱基本上靠土里刨食，那几千一万的，可都是一分一厘在手里攥出一把汗的。这些人对米云凯恨之入骨，找不着米云凯，就去找米云凯的爹，但米云凯的爹死了有两年了。我们木泥河的乡亲咬牙切齿地说，要见着米云凯，非把他撕碎了不可，即使出狱了，也不饶恕。好在米云凯出不来了，至今都没有出来。

我二十六岁那年，在哈尔滨市买了一套三室一厅的房子，那年的房价每平方米只要一千二百元钱。我弟弟毕二毛已经从东北工学院毕业一年了，他毕业后进了哈尔滨市的一家国企，单位给他分了一间宿舍。毕二毛的女朋友还是换来换去，不是别人觉得他不合适，就是他觉得别人不合适，所以，他每次带女朋友来，我和宋燕秋都没把他的女朋友当成真的看。为此，毕二毛对我们很有意见。渐渐地，他就不来我们这儿了。逢年过节，如果不是我们特意相邀，毕二毛轻易不肯来我们家。即使来到我们家，也是独自前来，不带他的女朋友了。

我有了房子，本来想把我爹和我娘接过来。可我爹还是和我老叔在夹皮沟金矿淘金子。我娘和我老婶渐渐老了，怀疑我爹和我老叔在外面有人的疑心却与日俱增。疑心病让她俩结成空前团结的联盟，扬言一定要坐车去夹皮沟探个究竟。她们一把鼻涕一把泪的，一边收拾好行囊，一边从我们老毕家的两个老男人往上数落到祖宗八代。临出发时我娘和我老婶发现了一个要命的问题——她们都不知道去夹皮沟怎么走，要坐车该坐到什么地方。她们问我二叔和三叔，我二叔和三叔竟然也茫茫然起来。

我娘伤心地委托我二叔给我写信，询问去夹皮沟究竟怎么坐车。奇怪，这么多年，我竟然也没有问过我爹夹皮沟究竟在吉林什么地方？夹皮沟在我心中如一团迷雾。是我太粗心了？还是我太自私了？我既粗心又自私，这么多年只想着自己的事，极少去想我爹和我娘。连夹皮沟究竟在吉林什么地方都不知道。

我写信让我娘先来哈尔滨，春节期间，我爹回木泥河镇，知道我娘来哈尔滨了，一准也会过来。但我娘不肯来，她说来哈尔滨就要和我爹一起来。我娘这一辈子，真就没有自己一个人出过远门，她怕自己一个人出来，走丢了，找不到家。

我的岳父和岳母反而是不请自到了。我岳父宋应昌见着我仍是板着脸，除了婚礼那天的颂词，他至今都认为他的女儿嫁给我是嫁亏了，他的女儿之所以嫁给我，都是因为我不要脸，死缠烂打的缘故，都是因为我连蒙带骗的缘故。照宋应昌的意思，如果杀人在法律上不算死罪，要知道有今天这么个结局，当年我在木泥河中学读书时，他一准就抄起一把刀把我杀死了。宋应昌的话和我娘不如一生下来就把我掐死的话，有异曲同工之妙。

宋应昌甚至是非不分，觉得宋燕秋以前的男朋友韩亚杰也比我好。有一次，宋燕秋不在家，我现在已经想不起是因为什么事情提起韩亚杰来的，在我们家，我很避讳提这个人的名字。宋应昌板着脸说："小韩那个小伙子本质是不错的，那年到木泥河看望我，一口一个伯父，彬彬有礼，那么个家庭教育出这样的孩子，就算不错了。不像某些人，自高自大，一点本事都没有，却又臭又硬，倔得像头驴。"我怀疑宋应昌在指桑骂槐地说我，就很生气地问："韩亚杰有什么不错的？到现在还在大牢里蹲着呢！这是家教好的表现？"

宋应昌不瞅我，在我们家，宋应昌很少瞅我，也许我是一根刺，他瞅我一眼，我就要扎疼他似的。宋应昌目光飞越我的头顶，用在课堂上给学生讲课一样的语气说："按照蝴蝶效应理论，小韩蹲大牢也跟你死缠烂打我们家燕秋有关啊。"

我岳母徐阿姨打断他："别瞎说了，什么蝴蝶不蝴蝶的，还燕子呢！"

宋应昌没接我岳母的茬，仍然用刚才的表情说："你想想，按照蝴蝶效应理论，某地一只蝴蝶翅膀的颤动都可能引起太平洋上的一场飓风，你死缠烂打我们家燕秋能不引起小韩情绪的波动吗？情绪波动不就容易干糊涂事吗？我跟你说蝴蝶效应，你也不明白，你又没有上过大学。"

我气恨恨地说："合着韩亚杰蹲大牢还和我有关系啊？上大学有啥了不起的？现在让我上大学我还不想上呢！韩亚杰不也上大学了吗？上完大学就去蹲大牢了。"

"你毕竟没有上过大学。"宋应昌视线难得地落在我的脸上，他不紧不慢满含讥讽地说，"有些道理跟你讲，也讲不明白。"

我气得火冒三丈，他要不是宋燕秋的爹，我真要上前踢他两脚。所以，从此以后我见了他不再喊他"爸"，也不喊他"爹"。我就用人称代词"你"或者"他"来代替。

宋应昌对此无所谓，我这个女婿是真的不讨他喜欢。我不喊宋应昌"爸"也不喊宋应昌"爹"，宋燕秋却不高兴了。宋燕秋不高兴我就不敢用"你"和"他"来代替宋应昌了，我喊他"宋老师"。

宋燕秋还是不高兴，宋燕秋还是不高兴我也没办法了。但我每次见了徐阿姨，却都是甜蜜蜜地叫"妈"。渐渐地，宋燕秋也就习以为常了。

宋应昌住在我家，一点也不因为我对他称呼的改变而感到别扭。他可以无视我的存在，他的理论是：我是住在我女儿家，又不是住在你毕壮志家，我用不着看你的脸色，你要觉得难受你可以走，最好是净身出户。在木泥河中学，宋应昌既瞧不起校长，又从来没有起过调走的打算。宋应昌就是具有这种在二维张力中生存的本领。

好在宋应昌还没有退休，他只是每年寒暑假来两次，一来只能住上一个月左右。

你们也能看出来，结婚后，我和宋燕秋之间也是有矛盾的，我和她之间的生活并不能像童话中说的"从此就过上幸福的生活了"。

第十九章

我二十七岁了，我爹五十三岁。我爹五十三岁那年，一种完大豆，还是要领着我老叔去夹皮沟金矿淘金子。虽然他这么多年，一直都没有淘到金子，但我爹依然执拗地对我娘说，夹皮沟金矿是一定能淘到金子的，当年的日本鬼子没有淘尽，他已经嗅到金子的气息了，就在他的鼻子边，金子的气息越来越浓了，今年一定不会两手空空地回来。当然，他说的两手空空指的是金子，什么麀子皮、野猪肉、山菇野菜之类在他眼里不算东西。我爹对我娘说，淘到一块金子，这辈子就值了，这么多年也就没有白白付出了，从此他就不再去夹皮沟。但这一回，我娘和我老婶死活不信了。我老婶坚信我老叔和我爹在夹皮沟是有了另外一个家，不然这一年年的，无论如何也说不过去。我老婶撺掇我娘，铁了心要跟他们一起去。要去大家一起去，要不去大家都不去。

我爹想去，又不想让我娘跟着去，说："过几天，大豆地就要拔草呢！"

我娘执拗地说："待几天就回来。"

我爹讲夹皮沟的艰苦："去了连个住的地方都没有。"

我娘毫不迟疑地说:"你住哪儿我住哪儿,你住山洞我住山洞,你住窝棚我住窝棚。你在树上搭鸟窝我也搭鸟窝。"

我爹吓唬我娘:"那地儿哪是女人待的啊,蚊子小咬满天飞,蚂蟥蜈蚣满地爬。"

我娘像革命烈士那样把胸脯一挺,说:"我不怕,反正你到哪儿我跟哪儿。"

我爹没了辙。

我老婶把我老叔盯得更紧。说好第二天早上一起出发,头天晚上睡觉,她用绳子把自己和我老叔拴在一起,怕我老叔早起偷着溜了。我爹和我老叔没奈何,一跺脚,领着她们去了县城,去了火车站,连火车票都买好了,四个人四张,我爹把火车票分给我娘,我老叔把火车票分给我老婶。我娘不识字,我老婶看到火车票一模一样的,终点站写的是吉林磐石,觉得这回该万无一失了,她们一起去了洗手间。出来,就不见了我爹和我老叔的身影。我娘和我老婶知道就是这么个时候了,我爹和我老叔还是不想带她们去,就更加坚信自己的猜测了,一边气得跺着脚骂两头倔驴,一边一把鼻涕一把泪地从老毕家的两个老男人开始往上数落到祖宗八代。我爹和我老叔不见了,但这回我娘和我老婶抱着上刀山下火海也不惧的决心。火车来了,我娘拉着我老婶的手毫不犹豫地上了车。她们一个车厢一个车厢地找,终于在一节车厢的角落里找到了我爹和我老叔。

我爹和我老叔无奈地领着她们从磐石站下了车,又坐了五六个小时的车到了夹皮沟。下了车往大山深处走,又走了三四个小时才到我爹和我老叔的窝棚。

窝棚是用木头搭建的,墙壁里外抹了泥土,棚顶苫的是草,棚内有一盘土炕和一个土灶,土炕上的褥子破破烂烂、又黑又亮,散

287

发着刺鼻的气味；土灶旁边有几只豁口的碗和一只水缸，我爹和我老叔就挤在这一个窝棚里。我娘和我老婶一见，就哭了，我娘喊："长贵啊长贵，你跑这旮旯来过的啥日子啊？"我老婶喊："长富啊长富，咱不要金子了，咱现在就回家，行吗？"对了，我爹叫毕长贵，我老叔叫毕长富。我爹和我老叔一脸冤屈地辩解："早说过嘛，不让你们来，你们偏要来。"晚上，我娘和我老婶无奈地挤到这盘土炕上，我娘躺在我爹身边，我老婶躺在我老叔身边。她们刚躺下，还没合眼，就一个个惊呼起来。原来我爹和我老叔的这盘土炕上尽是跳蚤。我娘又喊："长贵啊长贵，你跑这旮旯来过的啥日子嘛？"我老婶又喊："长富啊长富，咱不要金子了，咱现在就回家，行吗？"我爹和我老叔又一脸冤屈地说："早说过嘛，不让你们来，你们偏要来。"我爹和我老叔坚信今年一定能淘到金子，我娘和我老婶在夹皮沟待了两天，没有见到毕六毛和毕一块，只好抹着眼泪踏上了归程。

我岳父和我岳母从木泥河镇把我娘和我老婶的故事带到哈尔滨来，我听后为我爹和我老叔这么多年的艰辛而心酸不已。没想到，宋燕秋后来从我娘和我老婶去夹皮沟的故事里找到一条数落我的理由："你身上遗传了你爹的基因，一条道跑到黑，十头驴也拉不回来的。"其实她的理论并不新鲜，无非是"龙生龙、凤生凤，老鼠儿子会打洞"的翻版。

我二十八岁时，我爹五十四岁了。我爹五十四岁那年，患了严重的风湿痛，终于对去夹皮沟金矿淘金死了心。我爹带着我老叔在夹皮沟淘了二十多年的金子，却一无所获，我都不知道我老叔会在心底怎样骂我爹，退一万步来说，即使我老叔不骂，我老婶也会在心底把我爹乃至我老毕家的祖宗八代诅咒上千回的。

我爹不淘金子了，我老叔却依然义无反顾地去夹皮沟。这一回我老婶也跟着去了。我老婶跟着去了两个月，自己跑了回来。回来时，手上起了脓疮，嘴唇上满是燎泡，蓬头垢面得跟个野人一般，但心情极好，跑到我家来对我娘说："他大娘，当年我还以为夹皮沟里有狐狸精，有毕六毛和毕一块。他大娘，这些年，那两头倔驴的的确确是一直在淘金子，一直在淘金子，你也去过的，那夹皮沟的日子哪是人过的日子啊……"

我娘问："他老婶，这些年，你真的不恨我和我们家长贵了吧。"

我老婶说："哪能呢，他大娘，没准是我家长富撺掇着他哥呢。"

我娘听完，抱着我老婶哭了一场。

这一年冬天，我老叔依然没有淘到金子，但第二年一种完大豆他依然去夹皮沟。我从我爹的口中得知了我老叔的故事，听完后对我老叔这一举动很是吃惊！我老叔更是一条道跑到黑的人。我也相信了我老婶的话，这些年没准是我老叔撺掇着我爹往夹皮沟蹿呢。

我老叔一个人去夹皮沟金矿的第三年，他居然真的淘出了金子，他淘的不再完全是石头了。

我爹知道后，就像自己淘到金子一样高兴地对我娘说："我早就说过夹皮沟是一定能淘到金子的，你总是不相信呢。"

我娘不满："毕长贵，你怎么没有长性呢，你怎么就不能多待三年呢！"

我爹收敛了笑容，想了一想，叹了一口气反问我娘："假如多待三年仍然淘不到金子呢？"

我娘嘟囔："淘不到就再多待三年，你不是一头驴吗，你咋不一条道跑到黑呢？"

我爹又叹口气说："话不是这么说的，要是再待三年淘不到金子，回家你还不得把我这头驴剁啦？没有那个命，就别抱怨吧。"说完，我爹又拍拍自己的腿。我娘瞅了一眼，也只好叹了口气。

我老叔一下子发了财，他的故事在我们木泥河镇流传，许多农民当即扔下手中干活的工具，向我老婶打听到地址，向夹皮沟蜂拥而去，有的甚至不惜耽误一年土地里的收成，可他们去了淘出来的只是石头。也许有限的金子都被我老叔淘走了。

我老叔发了财，在木泥河镇遭到许多人的嫉恨，这些人忘了我老叔和我爹二十多年的风餐露宿，只被我老叔的金子晃得眼疼，他们中的许多人去了夹皮沟却一无所获，更把恨意转嫁到我老叔身上，扬言要趁一个月黑风高夜抄了我老叔的家，撕了我那呆子弟弟毕五毛的票。我老婶惶惶不可终日，一家人商量的最终结果就是举家搬迁到哈尔滨市。他们财大气粗，在哈尔滨市一家大市场一下子买了两个店面，专门做玉石的生意，似乎这些年他在夹皮沟淘石头对玉石也有了足够的了解。

我老叔买下两个店面后，我那呆子弟弟毕五毛也印了一盒名片，名片上的他跟我一样也成了经理。没想到他这缺心眼的人做生意，却做得极好，外人不知道他"彪"，都说他实诚，童叟无欺。

我老叔发财了却没有给我爹一个子儿。

我爹老了，他不去夹皮沟了，仍然和我娘在家侍弄那几块土地。我弟弟毕三毛也考上了大学，而且考进了北京的高校。我爹的三个儿子都离开了他的身边。我爹在农闲时就跑到哈尔滨来，到我家来待几天，有时候也跑到我老叔那边坐一坐。有一回我老叔请我爹去小酒馆喝酒，只要了一碟花生米、一碟酱豆腐、两瓶红星二锅头，却硬在小酒馆里磨蹭了大半天，最后两个人还互相把对方灌得烂醉如泥，我老婶给我打电话，我去接我爹时，小酒馆的老板娘还气得直朝我翻白眼。

我和宋燕秋在谈笑中说我老叔太抠门了。我爹酒醒后，我问他为啥要喝那么多酒呢，又没有下酒菜，耽误了人家小酒馆的女老板发财。我爹说想起在夹皮沟的日子，不知不觉就喝多了。我老叔发财后，不给我爹一个子儿，我爹却闭口不提我老叔半个不字。我和宋燕秋猜想，这也许不是我老叔的本意，多半是因为我老婶太小气了，也许她小气是因为这些年她穷怕了。我爹不提我老叔半个不字，也许是我爹知道我老叔的日子不如他，我老叔有其他的难处，譬如我弟弟毕五毛是个彪子……

　　我老叔发财了，我爹却功亏一篑。宋燕秋不顺心时又找到了一个骂我的由头。她说："你和你爹一个样的，干事没有一个长性。"

　　我不服气地问："我干什么事情没有长性了？我干什么事情半途而废了？"

　　宋燕秋蛮不讲理地说："我不管，反正我说你没有长性你就没有长性了。"后来，她终于找到一个我没有长性的证据，说，"你连高中都没有耐性读完，还不是没有长性了？"

　　我就无话可说了。我们的日子就这么恩恩爱爱、磕磕碰碰地往前走……

　　我三十一岁的时候，我们的儿子毕立新来到人间了。毕立新一来到人间就光荣地成为哈尔滨市的市民。而我至今还没有成为哈尔滨市的市民。我在哈尔滨市生活了许多年，并且在这座城市里买了房子，但我身份证上的地址仍然是木泥河镇的。我每年都要到驻地派出所办暂住证，交城市建设增容费。有一回，全市清查外来人口，民警大半夜检查暂住证，把我的门拍得咣咣直响，把我儿子毕立新吓得哇哇大哭。大半夜的吵醒了宋燕秋，也让全楼的人知道了原来她的丈夫不过是进城做点小生意的农民。许多人在她背后指指点点的，让她感到很难堪，我们这个楼的人都对别人家的事异常兴奋。有那么一阵子，宋燕秋对我都没了好脸色，仿佛没有哈尔滨市户口是我的错似的。

暑假到了，宋应昌和我岳母把木泥河边青草的气息带进了哈尔滨、带进了我们家，这本来是令人陶醉的气息。然而，宋应昌一来，我就觉得家庭气氛的压抑。我想着自己该出去贩运水果了。我现在不仅从大连贩运苹果，还从广东贩运荔枝，从广西贩运甜柚子。一出去不是十天就是半个月，出去久了也惹得宋燕秋不高兴，她指责我是有意逃离家庭。我们婚后生活的"七年之痒"到来了。

我真的是有意在逃离家庭。宋燕秋每次说起她大学同学的家庭生活，譬如某某丈夫如何如何的时候，我觉得都是在伤我的自尊。她那些大学同学的丈夫在事业上风生水起：在官场上的，得到了升迁；在高校科研机构的，成为教学或科研骨干；做生意的，一年能挣上百万。不像我至今还是一个水果贩子，事业不见起色。所以，宋燕秋的同学聚会，别人多是拖家带口的，只有她常常单身前往。偶尔她也提出带我一起出去，我的确去过一次，但那次聚会让我自尊心大伤。从此，这样的劳什子聚会，打死我也不去参加了。

不出去贩运水果的时候，我喜欢待在我的水果店里。我喜欢闻店里各种水果的气息，我闻着水果气息的时候，就仿佛看见各种各样的水果在田间、在枝头贪婪地吮吸着阳光雨露，就像我的儿子毕立新吮吸着母亲的乳房，我能听见各种水果生长的声音，在水果店里，在众声嘈杂之中，我能不受其他杂音的干扰，异常敏锐地捕捉到各种水果生长的声音，这真是一种奇妙的感受。

这种感受崇高、壮美、甜蜜，让人心生豪情……以至于我后来养成了不愿意待在家里，一有空闲就往水果店跑的恶习。我儿子刚学会走路时，我就把他领进水果店里，让他品尝各种各样的水果，捧着各种各样的水果玩。宋燕秋说她同学的丈夫不是带孩子上科技馆，就是去地质馆，还有什么哈工大航天馆的，没有一个成天带孩子去水果店的，除了我。宋燕秋现在是因为儿子的教育对我很失望，常常不阴不阳地对毕立新说："儿啊，你有个当水果店老板的爸，将来就子承父业吧。"有时候，我也不服气地顶她一句："当水果店老板有什么不好？当水果店老板你就觉得掉价了？"宋燕秋不理我。其实，我还咽下去了最后一句话："你觉得不好或掉价了，你可以换人啊。"这只是一句气话，你知道，这句话说出来，我家非闹得鸡飞狗跳不可。

毕立新能到水果店玩的时候，我在御苑小区的水果店还没有转让。

十月的一天，田雨在忙忙碌碌地照顾着客人，我惊喜地发现我的儿子居然也学会剥橘子了，两只小小的手笨拙地剥开了橘子皮，俏皮地用舌头舔了舔，知道这橘子皮不好吃，就丢在了一旁，继而扒开了一瓣橘子就往小嘴里送。我炫耀地对田雨说："看啊！田雨，你看毕立新多聪明，简直是天才啊，我从来没有教过他怎么剥橘子。"

田雨顺应着我笑吟吟地夸赞道："立新小宝宝果然聪明，这么聪明的宝宝真是天下少有哟。"

毕立新得了夸赞，嘴里呀呀不已，举起剥开的橘子往我嘴里送，我兴奋地抱起他，一迭声地夸："儿子你好聪明啊，你简直就是一个小天才！"毕立新能听出话的好歹，咧着嘴，笑得比阳光还灿烂！

这时，从外面进来一个人接话："不是你儿子聪明，是因为你太笨了，猪眼里看人，人都是聪明的，连彪子都是聪明的。"

这人怎么说话呢！这么没教养！我没好气地抬起头，差一点认为是自己眼睛看走了神。可再仔细一瞅，除了人长胖了许多，肚子也凸显出来外，圆脸，这一说完话，嘴就向两边撇，一副玩世不恭的纨绔子弟模样。这副臭德行，磨成灰我也认识，不是韩亚杰又是谁？他怎么出现了？

这是一个不想见，但又不得不面对的人，我一脸凛然地警告他："韩亚杰，政府把你放出来了，你该好好做人……"

韩亚杰咧开嘴，像条狗似的朝我吠："放你的狗屁！谁抓过爷了？谁敢抓爷？"

"你不是要在那里面待十年八年的吗？在里面立了功，提前刑满释放了？"

"放狗屁！爷是从南方避了几年风头回来了。毕壮志，咋样？你看看爷身上少了一根汗毛吗？爷倒是听说你小子进去了，咋样？那滋味好受吧，是不是还没尝够？"

我的火腾地冒出来，毕立新抱在我的怀里，我怕吓着了孩子，冒起来的瞬间又极力忍住了火气说："这是我的水果店，韩亚杰，请你懂得自尊。如果你是来买水果的话，欢迎！如果你是来没事找事的话，请你出去，我这里并不欢迎你！"

韩亚杰冷笑两声，说："毕壮志，谁告诉你，我不买水果就不能来你的店了？我告诉你，你的水果店，我不但可以进来不买水果，还可以天天来，我天天来管理你的水果店。"

"哈哈……敢情你小子在大牢里待了几年，待成神经错乱了，待疯了不成？我开的水果店干吗要你天天来管理啊？"毕立新要下来，我把他放了下来。

韩亚杰嘿嘿冷笑两声说："要是不信你就走着瞧！"

"走着瞧就走着瞧，朗朗乾坤，我倒要睁大眼睛来看你怎么表演。"我一点也不惧他。

韩亚杰一连声地冷笑着。我儿子毕立新不知好人恶人，摇摇晃晃地走到韩亚杰跟前，小手掰下一瓣橘子，高举起来，嘴里咿咿呀呀叫着，他的意思是要递给韩亚杰吃呢！

我一时呆住了，站着没动。我看见韩亚杰低下了头，嘴角抽动了一下，他盯着毕立新看了一眼，却没有接毕立新手中的橘子瓣，而是抬起头，用阴冷的眼神扫了我一下，这一份阴冷让我不由得打了一个冷战。

要不要把韩亚杰出现了的消息告诉宋燕秋，我一时犯了难。婚后的生活中，我们俩都小心翼翼地躲避着韩亚杰这个名字，这个名字仿佛是一颗地雷，谁不小心触到，就会被炸到粉身碎骨。更何况，现在我和宋燕秋之间的关系正微妙着呢。韩亚杰还会来我的店里吗？也许会来，也许不来了。那么把此事告诉宋燕秋的必要性就减去二分之一。即使来了，他敢来我的店中无理取闹？我不太相信，那么剩下的二分之一也可减去。所以，我决定不告诉宋燕秋。在我对自己的结论不停地肯定、否定、否定之否定过程中，时间一晃就晃过去了一个星期。

这天，我正在水果批发市场查看新的行情，突然看见申楠楠的老公周一帆正撅着屁股在一堆水果前挑选水果，他一定早就从申楠楠那儿得到如何分辨水果公母的经验了。我想上前和他打个招呼，问问他们现在的生意怎么样？申楠楠出去另立门户后，我们虽然有电话联系，但几乎没有见过面。我想过去对周一帆表示我的友好，我珍惜每一个与我相识的人的缘分，在我毕壮志这里，同行不一定是冤家。

就在这么个时候，田雨给我打电话了。对了，我现在已经用上手机了。像砖头一样大的"大哥大"在哈尔滨市只风行了五六年。现在通信工具已经由模拟数字时代进入数字时代了。从前，我攒了差不多两个月工资买下的BP机早就成了毕立新的玩具。

电话里，田雨的声音很急切："毕经理，上次那个人又来了。"

"谁？"

"他说他叫韩亚杰！"

我的火腾的一下就上来了："不用理他。"我看见周一帆朝我这边看了一眼，他头发蓬松，不再是油光可鉴，身穿一件蓝色的布夹克，不再是西装革履，我没忘记向他招手，但他却没有看见，起身离开了那个水果堆去了另外一个水果堆。

田雨哭咧咧地说："毕经理，不理他可不行啊，他是税务局工作人员，穿着税务局的衣服来的。"

我不假思索地说："那肯定是个冒牌货，你用脑子想想，他一个蹲过大牢的人，出来怎么可能穿税务局的衣服呢。"

"毕经理，是真的。今天早上，我路过街头税务所公告栏时，真的在里面看见他的照片和名字了，我还没来得及告诉你，他就来了。喂，我不能和你多说了……"田雨的语气急迫得像我们的店着了火。

我马上往回赶，我的车在哈尔滨的街上跑得义愤填膺。可是，我赶到御苑小区的时候，韩亚杰早就没有影子了。田雨哭丧着脸对我说："毕经理，韩亚杰带两个税务人员来我们这儿检查发票了，他们说我们卖水果不开发票，要对我们进行罚款。"

"一派胡言！我是个体定额纳税人，税收都是按月定额缴纳的，开不开发票都是定额缴纳，我从来没拖欠过税务局一分钱，罚他娘的款！"

田雨递给我一张罚款通知单，我一看气得七窍生烟，韩亚杰这不是故意来找碴儿吗？仔细一想，韩亚杰能不过来找碴儿吗？现在关键是要向税务所确认，该所到底有没有韩亚杰这个人。电话通了，韩亚杰的确成了税务所的工作人员。是这样又能怎样，谁说税务所的工作人员就可以为所欲为了？

田雨却一副忧心忡忡的样子，田雨越忧心忡忡的，我的心里越不痛快。

这几天，宋燕秋也不太痛快，我不知道她不痛快的缘由是什么。晚上回到家，宋燕秋冷嘲热讽地问："毕大经理了，谁惹你了，脸拉得像驴面。"

"谁的脸像驴面了？你知道吗？韩亚杰来了，韩亚杰从大牢里面出来了，他还穿上了税务局的衣服，到我的水果店里找碴儿来了！"我冲着宋燕秋吼。我不知道我为什么要冲她吼，现在的韩亚杰和她一毛钱的关系都没有，但我就是没有控制住自己！

宋燕秋气得脸发白，眼泪扑簌簌地往下流。她不跟我解释一句，披上外套咬牙切齿地就要往出走。

我后悔自己刚才没有控制住自己的情绪，慌忙问："你要去哪里？"

她气哼哼地说："用不着你管，我去找那个无耻的东西问个明白不行吗？"

我拉住了她的胳膊，说："你问他那样的人，你能问个明白吗？"

"我非要找他问个明白。"宋燕秋来了驴脾气。

我为什么要告诉她韩亚杰的事呢？我和韩亚杰之间的过节，难道我自己不能解决吗？我一时冲动触到了我们家的这颗地雷，粉身碎骨万劫不复的将会是我，我为自己的冲动后悔得要命，我就是这么一个常常冲动的人。我向宋燕秋央求："你干吗要找他问个明白啊！再说，哈尔滨市这么大，现在你去哪里找他问个明白啊。"宋燕秋能找不到韩亚杰吗，但我不想让她去找，"燕秋，大不了我把御苑小区的店转让了，他不是在这片街道的税务所吗，在这片我不开水果店了还不行吗？惹不起我还躲不起吗？我早就不想开了呢！我要转型，我不能只当个水果店的小老板。"

宋燕秋拗不过我，身子窝进沙发里，呜呜咽咽地说："毕壮志，都是我不好，我要不去认识啥韩亚杰，也不会给你带来这么多麻烦，你现在要是后悔，趁着年轻还来得及……"

"我后悔啥啊？我不后悔，我从来都没有后悔！在我的字典里就没有后悔这两个字。"我安慰她，"再说，这事一点都不能怪你。你想啊，要不是你爹把我们爱情的小苗扼杀在萌芽状态，我们在高中的时候就成了，哪有后来的啥韩亚杰啊。要说呢，这事要怪也只能怪到你爹头上。"

宋燕秋立刻停止了抽泣，抓起了一个沙发靠垫，咬牙切齿地向我抛过来。我头一偏，抓住了飞来的靠垫，像窦娥一样喊冤叫屈："你不该把火撒到我身上啊，我可是一个受害者！"卧室里，我儿子毕立新颠倒晨昏，这会儿醒了，哇哇地大哭起来。

宋燕秋恶狠狠地朝我喊："你活该！"一扭身进了卧室，把房门关得死死的。

也许是我把账算到了她爹头上，也许我不该说自己是受害者，我怎么成了受害者了？这不是暗指她和韩亚杰有一段同居的岁月吗？我又触到那颗不该触碰的地雷了。我心里那个悔啊！我隔着房门向宋燕秋说软话，求她原谅我的无心，可任凭软话磨破了我的嘴皮，宋燕秋也不肯让我进去。后来，我就睡在客厅的沙发上，这是我们婚后第一个在家分居的日子。我没有想到，这个分居的日子，才只是噩梦的开始。

第二十章

　　宋燕秋提出来要和我离婚，这回，她强调她不是在说气话，而是冷静思考的结果。我完全相信她的表述，因为她周密地拟好了离婚协议，包括孩子的抚养费如何分摊，包括婚前的财产如何分割都写得一清二楚。这套房子是我买的归我，她打算向单位申请一间宿舍，在宿舍还没下来之前，她带着孩子暂且住在这里。宋燕秋拿着打印好的离婚协议书让我签字，冷冰冰地说："毕壮志，与其两个人在一起生活得不开心，还不如早点散伙了好。"

　　这也太突然了，我不过是无心地触了那颗地雷，我不甘心就这么死掉。宋燕秋说："表面上看似乎是无心，其实是有心，你心里始终有个阴影，我实在不想和一个心里始终带着阴影的人在一起生活，那样大家都会很不开心。"

　　我不想离婚，我不想失去宋燕秋，虽然我们俩之间有了点小问题，我觉得还没有到劳燕分飞的程度。所以，我不想签字。我劝她不要冲动，或者不要马上决定，再过几个月看看，给彼此留下一个冷静思考的时间。这期间，如果真是一见我就烦，我可以住在外面，我可以不和她见面。只是当我想儿子的时候，希望她允许我回来看看儿子。宋燕秋沉思了半晌，点头做了让步。

我住进了抚顺街的店里，折叠床、行军被，让我回到了创业之初的岁月。也许，人生就像爬一段盘山路，你自以为出发得很久了，到头来，却发现起点仍然就在眼前。

这个季节，我心灰意冷。晚上蜷曲在折叠床上，有时觉得自己娶了宋燕秋，真是害了她。当初承诺的幸福和荣耀离我十万八千里，我不但不能带给她幸福，带给她荣耀，还把烦恼和不开心送给了她。尤其是因为我，她爹宋应昌始终无法开心。要不，就和她离婚吧，趁着她还有青春的末梢，别耽误了她。真爱一个人，并不是要据为己有，而是要看着她或他比自己过得幸福。有天夜里，在梦里我和她离婚了，梦里认为这是真的，她就要离我而去了，从此人各天涯，再相逢也是路人，我的心一阵钻心地疼。醒来后，我想我是真的不想失去她。我听天由命地等待着度过彼此冷静思考的时间。

为了避开韩亚杰的锋芒，我把御苑小区的店转让了，现在我只有抚顺街一家水果店了。哈尔滨人经商意识渐浓，街头不但是水果店，各种商铺店面都如雨后春笋一般成倍地多了起来，我的生意越来越不好做了。御苑小区水果店的新老板看好了我的店面，也看好了我的营业员，他想把田雨留下来。但田雨有了更好的选择，她在家休息了半个月后，去市内一家大型超市的水果店当营业员。现在的田雨有男朋友了，田雨的胸脯也挺拔起来了，但田雨为人处世低调不张扬，在那家大型超市干得很不错，后来还做到了店长。

我的员工走的走了，散的散了，唯有跛子吕福生一个人留了下来，坚守着我的事业。我的心情颇有英雄末路的苍茫，我想到了董事长兼总经理李茂朝，就识得了同是天涯沦落人的滋味，好几次都想去香坊区找他聊聊，可又想到他答应了出席我的婚礼却最终没来，也不曾解释一句，说明我在他的心里并没有多少分量，也许他并不待见我吧，何必热脸去贴人家冷屁股，就打消了这种念头。我现在就像个作茧自缚的蛾子，爱情和事业都期待着破茧而出。

只有一家水果店了，"毕壮志水果连锁店"的牌子是用不上了，所以，今天你们要是来哈尔滨市找"毕壮志水果连锁店"是找不到了。就连现在仅存的这家水果店，对于我来说，也是可有可无的。但吕福生腿有残疾，一路跟着我走过来不容易，有这么一个店，还能让我们一路相携走下去。

这一年冬天特别寒冷、特别漫长，雪从十月中旬就开始下起，一场接一场的，雪花常常大如鹅毛，有时卷起来简直就像成团的柳絮。那来自西伯利亚的寒流，仿佛它的亲娘丢失在哈尔滨的街头，它一遍遍地扑进这座城市来寻找，大街小巷，每一个角落都搜寻个遍，每次都失望而归，它从心底发出凄厉的哀嚎，并仇恨地卷起积雪，抛洒到每一个行人的脸上，让行人的脸像被霰弹射到一样地疼。仿佛每一个行人都劫走了它的亲娘。

让我没有想到的是，离春节还有一小段日子，我爹竟裹着厚厚的棉袄领着我娘迎着呼啸的北风和漫天飘舞的雪花来了。我爹和我娘一般很少在寒冷的冬季来到哈尔滨。我爹和我娘一定是听谁说了什么，他先去了毕二毛那里。这个晚上，他把我娘留在毕二毛宿舍里，一个人拖着风湿痛的腿摸到了我的水果店里。

我爹把我的店门拍得山响，我很生气，我不知道是我爹来了，我骂骂咧咧地吼："谁啊，这么晚了还敲啥门？"

"是我，大毛，我是你爹。"我听见我爹的声音，愣住了，然后我打开了卷闸门，我爹裹着一股冷风一瘸一拐地走进店内。

我爹一进来就奔向那张折叠床，他摸了摸我的行军被，眉头紧皱却充满慈爱地说："大毛，这被子不薄吗？大冬天的，这屋子里连个暖气都没有，你年轻时不觉得，到老了可要遭大罪呢！"我爹捶着他的两条患了风湿的腿，坐到我的床上。

我只觉得鼻子发酸，我故作轻松地说："不薄，爹，这下面是电热毯呢！"

我爹伸出粗糙的手，摸了摸我的脸，问："大毛，你咋不回家睡觉呢？"

我对我爹撒谎，"店里生意忙呢，晚上也要忙到很晚，回去晚了会吵醒他们娘儿俩。"

我爹忧愁地说："大毛，你就别逞强了，你和燕秋的事我都听二毛说了。爹过来，只想问问你，你和老宋家的那闺女日子还能过得下去吗？"

"过不下去了，爹，我不想让她跟着我不开心。也许当初，我根本就不该找她，我、我配不上人家啊。"我爹一问，我立刻觉得嗓子眼发哽，我哽着嗓子说。

"瞎说！都有立新了，日子咋过不下去？都结婚了，咋叫配不上？过不下去也得过下去！配不上也得配得上。"我爹的驴脾气又犯了，"今天晚上你带我回你们家，你不回家我也不回，晚上就跟你挤一堆睡。"

这个晚上，街上白雪茫茫的，行人一个都不见，只有寒风在街上"嗷"地一嗓子，又"嗷"地一嗓子，"嗷"得人心碎，不知道这个冬天，它能不能找到它失踪的娘。我爹领着我回到了我家。

我爹的到来，也让宋燕秋大吃一惊。她是冰雪聪明的女人，一口一个爹的，照应着我爹先睡下了。然后，白了我一眼，努着嘴对坐立不安的我说："你这头倔驴，爹不领你就不知道回家吗？""不是因为约定的时间还没有到吗？"家的温暖能融化一切坚冰，我硬起来的心早就软了，但嘴依然很硬。宋燕秋就握起拳头，鼓点般的在我背上敲起来，她边敲边说："你这头倔驴，跟你爹一样的，一条道跑到黑。"我爹的到来缓和了我和宋燕秋之间的紧张关系。

这个冬天，我娘在我家操持家务，我娘什么地方也不想去玩，她觉得守着我爹守着子女就是幸福。我爹除了偶尔去我老叔那儿坐坐，就喜欢抱着毕立新到我的水果店来玩。

韩亚杰仍然在找我的碴儿。可是他不能马上调到抚顺街税务所来。我和吕福生就没把他的到来当成一回事，他来，我们对他视而不见，根本不把他当人看。

但韩亚杰却恬不知耻，没鼻子没眼的，一有空就跑到我的水果店来，他一来，还要逗我的儿子毕立新玩。这么冷的天，他也要过来。我没有上过大学，没有学过心理学，不知道韩亚杰这么做的目的究竟是为了什么。

宋燕秋不再和我提离婚的事儿，可是我们之间的关系就像一件精美的瓷器，不小心有了裂痕，现在经过高明工匠的修复，表面光洁如新，但我知道，那道裂痕还在，它在光洁如新表面之下的坯胎里，今生也休想抹平，我们再也回不到从前了。

从前，我们家庭中的各种事务实行民主，哪怕她买一方丝巾，款式、花色都要征询我的意见。现在，她却喜欢独断专行，常常用命令的语气跟我说话。这说明，我们家庭的阴阳平衡已经打破，现在是阴盛阳衰了，这让我非常地不开心，可是我一时又无力扭转这种局面。

宋燕秋不准我把毕立新带到水果店去。但她可以命令我，却不可以命令我爹。另外，我的儿子毕立新也像我一样，迷恋上各种水果的形状和气味。如果不带毕立新去水果店，毕立新就浑身难受，就要撒娇耍泼。毕立新结实得像头小熊，没达到他的要求，就咧开嘴任性地哭叫，能哭叫个天昏地暗。宋燕秋拿儿子没辙，就对我更加没有了好脸色。

这天是冬日一个难得的晴天，阳光照在街道两旁皑皑的白雪上，反射出一层红色的光晕。我爹领着毕立新在店里玩。韩亚杰又来了，他一来就弯下腰扮鬼脸逗毕立新玩，毕立新年幼，不知道人心的险恶，还在那里哈哈直乐。

我心里觉得别扭，我爹知道韩亚杰的事，也觉得心里别扭，但我爹是个忠厚的人，我爹觉得上门都是客，不好撵人家走。我爹不撵，我撵。我没好气地冲他说："韩亚杰，你现在年纪也不大。既然出来了，就该洗心革面，好好找个女朋友处处，浪子回头金不换嘛！没事别总往我这店里跑。你看好我店里的谁了？我店里的吕福生是个大老爷们儿，从前那个田雨是大姑娘不错，可是你晚了一步，田雨已经不在我这店里了，要委托我牵线吧，人家有男朋友了，人家也不会看上你，你趁早死了这条心吧。"

韩亚杰直起身子来，瞪着牛眼对我说："放你的狗屁，谁把爷抓起来了？谁浪子回头金不换？爷偏偏要来你的水果店，怎么你的水果店不是人待的地方？"

我忍住气，语重心长地说："韩亚杰，看你的样子，也特别喜欢小孩，你也是到该当爹的年龄了。"但是我看到他的嘴角又往两边扯，露出一副玩世不恭的模样，我的火气就上来了，我嘲讽他，"你从前不是有很多女朋友吗？怎么她们看你进大牢了，一个也不等你啦？"

韩亚杰的面皮开始涨红，但我不得不佩服人家的能耐，瞬间就能恢复常态，他说："谁说我喜欢小孩子了？你说我喜欢小孩子，我就喜欢小孩子啦？我告诉你，我不喜欢小孩子，我只喜欢女孩子。你能咋样？"

"你不喜欢小孩子，那你和毕立新闹啥？你在我儿子面前又扮狗又扮猫的，你不害臊，我还替你害臊呢！"我继续贬损他。

韩亚杰没皮没脸地说："这不一样，这小崽子跟我关系不一般嘛，我当然喜欢他啦，你们看他长得多像我啊，是不是？小乖乖，你说呢？"他又对毕立新挤眉弄眼起来。

有人窃笑起来，是来我店里购买水果的顾客。现在许多认识我的人知道了，韩亚杰是我老婆宋燕秋的前男友。他这么说，不就表明是他让宋燕秋给我整了一顶绿帽子戴吗？毕立新是我的亲生儿子，对这一点，我确信无疑，我爹也确信无疑。韩亚杰特意跑到我店里来羞辱我，实在是欺人太甚了。一而再，再而三，是可忍孰不可忍，我实在无法按捺自己的怒火，只觉得一股热气从丹田直冲脑门，我随手抓起了一把水果刀。切西瓜的水果刀，长长的，刀在我的手上闪着阴森森的寒光，比外面的冰雪还要寒冷。

我的眼睛一定是血红血红的了，因为宋燕秋说我一生气的时候，眼睛就血红血红的，像一匹发了狂的驴。

我爹没想到我有此举，他吓得哆哆嗦嗦地对我说："大毛，你可不能干傻事啊，大毛，你千万不要干傻事啊！"

我回头告诉我爹："爹你别管，你把你孙子照顾好就成，我自己的事我解决，今天到了非解决不可的时候了。"

吕福生丢下生意，朝韩亚杰喊："你赶紧跑啊，马上就要出人命了，明年这个时候就是你的忌日，你还不跑？"吕福生的声音都带一点哭腔了。

可是，韩亚杰却毫无惧色，他拉下皮夹克的拉链，腆出个大肚子，挤眉撇嘴对我说："毕壮志，你他妈的要真有种，你就拿刀子往爷身上捅，往爷这儿捅。"他用手指在自己的胸口画着圈，"爷同居过的女朋友都成了别人的老婆，爷活得没有滋味，爷也活够了。咋样，你不是有种吗，你捅啊！捅啊！我就不相信你那个熊样有这个胆，你要是真有这个胆，你也不会把御苑小区的店关了。爷相信你这个店离关门大吉的日子也不会太远。你用不着在那吹胡子瞪眼的，你在爷跟前充什么好汉。你连老婆都是爷从前同居过的女朋友，你还跟爷装大尾巴狼！你拿什么装大尾巴狼？啊！"韩亚杰是疯了，满嘴胡言乱语。

我一听，浑身都热血沸腾，我操起切西瓜的刀猛地朝韩亚杰的身上扎去，白刀子进去红刀子出来，我拔出红刀子，一股鲜血就溅了出来，我又不管不顾地在韩亚杰的身上猛扎，把韩亚杰扎成一个马蜂窝。这样才解气呢！可这些都是我气恨至极时想的，我并没有付诸实践。我还没有丧失理智，我扔下了刀。

韩亚杰得意地对我爹和吕福生说："怎么样？爷就说你们的毕大毛是个大脓包嘛，你们还不信。你们别看他身材高大，其实是银样镴枪头，啥都不是。当年，他在搬家公司当搬运工时，还骗爷说他是搬家公司的总经理。这种人也想发家？这种人能发家也是靠骗发家的。"

听了韩亚杰的话，我低下了头。两位来买水果的顾客也不着急走了，留下来瞧新鲜。

韩亚杰更加放肆地笑起来，他指着我对众人说："你们看，这个大脓包低头认罪了吧。"他又指着我的儿子说，"这个小崽子不是大脓包，因为这个小崽子随我。"

我低下了头，我又低下了头，我倒退几步，然后一个俯冲，一头结结实实地撞到韩亚杰的大肚子上，伴随着韩亚杰"哎呀"一声惨叫的，还有"砰""哗啦"两声，那是我水果店玻璃门破碎的声音，我一头把韩亚杰从店内顶到店外，玻璃门被撞开，玻璃碎了一地，那是蓄积了怎样的深仇大恨才能爆发出这样的力量啊！

韩亚杰这回是惨大了，他跌到了人行道上，跌到了冻成冰的雪地上，半天也爬不起来，有玻璃的碎片扎破了他身上的某些地方，鲜血洇湿了他的衣裤，点点洒到白雪上，像冬日盛开了朵朵梅花。我敢说，要不是人行道上的积雪，韩亚杰一定比现在凄惨得多。

寒冷的冬天，街上本来行人稀少。但我店里发生了这样的突发事件，还是有三三两两的行人围过来，他们不知道发生了什么，听我爹和吕福生讲完事情的来龙去脉，大家都觉得躺在冰雪地上的人真是太可气了，这样的人就是欠揍！有人指着韩亚杰吆喝：下次再来闹事，要揍得更狠些。

大家义愤填膺，我的水果店前聚集的行人渐渐多起来，喜欢瞧热闹的人宁可裹着棉衣，在寒冷的街头跺足取暖，也没有一个人肯扶韩亚杰坐起来，好让他起身离去。

我的脑袋也撞得生疼，我的鬓角处被碎玻璃扎了一下，也有血流出来，点点滴在雪地上。但我毕竟是威风凛凛地站着，我叉着腰看韩亚杰像条死狗般的躺在地上，我有一种前所未有的喜悦，我冲着地上那条死狗喊："韩亚杰，你他妈的看看，究竟谁是脓包，我看你才是脓包，你是哈尔滨最大的脓包，你是全东北最大的脓包。"

不知谁给宋燕秋打了电话，宋燕秋赶过来了。她拨开人群跑到我的跟前，眉锁春山，伸出一双我久违了的温暖又柔情似水的手抚摸着我的额头，说："壮志，你的额上流血了，啊，我们赶紧去医院吧！你要不要紧啊！你干吗要和这种无耻的小人一般见识啊，你要是有个三长两短，你怎么对得起立新啊，你怎么对得起你爹啊，你怎么对得起我啊，呜呜呜……"女人见不了大阵势，就这样的场合，她居然哭了。

"那不正好遂了你的心愿吗？那时候，你连离婚协议都拟好了呢。"想起往事，我依然心绪难平。

"那是一时气糊涂了嘛！你这头倔驴，你这个傻子，你好傻，毕壮志，呜呜呜……"宋燕秋捏着粉拳鼓点般的敲着我的胳膊在抽泣。

我的胸膛里立刻燃起熊熊的火焰，在寒冷的冬日，我一点也不觉得寒冷，我搂着她的肩头柔声说："没事了，燕秋，只是鬓角处划破了一点皮，你看，血已经止住了。你看，我把水果店的玻璃门都顶破了，是不是意味着这个店我也该放弃了，我想转给吕福生，让他有个营生。这样，我就啥都没有了。"我喃喃地说着。

"你不是还有我吗？你不是还有我们的家吗？你不是还有青春吗？你早该破茧而出了。重拾当年的雄心吧，一切都可以重来的，壮志，无论你以后做什么，我都会支持你。我相信你一定会成功，你是好样的。"宋燕秋偎依在我的怀里，像小鸟依人一样的温柔。在这个寒冷的冬天，我竟然闻到了木泥河畔春天的气息，那青草那柳叶儿的味道扑面而来。真的，那是一份真切的春天的气息。偎依在我怀里的是我深深爱着、难以割舍也不能割舍的女人，我要努力，我要破茧而出，我一定不要让她对我失望，一定要让她过上开心而又幸福的生活，一定要让她有一天因为我而自豪。我们无限深情地相拥在我的水果店前。

韩亚杰终于自己强撑着坐了起来，他的脸上虽然血流道道，不成人样，但他仍然笑嘻嘻地咧着嘴，仿佛他刚才跌落到街上只是做了一个梦。

"毕壮志！"他坐起来像条疯狗一样龇牙咧嘴地朝我喊，"毕大毛，好小子，算你有种。不过，我告诉你，像你这种人，怎么玩也是玩不过我的，宋燕秋是我的前女友，你懂吗？你也只配玩我曾经玩过的。"

"啊呸！韩亚杰，你知道我和宋燕秋为啥最终能走到一起，不离不弃吗？那是因为我们不是'玩'，我们是真心相爱。如果你要和我论早晚，我也不怕告诉你，我十七岁的时候就吃过她的嘴唇了。我十七岁的时候，你还在哪里呢？你还在哪里呢？是不是？燕秋，你告诉他，我十七岁的时候就吃过你的嘴唇了，我吻过你了。"

宋燕秋含着泪频频点头。我看到韩亚杰笑嘻嘻的面皮一下子变成苦瓜样，变得面如死灰，他哼哼唧唧地从地上爬起来，抓起一把雪搓了搓面孔，拍拍沾在身上的雪粒，像一条丧家犬一般溜走了。

有的人、有的事原本就属于你的，在很早的时候就注定属于你，只是你在成长的过程中，迷失了她。以后你所有的努力，都是为了找回她。人生就像爬一段盘山路，你自以为出发得很久了，到头来，却发现起点就在眼前。

顺便告诉你，我十七岁的时候是一九九〇年。

2009/1/18　一稿于北京
2013/12/10　二稿于北京
2015/10/2　三稿于纽约州伊萨卡
2019/4/9　四稿于北京
2020/5/9　五稿于北京